Rick Moody

Paranoia

Rick Moody

Paranoia

Novellas

Aus dem Amerikanischen
von Ingo Herzke

Piper
München Zürich

Mehr über unsere Autoren und Bücher:
www.piper.de

Die Originalausgabe erschien 2007 unter dem Titel
»Right Livelihoods – Three Novellas«
im Verlag Little, Brown, New York/Boston

Von Rick Moody liegen bei Piper außerdem vor:
Der Eissturm
Garden State
Ein amerikanisches Wochenende
Bis ich nicht mehr wütend bin
Wassersucher

FSC
Mix
Produktgruppe aus vorbildlich
bewirtschafteten Wäldern und
anderen kontrollierten Herkünften

Zert.-Nr. GFA-COC-1223
www.fsc.org

ISBN 978-3-492-05152-1

Satz: Filmsatz Schröter GmbH, München
Druck und Bindung: CPI – Clausen & Bosse, Leck
Printed in Germany

I Omega Force

1

Die derzeitige nationale Sicherheitslage

Ich kam auf der Loggia zu mir – die Frage war nur, auf wessen Loggia? Da gab es die Loggia der Cavanaghs, entworfen von jenem berühmten und in unserer Gemeinde gefeierten Architekten, dem ich einmal vorgestellt wurde. Sein Name ist mir entfallen. Die Loggia der Cavanaghs geht auf ihren herrlichen Garten hinaus, in dem sie ungewöhnliche Rosensorten kultivieren. Nein, dies war nicht die Loggia der Cavanaghs. War es die Loggia der Hilliards? Die hatte ich mal als Gast einer ihrer legendären Cocktailpartys zu Gesicht bekommen: in diesen Breiten ein bedeutendes gesellschaftliches Ereignis. Ich genoss den grandiosen Blick auf das Meer, die felsige Küste und die Tulpen der Hilliards, die von ihrem einarmigen Hausmeister bestens gepflegt wurden. Nein, dies war weder die Loggia der Cavanaghs noch die Loggia der Hilliards, noch auch die Loggia der Pritchards, auf der meine Frau einmal mit den Eigentümern des Anwesens in Streit geraten war. Helen (die es vorzieht, ihren wahren Namen in diesem Bericht nicht zu lesen) lief rot an, als sie eine unfreundliche Bemerkung von Sydney Pritchard zurückwies. Wir schritten erhobenen Hauptes zu unserem Sportcoupé, das auf dem Kies des Wendeplatzes parkte.

Ich halte es für möglich, dass ich noch nicht alle Loggien unserer Gemeinde aufgesucht habe und dass Abenteuerlust mein einziger Antrieb war, diese zu besichtigen, da ich mich keiner anderen Absicht entsinnen kann. Vielleicht wollte ich die fragliche Loggia unbedingt in Augenschein nehmen und hatte deshalb die Nacht hier auf den Verandamöbeln der freundlichen Besitzer zugebracht, ganz hübsche und solide Möbel übrigens, weiß gestrichen und mit gelb-grünen Kissen darauf. Es trifft jedoch zu, dass ich mich im ersten Morgenlicht nicht ganz wohlfühlte. Wahrscheinlich eine Art Bazillus.

Die im Osten aufgehende Sonne war mein Wecker. Wie ich gern zu sagen pflege, schlafe ich wie ein Baby, gehe also zur besten Fernsehsendezeit ins Bett und erwache mit dem Tageslicht, das sofort einen frischen Strauß Erinnerungen an die Amüsements des vorangegangenen Abends erblühen lässt. Um diese Jahreszeit, im Frühherbst, sind die meisten Sommergäste in ihre Vororte zurückgekehrt, wo sie sich um ihre Anwaltskanzleien, ihre kleinen Vermögensverwaltungen oder auch um ihre Immobilienfirmen kümmern. Die Besitzer gerade dieser Loggia (und des daranhängenden Hauses) waren daher nicht präsent. Wohl aber ihre Verandamöbel.

Lippen und Wangen waren geschwollen, da eine Mückenschar meine nächtliche Verfügbarkeit ausgenutzt hatte. Auf unserer kleinen Insel gibt es zwanzig verschiedene Mückenarten, und ich glaube, ich hatte jeder einzelnen zur Nahrung gedient. Natürlich trug ich meine Lieblingsshorts aus rostrotem Popelin und Kniestrümpfe, die auffallend gut zu meinen Docksiders passten. Dazu hatte ich das rosarote Poloshirt gewählt, das nach den Worten meiner Frau von den problematischen Hautflecken ablenkt, mit denen wir im sozialen Bereich Tätigen zu kämpfen haben. Mein Haar war gewiss in furchtbarer Unordnung. Mein linkes Auge konnte ich kaum schließen. Nur ungern enttäusche ich Freunde und Nachbarn durch ein Äußeres, das nicht zu erkennen gibt, wer ich bin: ein beschwingter Pensionär des öffentlichen Dienstes.

Nun zu einem pikanten Detail: Neben der Chaiselongue, auf der ich offenbar die Nacht verbracht hatte, lag ein Taschenbuch, eine Art Kriminalroman mit dem Titel *Omega Force: Code White* von einem gewissen Stuart Hawkes-Mitchell. Was für ein fürstliches Pseudonym! Das Buch war ziemlich zerlesen, zweifellos von den Hauseigentümern. Vielleicht hatten sie einige der vergangenen Hundstage mit dem Verschlingen des Hawkes-Mitchellschen Thrillers verbracht. Ich beschloss, zumindest einen Blick hineinzuwerfen, da ich erst in ungefähr einer Dreiviertelstunde a) im Haus um Benutzung des Abortes ersuchen oder b) am Strand entlang zu meinem eigenen Heim zurückgehen konnte.

Auf dem Titel von *Omega Force: Code White* war ein kräftiger junger Bursche abgebildet, der aus einem amphibischen Landefahrzeug sprang und dabei eine Furcht einflößende Handfeuerwaffe schwang, wahrscheinlich eine 9-Millimeter oder dergleichen. Er zog eine Grimasse, der junge Mann, wie man sie auf sämtlichen Fotos von Footballtrainern am Spielfeldrand findet. Man sollte meinen, dem Footballtrainer stünden nur zwei Gesichtsausdrücke zur Verfügung: Grimasse und Gebrüll. Im Hintergrund des geprägten Umschlagbildes von *Omega Force: Code White* war eine junge Frau mit üppigem Busen zu sehen. Mir ist nicht entgangen, dass man auf Taschenbuchumschlägen unbedingt einen üppigen Busen zeigen muss. Es sollte keiner Erwähnung bedürfen, dass ich altmodische Geschichten bevorzuge, in denen ein bemerkenswerter Mensch mithilfe altbewährter Fähigkeiten und logischer Schlussfolgerungen Verbrechen aufklärt und Recht und

Ordnung wiederherstellt. Es liegt mir jedoch fern, einen Busen abzuweisen, wenn er sich denn zeigt.

Betrachten wir die Zeugenaussagen auf dem Umschlag des Taschenbuchs. Sie versprachen »Nerven zerfetzende Spannung«. Ich war mir nicht sicher, ob ich solches angesichts meiner leichten Übelkeit und Kopfschmerzen ertragen wollte. Des Weiteren handelte es sich wohl um die Sorte Buch, bei der man »die ganze Zeit auf der Kante des Liegestuhls hockt«. »Sie werden es von Alpha bis Omega nicht aus der Hand legen.« »Die neueste Folge der *Omega Force* verspricht und hält viel.« Wer könnte da widerstehen? Ich wollte gerade noch mehr lesen als die Lobeshymnen des *Orange County Register* und der *Times-Picayune*, als ich hinter mir bedrohliches Scharren vernahm.

Es war eine Glastür, und jenseits ihrer Schwelle (das heißt im Inneren des Hauses) hingen Vorhänge aus sandfarbenem Stoff, vielleicht Leinen, ein sommerliches Gewebe, dem Leben im Landhaus angemessen. Und nun zeigte sich ein Gesicht hinter dem Vorhang, ein weibliches Gesicht. Ich erblickte die Frau genau in dem Moment, in dem sie mich entdeckte, wie ich auf der Loggia lag, den Strandpflaumen, dem dichten Schilfröhricht und dem jenseits des wuchernden Grüns liegenden Meer zugewandt. Ihre Miene ließ mein Herz für den Rest des Tages frösteln, denn die darin liegende Enttäuschung blieb mir nicht verborgen. Ich setzte mich kerzengerade auf die Chaiselongue, denn auf eine gewisse Selbstachtung wollte ich nicht verzichten, und legte mir für die Dame des Hauses ein paar Bemerkungen darüber zurecht, wie wichtig es an einem solchen Tag sei, einen Sprung in den Nordatlantik zu tun. Was der Tag auch sonst für sie bereithalten mochte, wollte ich ihr versichern – ob Fasten oder Fülle –, nichts davon war den besorgten und enttäuschten Gesichtsausdruck wert. Ein bisschen Schwung in die Schritte! Ein fröhliches Liedchen gepfiffen!

Die Terrassentür ging auf. Die Frau, die ich eben beschrieben habe, verließ ihr Haus nicht, betrat nicht etwa die Loggia, um mir Gesellschaft zu leisten. Ganz und gar nicht. Ich sah sie mit misstrauischem Blick in die Sonne blinzeln.

»Dr. Van Deusen«, sagte sie. Die Türkette blieb zu, obwohl wir, wie jedermann weiß, kriminellen Elementen erfolgreich verwehrt haben, in unserer Gemeinde Fuß zu fassen. Kriminelle Elemente können sich die hiesigen Grundstückspreise nicht leisten und scheuen die mühsame Anfahrt mit der Fähre.

»Ma'am«, sagte ich in der Hoffnung, dass ihr Name mir wieder einfallen möge, »es ist ein wunderschöner Morgen, und ich dachte gerade daran, schwimmen zu gehen. Die Verbindung von Meersalz und Sonne auf der Haut, nun ja, *stärkt den Charakter*.«

»Ich bin erstaunt, dass Sie –« In ihrer Stimme klang eine Art unterschwelliges Schnalzen mit, ein tadelndes rhythmisches *Ts Ts Ts*, als sollte ich aus irgendeinem Grund ein schlechtes Gewissen haben. Doch soweit ich wusste, gab es überhaupt nichts zu bereuen. »Nun denn«, sagte sie schließlich, »soll ich Sie zu Ihrem Haus zurückgeleiten?«

Ich ließ sie wissen, dass ich ganz gut aus eigener Kraft dorthin gelangen könne. Ein flotter Spaziergang gehört in unserer kleinen Gemeinschaft verwandter Seelen zu den beliebten Aktivitäten.

»Ihre Frau hat das Auto genommen«, sagte sie.

»Sie –«

»Sie wissen nicht mehr –«

»Ich erinnere mich *bestens*.«

Das Gedächtnis ist ein unbeständiges Wiederbeschaffungssystem, wie Ihnen jeder Mensch bestätigen kann. Es steckt voller Ungenauigkeiten. Gelegentlich ereignen sich Dinge, die über unseren Horizont hinausgehen, unsere begrenzten Begriffsmöglichkeiten übersteigen. Gelegentlich beschließen wir, gewisse Geschehnisse zu ignorieren, so wie eine Frau die Einzelheiten ihrer Geburtswehen vergisst, sobald diese vorüber sind und das Kind auf der Welt ist. So auch ich. Wenn ich mich lieber auf die schönen Dinge konzentriere – eine gute Flasche Wein, einen herrlichen Sonnenuntergang, die nachmittägliche Ruderpartie im Hafen in meinem aufblasbaren Gummiboot –, wer will da behaupten, dass mein Gedächtnis lückenhaft arbeite? Bei all den Dingen, die es zu bewahren beschließt, ist es verlässlich.

»Dr. Van Deusen«, hob die Frau an, und wieder hörte ich, wie sich Tadel in ihre höflichen Worte schlich, als sie beispielsweise den Ordnungshüter ins Spiel brachte. Ich konnte ihre Ansicht ehrlich gesagt nicht teilen. Ich habe mich mit dem Polizisten verschiedentlich unterhalten: zum Beispiel über die Notwendigkeit besserer polizeilicher Überwachung des Fährhafens oder über die unselige Angewohnheit der Hobbyrennfahrer, die Hauptstraße in Richtung des Country Clubs entlangzurasen. Ich habe ihm sogar geraten, gewisse junge Leute festzunehmen, die mit ihren Cabriolets gefährlichen Schabernack trieben. Ich wusste außerdem, dass der Polizist, der eigentlich nur ehrenamtlich tätig war, in finanziellen Schwierigkeiten steckte und sich bestimmt nicht in eine Auseinandersetzung um die Loggia dieser bedauernswerten Frau oder um mein Bedürfnis, die Loggien meiner Gemeinde zu erkunden, hineinziehen lassen würde.

Da ich keine herablassende Behandlung wünschte, blieb mir nichts übrig, als das Taschenbuch *Omega Force: Code White* zu greifen und der Loggia sowie ihrer komfortablen Chaiselongue Lebwohl zu sagen. Ich zog mein Polohemd über den Kopf, wobei es sich kurz an meiner Brille verhakte, und schritt den gewundenen Pfad zum Strand hinab. Rief die Frau mir die Frage nach, ob ich ein Handtuch benötige? Ich glaube, ja. Sie fragte, ob ich ein Handtuch benötige, und ich glaube, ich machte deutlich, dass ich *flauschige* Handtücher mag. Wenn es eins gibt, was ich nicht ertragen kann, so sind es dünne weiße Handtücher. Ich rief über die Schulter, ich nähme ihr Handtuch an, solange es groß und flauschig sei, am liebsten marineblau, und wenn sie des Weiteren einen Drink servieren könnte, wäre ich ihr sehr verbunden, vielleicht einen Screwdriver mit einem Schuss extra; für diese Zusatzgaben wäre ich äußerst dankbar, und wenn es ihr passte, könnte sie mich am Strand erwarten, wo die Wellen für den Beginn des Herbstes eher enttäuschend waren, ist dies doch schließlich die Zeit der Wirbelstürme. Im Herbst ist normalerweise mit den besten Wellen des ganzen Jahres zu rechnen.

Habe ich zu erwähnen versäumt, welcherart mein Doktortitel ist? Ich bin ein Doktor der Public Policy. Ich wurde Anfang der Sechziger an der Georgetown University promoviert und musste daher nicht an einer gewissen Militäraktion in Südostasien teilnehmen, auch wenn ich sehr gern meinen Dienst geleistet hätte, denn ich glaube an Opfer für hehre Ideale. Es gab jedoch noch weitere Hindernisse, die meinen Militärdienst unmöglich gemacht hätten. Ich war natürlich verheiratet, und meine Frau, die, wie schon erwähnt, ihren wahren Namen aus diesem Bericht heraushalten möchte, war Sozialarbeiterin und hatte daher kein nennenswertes Gehalt. Außerdem litt unser Sohn Skip, den ich wirklich gern habe, unter diversen Entwicklungsproblemen. Er hat den größten Teil seines Lebens bei uns daheim verbracht. Ich habe also meinen Doktortitel erworben und bin in den Sechzigern in den öffentlichen Dienst gegangen. So konnte ich der Gesellschaft auf meine Weise etwas *zurückgeben* und mich auf der Karriereleiter des Ministeriums für Gesundheit, Bildung und Wohlfahrt emporarbeiten. Ich muss zugeben, dass dies bei den Männern in meiner Familie, die größtenteils Geschäftsleute waren, nicht gerade als anständige Beschäftigung galt. Ich war gut in Latein und konnte einen geometrischen Beweis führen, als wäre es mir in die Wiege gelegt worden, doch eine Gehaltsabrechnung blieb für mich ein Buch mit sieben Siegeln.

Aber eigentlich möchte ich nun über das derzeitige nationale Sicherheitsklima sprechen.

2

Der Stocktanz

Lassen Sie mich zunächst anfügen, dass ich zwar der letzte Spross einer angesehenen Familie, deswegen aber mitnichten der unbedeutendste Erbe des Van Deusenschen Matratzenimperiums bin. Irgendjemand muss ja aus einer Matratzenfamilie stammen, und so fällt es also mir zu, wie auch meinen Brüdern, von denen die meisten inzwischen in die ewige Ruhestätte der Van Deusens eingegangen sind. Wenn ich auch der jüngste Sohn bin, der nicht ins Familienunternehmen eingetreten ist, so habe ich meine Brüder doch geliebt, und das Unternehmen ebenso. Ich bekam meinen Anteil ausbezahlt, als wir von einem größeren Konkurrenten gekauft wurden, und diese Erbschaft ermöglichte es mir und meiner Frau, gut für unseren Sohn Skip zu sorgen und den Lebensstil beizubehalten, den wir gewohnt waren. Die Erbschaft gestattete mir außerdem, mich von meinem Posten als stellvertretender Direktor der Abteilung entbinden zu lassen, auf dem ich dem Ministerium fünfunddreißig Jahre lang zufriedenstellend gedient hatte, und in den Ruhestand zu treten. Meine Frau hat in den letzten Jahren allerhand Probleme mit ihren Füßen gehabt, schlägt aber, wenn es nötig ist, immer noch eine gefürchtete Vorhand. Sie setzt ihre Treffer.

Wir haben auf dieser Insel dann und wann ein Problem mit den Stränden, und zwar dergestalt, dass im Spätsommer oder Frühherbst bei Ebbe krautiger Seetang in großer Menge angeschwemmt wird. Der Tag, den ich beschreibe, bildete da keine Ausnahme. Man sah den Auswurf überall auf den Wellen, die schwächlich an den Strand schwappten. In einiger Entfernung, am South Beach, ließ sich jedoch ein Retriever von dem Zeug nicht abhalten, einem gebleichten Stock hinterherzujagen. Ich war nicht sicher, ob ich mich tatsächlich in die Fluten stürzen sollte, wie ich etwas albern vor der Frau geprahlt hatte, auf deren Loggia ich zuvor ein paar Stunden zugebracht hatte.

Der Retriever jedoch rief mir einen Zeitvertreib in Erinnerung, dem ich mich bisweilen hingebe, wenn mich seniler Enthusiasmus überkommt. Dieser Bericht lässt darauf schließen, dass ich gelegentlich *die ganze Welt dirigieren muss*. Das ist richtig. Wie die meisten Männer von Geschmack und Urteilsvermögen, vor allem jene, die vor dem Aufkommen der »populäre Musik« genannten Idiotie geboren wurden, liebe ich Klassik, vor allem Orchestermusik. Ich bin ergriffen, wenn die Holz- und Blechblasinstrumente sich über das herzzerreißende Pathos der Streicher erheben. Ich liebe die spektakulären Auftritte des Schlagzeugs. Wenn ich Derartiges höre, kann ich nicht anders, als die Musik mitzudirigieren, und mein phonographisches Gedächtnis ist so beschaffen, dass ich bei richtigem Wind und im süßen Zauber der Elemente die Musik *fühlen* kann, Tschaikowskys Ouvertüre 1812, die »Battle Hymn of the Republic«, die Symphonien von Mahler und Beethoven, ich kann sie fühlen. Jawohl, Beethoven. Wie kommt es nur, dass die Musik dieses tauben Syphilitikers so vollkommen geeignet ist, das Herz eines müden ehemaligen Beamten zu erheben? Ich weiß es nicht. Ich weiß nur, dass ich manchmal den Stocktanz tanzen muss, und kein Stock ist dafür besser geeignet als die weiß verblichenen Stöcke, die an unsere Strände geschwemmt werden. Am fraglichen Tag sah ich die Stöcke, wie beispielsweise jenen Stock, dem der erwähnte Retriever nachjagte, ich holte mir auch einen und begann sofort die einleitenden Takte des oben genannten Tschaikowsky-Stückes zu akzentuieren. Ich hatte inzwischen alle Kleidungsstücke bis auf Shorts, Strümpfe und Schuhe abgelegt. Sogar die Brille hatte ich abgesetzt, alles in die Fluten geschleudert, und so begann ich meinen Stocktanz, der Klang der Streicher schwoll, die französischen Truppen marschierten auf St. Petersburg oder wohin auch immer. Was für ein Tag!

Gelegentlich lecke ich gern am Stock, bevor ich ihn verwende. Es ist wichtig, die salzige Oberfläche zu kosten, so wie, stelle ich mir vor, die großen Wortschmiede der Vergangenheit, die epischen Dichter, ihre Feder oder ihren Griffel anlecken mussten, bevor sie ihre Verse komponierten. Ich lecke vor dem Auftritt gern am Stock, und wenn sein Geschmack nicht meinen Vorstellungen entspricht, wähle ich einen anderen, werfe den ersten allerdings nicht weg, sondern lege ihn zur Vorbereitung des Stocktanzes beiseite, denn womöglich erweist sich dieser erste ja doch als der perfekte Taktstock, ich weiß es nur noch nicht, weil ich seinen Geschmack noch nicht vergleichen konnte. Jedes Mal jedoch bilden alle Stöcke eine Stockgemeinschaft, und es ist ungemein wichtig, sie als Teil eines großen Waldes potenzieller Taktstöcke für meinen Tanz zu begreifen. Hat Toscanini seinen Dirigentenstab nicht mit der gleichen Sorgfalt gewählt? Ich glaube schon. Er bewahrte ihn in einem Mahagonikästchen auf. So sammelte ich also auch an diesem Morgen die verworfenen Stöcke ein und stellte sie zu einer Art Tipi zusammen, als wollte ich ein Freudenfeuer entzünden, was leicht hätte passieren können, denn sollte es erforderlich werden, dass ich mehrere Stunden am Strand verweilte, könnte das Entzünden eines prasselnden Feuers auch zum Aufwärmen *überlebenswichtig* werden. Doch so weit war ich noch nicht. Ich stand erst am Anfang des Stocktanzes. Ein Stoß ging mir durch und durch, der den Einsatz der Holzbläser anzeigt. In diesem Satz wird das glückliche Leben der russischen Leibeigenen dargestellt, doch dieser Stoß macht schon zu Beginn des Stocktanzes deutlich, dass sich die schwere kriegerische Auseinandersetzung nicht vermeiden lässt. Das heißt, auch wenn mit der Partitur vertraute Zuschauer an meiner tänzerischen Darbietung ablesen konnten, dass es sich um einen Adagio-Satz handelte, übersprang ich einige der eher pastoralen Takte, um schneller zu jenem Teil der Ouvertüre zu gelangen, in dem die Kanonen zum Beschuss einsetzen.

Für all jene, die unsere kleine Gemeinde nicht kennen: Ganz in der Nähe des South Beach befindet sich eine ehemalige Militäreinrichtung. Das Fort, wie das Areal im Volksmund genannt wird, beherbergt derzeit diejenigen Mitglieder unserer Gemeinde, die sich noch auf den Einstiegsrängen des Immobilienmarktes bewegen, wenn Sie verstehen, was ich meine. Manche Leute jedoch stecken jahrelang hier fest, wenn sie sozusagen nicht auf ein weiches Matratzenvermögen gebettet sind. Eine Reihe nicht mehr besetzter Geschützstellungen, die aufs offene Meer hinausgehen, dienten einst dazu, die Gewässer zu befrieden, welche zur südwestlich von uns gelegenen Großstadt führen, deren strategische Bedeutung sich leicht erschließt. Ein besonders apartes Detail des Forts ist allerdings eher dekorativer als defensiver Natur, nämlich die Kanone am Eingangstor. Ganz recht, eine Kanone aus der Zeit der Jahrhundertwende. Sie dient inzwischen nur noch dem Zeremoniell, dennoch ist mit ihr nicht zu spaßen. Ich betrachte sie als nützliches memento mori für die jungen Leute, die sich ständig leichtfertigen Vergnügungen hingeben. Ihre besondere Bedeutung an dieser Stelle ist jedoch folgende: Ich dachte bei meinem Stocktanz an die Kanone, und daher tanzte ich recht wild und aufreizend. Ich sprang in meinen Popelinshorts munter in die Luft und landete wie ein russischer Balletttänzer. Dann leckte ich wieder am Stock, der nach Torf schmeckte und nach tiefem Ernst – was für eine Freude, denn zu lange schon war es her, dass ich dem Stocktanz gefrönt hatte. Warum hatte ich mir dieses enorm sinnliche Vergnügen versagt? Mochte es auch recht unkonventionell sein, mochte meine Frau mir auch abraten, solche Dinge zu tun, so wurde ich doch vom fröhlichen Schwindel ergriffen und begann mich zu drehen, als wäre ich selbst die Schockwelle, die sich vom Einschlag einer Kanonenkugel her ausbreitet, Kavalleristen und Fußsoldaten, Sanitäter und kleine Trommler umwirft und alle, die sonst noch auf einem russischen Schlachtfeld zu finden sind. Beim Crescendo meines Stocktanzes merkte ich, wie ich auf die Brandung zu und in die Wellen stürzte, und dann wurde ich recht rüde aus meiner Ekstase geweckt, da ich in den tangreichen Fluten des Nordatlantik, nun ja, schwamm, oder planschte oder strampelte, zumindest einen Moment lang ganz und gar unter Wasser.

Die Strände sind dort, wo ich lebe, nicht von höchster Qualität. Wenn Sie Strände gewohnt sind, wo der Sand tatsächlich sandig ist, eine weite Fläche zum Hinlegen und Ausstrecken, dann ist mein bescheidener Ferienort nicht das Richtige für Sie. Hier bestehen die Strände zum größten Teil aus vollkommen runden Kieseln, alle ungefähr so groß wie ein Tennisball, und der sandige Teil beschränkt sich auf ein paar Handbreit direkt am Wasser. Der Sand ist vor allem das Produkt der Meereseinwirkung auf diese

Tennisbälle. Wenn ein stärkerer Sturm aufkommt, kann es sein, dass die Wellen den größten Teil des richtigen Sandes mit sich fortreißen, sodass den Selbstdarstellern und den Sonnenanbetern in ihren knappen Badekostümen nicht ein bequemes Fleckchen bleibt. Kein geeignetes Plätzchen, wo man nach dem Volleyball hechten kann, keine von Felsen abgeschirmte Bucht für ein gelegentliches Rendezvous am Strand. Unsere Strände sind rau, und South Beach ist der schlimmste von allen. Wenn ich also seitwärts in den Atlantik stürzte, immer eingedenk der offensichtlichen Gefahr, von der Strömung bis nach Portugal fortgerissen zu werden, oder weiter nach Süden, je nach Tücke des Golfstroms, so lag das gewiss am steinigen Untergrund. Ich verlor einfach den Halt. Dass ich mich nicht im Vollbesitz meiner Kräfte fühlte, machte meine Not nur größer. Der Stock wurde mir aus der Hand gerissen, und ein Retriever, der zufällig am Schauplatz des Geschehens auftauchte, schnappte ihn sich und trottete damit in ein Gebüsch, wo er ihn zu Zahnstochern zerkaute. Nie wieder würde ich das salzig-torfige Ende dieses trefflichen Taktstocks schmecken.

Und hätte der Mensch, der mich herauszog, mich nicht sofort fachgerecht wiederbelebt, so hätte ich wohl mehr als nur den Stock verloren.

3

Einstmals stolze Männer

Als meine Frau und ich diesen Urlaubsort für die Sommerfrische auswählten, gründeten wir unsere Entscheidung auf Faktoren wie Exklusivität, Golfmöglichkeiten, kulinarische Angebote, gleichgesinnte Gäste und Ähnliches. Nie wären wir darauf gekommen, uns nach dem Broterwerb der umgebenden Bevölkerung zu erkundigen. Natürlich sind die von den Gästen abhängigen Bevölkerungsteile ein wichtiger Aspekt eines jeden Ferienortes. Zweifellos besitze ich – aus Gründen, die sich mir nicht erschließen – einen gewissen lokalen Bekanntheitsgrad, dennoch stehe ich oft im Kontakt zur arbeitenden Bevölkerung, zu Menschen, die elektrische Leitungen oder Sanitäreinrichtungen installieren, Dächer decken, Mauern verputzen und Rasen mähen. Ich plaudere gern mit diesen Menschen, und sie merken, dass ich kein Mann des Zorns, sondern der Liebe bin. Meine Schaltung hat bloß zwei Gänge: Nachdenklichkeit und Freude.

Die ersten unter den einstmals stolzen Männern unserer Gemeinde sind die Fischersleute. Wie Sie sich denken können, muss es in einem maritimen Lebensraum eine verlässliche Subkultur von Fischern geben, die jeden Morgen hinausfahren, ihre Hummerfallen heraufholen oder die Netze auswerfen. Weil jedoch die Fangflotte aus Connecticut in ihren Fischgründen wildert – die dortigen Seeleute sind von niedriger Gesinnung –, mussten unsere Fischersleute den ungleichen Wettkampf aufgeben und sich nach anderweitigen Einkünften umsehen. Mit großer Genugtuung kann ich berichten, dass einige von ihnen sich der Agententätigkeit zugewandt haben. Hier können sie mit Sicherheit viel Gutes für uns alle leisten, die wir uns Gedanken um die nationale Sicherheitslage machen, und es bleibt gewiss noch Zeit, in den geschützten Buchten die eine oder andere Hummerfalle auszubringen, damit wir alle an den Feiertagswochenenden etwas auf dem Tisch haben.

Woher weiß ich, dass die einstmals stolzen Männer unserer Gemeinde sich nun der edlen Zunft der Spione angeschlossen haben? Nun, wegen des Herrn, der mich am fraglichen Morgen aus dem kalten Nordatlantik errettete. Nennen wir ihn Ed Thorne, auch wenn er keineswegs so heißt. Ich würde in einem Bericht wie diesem wohl kaum seinen wahren Namen einsetzen, denn es verstößt gegen Bundesgesetze, die Identität eines Geheimagenten preiszugeben, und ich möchte in solchen Angelegenheiten keinesfalls leichtfertig erscheinen. Dieser Ed Thorne jedenfalls, angetan mit den traditionellen Watstiefeln des erfahrenen Brandungsanglers, setzte sich – nachdem er sichergestellt hatte, dass ich weder in Gefahr war zu ertrinken noch an meinem eigenen Speichel zu ersticken – einen Augenblick neben mich und legte seine moderne Angelrute beiseite, neben der sich mein Dirigentenstab etwas lächerlich ausnahm.

»Dr. Van Deusen«, bemerkte er, »ein bisschen früh, in diesem Aufzug draußen zu sein, oder?«

Ich zitterte in der Tat. Nachdem ein Menschenfischer mich aus dem nassen Grab gezogen hatte, fiel mir auf, dass meine Hände zitterten, als litte ich unter einer schrecklichen Nervenkrankheit, und ich versuchte, dies vor Ed zu verbergen, indem ich sie an meinen Körper presste. Möglicherweise nahm Ed gar keine Notiz von meiner Verfassung. Um seine Aufmerksamkeit dennoch zuverlässig in eine andere Richtung zu lenken, erwähnte ich, was für ein wundervoller Morgen es sei, wie sehr ich mich freute, an einem solchen draußen herumtollen zu können, und dass Ende September doch wirklich die bemerkenswerteste Jahreszeit auf unserer Insel sei. Siehe die zarten Rot- und Gelbtöne an Traubenkirschen und Götterbäumen! Siehe die Zugvögel auf ihrer Wanderschaft! Angesichts meiner Leberzirrhose und den damit einhergehenden Gesundheitsrisiken, so versicherte ich Ed, müsse ich die mir verbliebenen Freuden ergreifen, wo ich sie finden könne. Ed betrachtete meine Selbstdiagnose offensichtlich mit Skepsis, doch es lag ihm fern, einem Mann zu widersprechen, der seine Entscheidung so eindeutig getroffen hat. Wir saßen still beieinander, vereint durch das brüderliche Band der Frühaufsteher. Unser Schweigen war umso natürlicher, nachdem Ed mir eröffnet hatte, dass meine Frau seines Wissens bereits seit längerer Zeit sämtliche Häuser der Insel nach mir durchforstete. Er ließ mich außerdem wissen, dass er gern bereit sei, mir zu helfen, indem er mich an einen sicheren Ort fuhr.

Sentimentale Gedanken an meine Frau ergriffen mich. Ich konnte nicht verstehen, warum mir gewisse Dinge immer aufs Neue widerfuhren und warum ich kein ruhigeres, verlässlicheres Heim hatte, in dem ich des Morgens erwachte und in mein Arbeitszimmer ging, das mit dem neusten, ergonomisch gestalteten Schreibtischstuhl, einem Faxgerät und anderen Apparaten mit Leuchtanzeigen ausgestattet war, ein Arbeitszimmer, in dem ich an meinen Memoiren über die Zeit als Staatsbeamter oder vielleicht an einer Abhandlung über die Kreuzung von Chrysanthemen arbeiten konnte. Ich war ein entsetzlicher Mensch. Die einstmals stolzen Männer meiner Gemeinde waren anscheinend weitaus vernünftiger als ich. Es war jedoch auch möglich, dass Ed gerade anfing, *codiert* mit mir zu kommunizieren. Es ist ganz wichtig, jederzeit mit der Möglichkeit codierter Mitteilungen zu rechnen. Hören Sie gut zu. Ed rappelte sich auf; er wollte gerade die Tätigkeit wiederaufnehmen, für die er bekannt ist, nämlich das Fangen von Fischen, doch bevor er das tat, hielt er einen Moment inne und sprach die unvergänglichen Worte: »Wissen Sie was, gestern habe ich etwas Merkwürdiges gesehen.«

»Was denn?« Aus der Nase schoss mir ein steter Sekretstrom, den ich nur durch gelegentliches Wischen mit dem nackten Handrücken aufhalten konnte.

»Na ja, ich war bloß ein paar Hundert Meter weiter den Strand runter, und die Fische bissen nicht so recht.«

Damit wollte er natürlich sagen, dass er sich in der Nähe des Flugfeldes aufhielt. Denn neben dem ehemaligen Militärposten auf unserer Insel gibt es einen winzigen Flugplatz, im Grunde nur zwei sich kreuzende Rollbahnen. Sie bilden am Westrand der Insel ein X, und wenn die Fürsten und Barone unseres kleinen Reiches beschließen, ein Flugzeug zu chartern, sieht man vielleicht eine Piper, eine Cessna oder gar einen kleinen Jet dort landen. Eine ausgeblichene orangefarbene Windhose flappt träge von einem Fahnenmast am Rand des Asphalts, und dort parken auch zwei oder drei Propellermaschinen und erwarten ihre unzuverlässigen Dienstherren. Es gibt hier keinen Fluglotsen. Das obere Stockwerk des einzigen verbliebenen Gebäudes neben den Rollbahnen ist vielmehr vor Kurzem an einen örtlichen Bauunternehmer vermietet worden. Das heißt, selbst wenn es Fluglotsen gäbe, so hätten sie keinen

Platz für ihre technische Ausrüstung. Unser Flugplatz ist ein sehr bescheidener, die Leute überqueren ihn auf dem Weg zum Leuchtturm täglich mit dem Auto, und wissen Sie auch, wie? Sie schauen nach oben. Sehen sie ein Flugzeug, warten sie. Sehen sie keins, fahren sie weiter.

»Ich kümmere mich wie immer um meinen eigenen Kram«, fuhr Ed fort, »da hinten am Ende der Bahn« – jener Start- und Landebahn, die wegen der vorherrschenden Winde die seltener genutzte von beiden ist –, »da sehe ich am Rand des Asphalts eine Maschine parken.«

»Aber Ed«, sagte ich, »das ist doch nichts Besonderes. Landen dort nicht jeden Tag Flugzeuge?«

»Stimmt, allerdings parken sie nie so weit weg vom eigentlichen Halteplatz. Aber richtig ins Grübeln kam ich erst danach, als die Leute ihre Maschine abgestellt hatten. Diese Personen stiegen also aus dem Flugzeug und ließen sich dabei mächtig Zeit, und dann standen sie draußen herum. Schauten sich irgendwie um.«

Es ist so – für all jene, die mit den Zuständen hier nicht vertraut sind –, dass man unsere Insel praktisch nicht besuchen kann, wenn man nicht *schon dort ist.* Und sollte man diese erste Hürde überwunden haben, so würde man nirgendwo Unterschlupf finden. Würde man von Übeltätern entführt, chloroformiert, auf die Insel gebracht und in der Wildnis ausgesetzt, so würde man feststellen, dass sich dort weder Gasthaus noch Motel findet, um einen aufzunehmen, zu nähren, einem gestärkte Handtücher anzubieten. Wie Ed angedeutet hatte, war also allein das Auftauchen von *Fremden* hier bemerkenswert.

»Und diese Personen, ich weiß gar nicht, was ich über sie sagen soll, außer dass sie *dunkel gehäutet* waren. Sie waren also dunkel gehäutet und standen um ihr Flugzeug herum, und jetzt kommt das wirklich Seltsame: Sie hatten so eine Kamera mit einem großen Objektiv, und sie fotografierten die Gegend um den Flugplatz herum. Sie fotografierten eine ganze Menge, überall da, wo sie gelandet waren. Ich kümmerte mich natürlich um meinen eigenen Kram, aber ich muss doch sagen, dass ich das Ganze richtig *beunruhigend* fand, Dr. Van Deusen. Ich habe also beobachtet, wie sie ihre Bilder schossen, ungefähr zehn Minuten lang, und dann stiegen sie in ihre Maschine und hoben so schnell wieder ab, wie sie gelandet waren.«

Als würde ihm die Spannung unerträglich, griff Ed nun wieder zu seiner Angelrute und watete in die Brandung, einer der einstmals stolzen Fischer unserer Region, der versuchte, seinen Lebensunterhalt aus den schwindenden Fischbeständen zu bestreiten. Auf diese erstaunliche Weise wurde mir zu verstehen gegeben, dass unsere Unterhaltung nun zu Ende sei, denn Schweigsamkeit war immer schon ein Wesensmerkmal des traditionsbewussten Anglers. Die erschütternden Andeutungen, die Eds Bericht enthielt, gingen mir jedoch lange Zeit nicht aus dem Kopf.

Zum Beispiel: Es stimmte zwar, dass es für Besucher auf der Insel keine Unterkunft gab, doch übte unsere Enklave gleichzeitig eine gewaltige Anziehungskraft aus. Wer würde nicht gern die wohlhabenden Oligarchenfamilien in ihrer Freizeit beobachten, wer würde uns nicht gern aus der Nähe sehen? Wer würde nicht gern mit maßgebenden Zeitgenossen bei luxuriösen Cocktailempfängen plaudern und scherzen? Ich weiß, vielen Menschen steht der Sinn nicht nach derlei gesellschaftlichen Ereignissen. Doch wenn man Stil und Flair besitzt, *weiß* man einfach, dass eine Festivität erst der Erinnerung wert ist, wenn man *selbst* seine Autoschlüssel dem Parkdienst zugeworfen hat und in den Patio geschlendert ist. Ja, wenn meine Frau und ich eintreffen, wenn wir Wangen küssen und Hände schütteln, dann wissen alle, dass die Inselparty richtig losgeht.

Wegen des starken Reizes, den unsere Insel also wie beschrieben ausübt, lässt sich beobachten, dass neugierige Menschen gelegentlich mit der Fähre herüberkommen, nur um sich das Ganze ein paar Stunden anzuschauen. Oft führen sie Fahrräder mit sich, bis man ihnen mitteilt, dass die Insel für Fahrräder weitgehend gesperrt ist, da die Mehrzahl der Straßen unter der Hoheit verschiedener exklusiver Country Clubs steht. Kaum dass aber diese Radler mit ihren unvorteilhaften Hüfttaschen ihre Bemühungen aufgegeben haben, attackieren motorisierte Wassersportler mit ihren schändlichen Schnellbooten unsere Gestade, oder noch schlimmer, mit diesen *Dingern*, wie heißen sie noch? Die aussehen wie übergroße elektrische Rasierapparate, unweigerlich gesteuert von jungen Männern mit knapp geschnittenen Badehosen. Diese sogenannten Freizeitboote belagern unsere Strände und Küsten, und ihre Kapitäne bringen Kassettenrekorder mit und spielen grauenhafte Musik, und sie rösten salmonellenschwangeres Fleisch auf offenem Feuer.

Es war natürlich möglich, dass die von Ed beschriebene Maschine nur solche *dunkelhäutigen* oder *dunkel gehäuteten* Personen beförderte, die einfach neugierig auf die Insel waren, eine von Gerüchten umwehte Enklave, die viele legendenumrankte Persönlichkeiten beherbergt. Und doch wissen Sie so gut wie ich, dass es gewisse Momente im Leben eines Menschen gibt, da er die Dinge so zu sehen beginnt, wie sie wirklich sind. Sie sind gerade aus dem Meer gefischt worden. Sie sehen Informationssysteme vor sich ausgebreitet. Sie begreifen, dass unterschiedliche und gleichermaßen bedeutsame Gedanken- und Kommunikationssysteme gleichzeitig in Kraft sind. Sie verstehen, dass menschliches Tun einer sichtbaren Ordnung folgt und dass sich unter dieser sichtbaren Ordnung womöglich viel wichtigere unterschwellige Ordnungen verbergen, nämlich die Bereiche staatlicher Operationen, wo geheime Haushaltspläne verabschiedet, wo Vereinbarungen in Hinterzimmern getroffen, wo Deals ausgehandelt und wo Gefangene gelegentlich gezwungen werden, für sie abstoßende populäre Musik zu hören oder die Brüste weiblicher Verhörexperten zu berühren. So muss es sein.

Als Ed Thorne mir von dem Flugzeug erzählte, wurde mir sofort klar, dass den Worten *dunkel gehäutet* in diesem Zusammenhang eine besondere Bedeutung zukam, es bedeutete nämlich, dass Ed selbst jetzt im Dienst wichtiger nationaler Geheimdienste stand, obwohl ich nicht sicher war, welche nebulöse Abkürzung infrage kam. Sollte jemand aus den Geheimdiensten diese Zeilen lesen, was ich unbedingt hoffe, dann wird er sich zweifellos aufgrund eigener Überwachungstätigkeit erinnern, dass an jenem unteren Ende des South Beach zwei weitere vielgerühmte Einrichtungen liegen. Eine davon ist die Marineradarstation, die bis auf den heutigen Tag damit befasst ist, die umliegenden Gewässer nach feindlichen Unterseebooten und anderen nicht identifizierten Wasserfahrzeugen abzusuchen. Der Zusammenhang zwischen der Radarschüssel (die sich in der Ferne drehte wie eine heliotrope Lilie im Zeitraffer einer Natursendung) und den Fakten, die Ed Thorne ausgebreitet hatte, war überwältigend. Das versuche ich auszudrücken. Plötzlich ging mir auf, was mir einfältigerweise entfallen war: dass wir uns in einer Zeit des nationalen Notstands befanden! In einer Zeit des Krieges! Und zu den ersten Opfern dieses Krieges gehörten die oberflächlichen Bedeutungen. Nichts bedeutete mehr, was es zu bedeuten schien. Worte hießen mehr, als sie auf den ersten Blick hießen. Die Verwendung des seltsamen und umständlichen Begriffs *dunkel gehäutet* hier auf unserer so wichtigen und so verwundbaren Insel verriet mir also, um welch schwerwiegende internationale Ereignisse es hier ging, auch wenn diese für mich persönlich bisher immer in weiter Ferne gelegen hatten. Und kaum hatte ich das begriffen, rannte ich auch schon in Richtung der anderen wichtigen Einrichtung am unteren Ende des South Beach, nämlich unseres Golfplatzes.

4

Neun schnelle Löcher vor dem Lunch

Am besten lässt sich meine Geschwindigkeit als Dauerlauf beschreiben. Ich bemühte mich, nicht über die Steine des South Beach zu stolpern, und wenn ich auch nicht behaupten kann, dass mein Sportpensum – entsprechend dem Ratschlag der zuständigen Bundesbehörde – einer Stunde körperlicher Ertüchtigung pro Tag entsprach, so war ich doch, wie schon gesagt, zu Energieleistungen fähig. An manchen Tagen war ich mit meinem Sohn Skip unterwegs, der trotz seines Alters von Anfang vierzig noch gern die unter dem Namen Frisbee bekannte Plastikscheibe durch die Gegend wirft. Skip sind auch schon viele interessante Reime auf das Wort *Frisbee* eingefallen: *Hippie, Sprungski, HiFi, Sponti, Garni, Rindvieh, Rotary, Rohmilchbrie* – und mein persönlicher Favorit *Patisserie*. Ich vermute, dass Skip in seiner gemächlichen Art vor langer Zeit beschlossen hat, das Werfen des Frisbees sei ein wichtiges Merkmal sportlicher Fertigkeit unter den blendend aussehenden Privatschülern, die ihn hier auf der Insel gelegentlich johlend und mit den Fingern zeigend umringten. Diese spezielle Gruppe von Teenagern ist natürlich inzwischen längst erwachsen und hat selbst Kinder, die schon fast wieder Teenager sind, aber für Skip verstreicht die Zeit nicht annähernd so schnell. Er versucht daher immer noch, seine Frisbeekünste zu vervollkommnen, weil er hofft, dass seine ehemaligen Bekannten ihn dafür mit Anerkennung belohnen werden. In solch rührenden Momenten lege ich meinem Sohn den Arm um die Schultern und wische ihm einen Essensrest von der Wange. Dann erkläre ich ihm, dass noch kein Frisbeewerfer ihn je an Kraft und Geschicklichkeit übertroffen hat, und das befriedigt sein Bedürfnis nach väterlicher Bestätigung, bis er den heiseren Ruf des nordöstlichen Blauhähers vernimmt, eines Vogels, den er sehr bewundert.

Mein Ziel war der Golfplatz, wo ich beginnen wollte, die mir von Ed Thorne zugespielte Information zu verbreiten. Zweifellos erwartete Ed gerade jetzt die Ankunft irgendeines Amphibienfahrzeugs, um die zuständigen Stellen über *dunkel gehäutete* Personen, über die gegenwärtige Ausweitung antiterroristischer Maßnahmen entlang der Ostküste und dergleichen mehr zu unterrichten.

Ich will nicht lügen und behaupten, ich sei ein erfolgreicher Golfspieler. Ganz im Gegenteil. Ich bin Linkshänder wie so viele kreative Denker, doch als junger Mann versuchte ich im heimatlichen Westchester County, den rechtshändigen Schwung zu erlernen. In jenen dunklen Zeiten war es äußerst schwierig, Golfschläger für Linkshänder zu bekommen. Mein Spiel war entsetzlich; mein Rückschwung war mit Vorsicht zu genießen, und gelegentlich verletzte ich Freunde und Verwandte. Meine Hand-Augen-Koordination war einfach miserabel. Ich ließ (und lasse) mich von diesen Beschränkungen nicht abhalten, denn in meinen Augen ist Golfen eine wunderbar gesellige Aktivität. Solange man sich des Fluchens und des Werfens von Golfschlägern enthalten kann, was mir in drei von vier Fällen gelingt, sollte man auf den Spaziergang an der frischen Luft nicht verzichten, auch wenn die Bewegung sich darauf beschränkt, aus dem Golfcart zu steigen, den richtigen Driver zu wählen und zum Ball zu humpeln.

Ich wiederhole: Mein Plan war es, die Botschaft unmittelbar drohender Gefahr in die Gemeinde zu tragen. Es traf zwar zu, dass ich zu dem Zeitpunkt nichts als rote Popelinshorts, sandfarbene Socken und die gemeinhin als Docksider bekannte Fußbekleidung trug. Darüber hinaus war ich ohne meine Brille offiziell blind oder zumindest extrem kurzsichtig. Ich hatte Brieftasche und sämtliche Hausschlüssel verloren und war vollkommen durchnässt. Es war mir jedoch gelungen, das mit Meerwasser bespritzte Taschenbuch *Omega Force: Code White* von Stuart Hawkes-Mitchell zu sichern. Meine Aufmachung sollte mich nicht hindern, meine Warnungen unter die Bürger zu bringen. Ich würde im Clubhaus des Golfplatzes damit beginnen. Also überquerte ich den Strandparkplatz, nichts weiter als eine unbewachsene Fläche, und marschierte die Straße entlang.

Mein Fortkommen wurde jedoch sofort gestoppt, als ich das Auto meiner Frau, ihr kleines Sportcoupé, auf dem Parkplatz des Clubhauses entdeckte. Natürlich betrachtete ich meine Frau nicht als Gegenspielerin. Sie ist meine Verbündete und meine beste Freundin, es sei denn, sie verlegt Gegenstände, die eigentlich mir gehören, oder entfernt sie gar absichtlich aus dem Haus, von der falschen Vorstellung geleitet, dadurch könne sie verhindern, dass ich mich schlechten Angewohnheiten oder überhaupt einer Lebensführung hingebe, die sie für ungesund hält. Wäre sie über alle Hintergründe vollständig informiert, würde sie solch drastische Maßnahmen kaum ergreifen.

Schließlich bin ich ein Mann, der das Gebiet der Gesundheit zum wichtigsten Thema seines beruflichen Lebens gemacht hat. Habe ich nicht während der Amtszeiten der Präsidenten Richard M. Nixon und Gerald R. Ford direkt dem Minister für Gesundheit, Bildung und Soziales Caspar M. Weinberger unterstanden? Habe ich die Frisur des Ministers Weinberger nicht stets bewundert, die elegant zurückgekämmte und mit einer Frisiercreme aus der alten Welt in Form gehaltene Stirnlocke? Ganz bestimmt sogar! Darüber hinaus habe ich im Jahr 1974 einen Bericht über das Aussetzen der Windpockenimpfung unter den amerikanischen Ureinwohnern verfasst, in dem ich argumentiere, das Risiko einer Windpockeninfektion sei derart gering, dass sich die Verwendung der Ministeriumsgelder aus Kosten-Nutzen-Gründen nicht länger rechtfertigen lasse! An dem Bericht habe ich drei Jahre gearbeitet! Ich weiß genug über Gesundheitsthemen, mein eigenes Wohlergehen und meine Körperfunktionen, um abgewogene Entscheidungen darüber zu treffen, wie ich meinen Ruhestand genießen will! Mein Gott!

Das erste Loch ist ein langes Par Vier, das keine besonderen Vorkommnisse bereithält und vor allem zum Aufwärmen für die folgenden Löcher dient. Unser Golfplatz ist eines der Weltwunder, und zahlreiche berühmte Golfer sind mit dem Hubschrauber eingeflogen, um achtzehn Löcher zu spielen. Am ersten Loch fehlt es an Deckung, doch wenn ich gleich ins einzige dichte Rough kurz hinter dem Sandbunker rannte, wo das Schilf den Fairway zu überwuchern drohte, konnte ich von dort leicht zum zweiten Loch weitereilen, welches sich, wie Sie wissen, am Meer entlangzieht und dann in einer tückischen Kurve auf die Hügel zuläuft, wo in ein paar Hundert Metern Entfernung die Radarstation der US-Marine liegt, das Auge der Welt. Es wäre ein Leichtes, mich einer Viererrunde anzuschließen, der ersten, die so frühmorgens unterwegs war, und so die Pläne meiner Frau zu durchkreuzen, die sicher nicht lange im Clubhaus verweilen würde. Meine Frau hasst Golf.

Als ich sah, wie Ned Roberts mitten auf dem zweiten Fairway die Lage seines Balles ein wenig zum Besseren korrigierte, schlenderte ich auf ihn zu, als hätte ich ihn gerade auf dem Dorfmarkt getroffen, wo ich oft so lange nach meinem Kleingeld suche, dass Ned mich deswegen aufzieht.

»Jamie«, sprach er mich mit dem Diminutiv an, den ich nie ganz abzulegen vermochte, wiewohl ich nun schon im fortgeschrittenen Alter bin und der größte Teil meiner Familie verstorben ist. »Was zum Teufel ist mit deiner Lippe passiert?«

»Insektengift, Ned. Ich gehe gerade ein bisschen spazieren.«

»Aber du –«

»Nein, ich kann jetzt wirklich nicht. Ich habe neulich gespielt und war ausnahmsweise unschlagbar. Lass mich noch ein paar Tage in dem Glauben, dass ich ein guter Golfer bin –«

»Nein, ich meine –«

»Na gut, wenn du darauf bestehst, kann ich ja ein oder zwei Schläge riskieren.«

Im selben Augenblick versuchte sich Ned jr. an einem Chip vom Rande des Grüns, und es schien mir, als wäre das zweite Grün ein fernes Paradies, in dem nur die glückseligsten Inselbewohner verweilen durften. Ned jr. war in die Vermögensverwaltung seines Vaters eingestiegen und gerade dabei, ordentlich Geld zu scheffeln. Ich war überzeugt, dass die knospenden Lustgärten der Insel, wenn Sie verstehen, was ich meine, ihm offen standen, und sein Probeschwung war in der Tat wundervoll, sein Rückschwung ebenso, und dann flog der Ball im Bogen von uns weg, wir konnten seine Flugbahn nicht mehr verfolgen, doch wir sahen, wie Ned jr. kurz darauf die Faust reckte und vor Freude in die Luft sprang, und in der Betrachtung dieses Moments schien mein eigenes Herz zu rasen, von plötzlichen Rhythmusstörungen befallen, meine Knie gaben nach, beinahe wäre ich zu Boden gegangen. Ned der Ältere packte mich am Arm, fluchte kurz, ließ seinen Schläger fallen und machte damit die verbesserte Lage seines Balles zunichte.

»Herrgott, Jamie«, sagte er.

»Ist schon gut, Ned. Alles in Ordnung. Ich habe etwas gegessen, was mir nicht recht bekommen ist.«

Ned half mir zum Golfcart, und das war schon alles, was er angesichts seines laufenden Wettkampfs der Generationen tun konnte. Natürlich passte mir eine Verschnaufpause gut ins Konzept, sie gab mir Gelegenheit, mich zu sammeln. Ich betrachtete die Sonnenstrahlen auf dem Wasser. Was kann schöner sein als der melancholische Traum des Spätsommers? Wenn man seine Brille verloren hat und das Sonnenlicht an die pointillistischen Tupfer eines impressionistischen Gemäldes erinnert? In einem solchen Augenblick belebt die Sonne alles, was ist, alles, was sein kann. Sie überstrahlt sogar Weltpolitik und religiöse Konflikte.

Beim Warten im Wagen hatte ich reichlich Muße, meine Aufmerksamkeit wieder Stuart Hawkes-Mitchells *Omega Force: Code White* zuzuwenden. Lassen Sie mich nebenbei bemerken, dass ich die derzeitige literarische Mode unvollständiger Sätze nur schwer ertrage. Hawkes-Mitchell ist da nicht auf meiner Seite. Außerdem heißt es »anders als« und nicht »anders wie«, Stuart. Und »ganz im Vertrauen«, nicht »ganz in Vertrauen«, du Kretin. Ich gewann den Eindruck, Hawkes-Mitchell müsse dringend mal in seiner Stilfibel blättern. Natürlich war ganz offensichtlich, an welchen Stellen der Lektor eingegriffen und versucht hatte, Stuart zumindest so klingen zu lassen, als besäße er ein Hirn. Das waren die klar verständlichen Passagen. In den von Stuart selbst geschriebenen Abschnitten schwadroniert der Erzähler, ein polizeilicher Ermittler namens Ernest Piccolo, ausgiebig über *Bier*. Außerdem gibt es »humorvolle« Anspielungen auf seine Männlichkeit, die er mit Spitznamen wie »Willie der Eroberer« oder »Präsident Johnson« belegt. Diese Ferkeleien sollen urig wirken, ich finde sie jedoch nicht im Geringsten amüsant. Ich bevorzuge zu meiner Erheiterung komische Zeichnungen, Tanzmädchen, frivole Verse und dergleichen. Aber genug von stilistischen Armutszeugnissen, vom Schürzenjäger und Detektiv Ernest Piccolo. (Als Piccolo die Virologin kennenlernt und vom Anschwellen seiner »Rute« spricht, fehlt es dem Werk zweifellos an Glaubwürdigkeit, und erst recht dreißig Zeilen weiter, als »ihre festen Brüste in meinen schwieligen Händen klingelten«. Er kennt sie gerade eine Viertelstunde!)

Diese analytischen Betrachtungen konnte ich an den ersten neun Löchern anstellen, obwohl ich im früheren Verlauf der Ereignisse meiner Augengläser verlustig gegangen war. Dieses Problem ließ sich jedoch dadurch lösen, dass ich das Buch auf Armeslänge entfernt hielt. Ich konnte jedenfalls erkennen, worum es ging, mehr war kaum nötig. Ohne jeden Zweifel nämlich gab es in *Omega Force: Code White* eigenartige Anklänge an die nationale Sicherheitslage, ganz besonders an Tatbestände, die ich heute Morgen mit Bundesagent Ed Thorne besprochen hatte. Ich möchte nun für die Leser jenes in *Omega Force: Code White* enthaltene Material auflisten, das Einfluss auf die laufenden Nachforschungen hatte.

1.) Auf Seite 78 erwähnt Stuart Hawkes-Mitchell, der seinen »Thriller« auf raffinierte Weise durch eine sogenannte »Vordergrundhandlung« vorantreibt, nämlich eine blutige Mordserie, zum ersten Mal die in unmittelbarer Nähe seines Schauplatzes (ein Ferienort an der nördlichen Zunge Long Islands) gelegene Insel Plum Island, den Bundesbehörden besser bekannt als das Tierseuchenzentrum Plum Island (TSZPI), ein Tierforschungslabor, das auch das Diagnoselabor für ausländische Tierseuchen (DLATS) beherbergt. Beide zusammen sind als biologische Forschungseinrichtung der Stufe 4 klassifiziert und liegen gleich hier in unserer Nachbarschaft im Long Island Sound.

2.) Auf Seite 113 deutet Hawkes-Mitchell an, die Serienmorde können nur Nebenschauplatz oder gar Ablenkungsmanöver sein, während es eigentlich um einen Angriff durch feindliche ausländische Kräfte von Meeresseite her auf Plum Island (und damit auf TSZPI und DLATS) geht, eine Gruppe von Verschwörern, die nach Angaben der Virologin mit den klingelnden Brüsten unter Antiterrorismus-Experten allgemein als *Omega Force* bekannt ist, und als *getarnte* Antiterrorismus-Expertin stellt sich die Virologin dann auch heraus.

3.) Auf Seite 249 löst Omega Force einen sogenannten Code White aus, worauf Militärexperten aus dem ganzen Land an die Küsten Long Islands und Connecticuts eilen, um die weiträumige Proliferation einer sich durch die Luft verbreitenden zoonotischen Krankheit zu verhindern, beispielsweise das West-Nil-Virus, das Hanta-Virus, das Ebola-Virus oder das Rifttalfieber.

Ich möchte das Ende von *Omega Force: Code White* nicht verraten, weil möglicherweise manche von Ihnen, die im militärisch-industriellen Komplex unseres Landes tätig sind, Muße und Neigung haben, Stuart Hawkes-Mitchells Geschichte vollständig zu lesen. (Wobei Sie auf einige Seiten gut und gern verzichten können.) Aber ich glaube, kein Spielverderber zu sein, wenn ich verrate, dass Detective Ernest Piccolo, der an späterer Stelle im Buch einem Mann wahrhaftig aus einer Schusswunde die Eingeweide aus dem Leib zieht und sein Opfer einen Blick darauf werfen lässt, so beliebt bei den Lesern war, dass er ein Comeback feierte (sogar aus dem Reich der Toten) und in einer ganzen Reihe von Folgebänden und Vorgeschichten aufgetreten ist.

Wichtig ist vor allem, dass in dem Thriller Plum Island eine Rolle spielt, das beinahe direkt neben unserer eigenen Insel liegt. Sehr wahrscheinlich hat das Militär diese Aspekte bereits gründlich durchdacht, dass nämlich Plum Island ein nahe liegendes militärisches Ziel und feindlichen Kräften überall auf der Welt wohlbekannt ist, aber ich würde mich doch einer Unterlassung schuldig fühlen, wenn ich in diesem Bericht das Thema der Zielbestimmung nicht auch ausgiebig behandelte.

Doch bevor ich das tue, möchte ich noch anfügen, dass Ned Roberts jr. so freundlich war, mich über die folgenden Löcher zu chauffieren. Sein Vater musste hinten bei den Schlägern Platz nehmen, aber der junge Neddie war ausgesucht höflich und behauptete am vierten Loch, sich an gemeinsamen Schwimmunterricht mit Skip erinnern zu können, damals, als sie beide noch klein waren. Ich sah zu, wie Ned am fünften Loch beinahe ein Hole-in-One gelang, und einen Augenblick lang bedauerte ich, dass es meiner Frau und mir nach Skips Geburt nicht gelungen war, weiteren Nachwuchs zu zeugen.

5

Hochrangige Ziele in der Region

Wir waren jetzt auf dem Siebenten, ein langes Par Vier. Kein allzu großes Wasserrisiko, obwohl Linkshänder wie ich Gefahr laufen, durch einen Shank ein oder zwei Bälle zu verlieren. Das sagte ich auch Ned dem Älteren, obwohl er ein ganz klassischer Rechtshänder ist. Er war mir für meinen Rat dennoch angemessen dankbar, denn sein Sohn lag inzwischen drei Schläge vorn. Ich bekam jedoch langsam Kopfschmerzen von der Lektüre Hawkes-Mitchells, und das Clubhaus war in Laufweite. Ich hätte nun also jederzeit aussteigen können, um einen kleinen Mittagsimbiss (oder ein spätes Frühstück) zu nehmen und dabei mit jedem Menschen, den ich drinnen antraf, die hier von mir angeschnittenen Themen zu besprechen. Ich stand natürlich im Clubhaus in hohem Ansehen: Wenn ich eintrat, brach oft unter den Bediensteten und den anwesenden Clubmitgliedern Heiterkeit aus. Außerdem konnte ich mein Mahl dort anschreiben lassen, ohne einen Ausweis oder eine Kreditkarte vorweisen zu müssen, und ich hatte ja leider alle Nachweise meiner Identität verlegt.

Nun boten sich den *dunkel gehäuteten* Personen, die einen Schlag gegen unser großartiges Land führen wollten, eine ganze Reihe idealer Ziele im Umkreis von zwanzig oder dreißig Kilometern um mich, den Autor dieser Zeilen, herum, und einige davon folgen hier:

A) *Kernkraftwerk Osprey* in Niantic, Connecticut. Das Kraftwerk hat in der Vergangenheit eigene Sicherheitsprobleme gehabt, unter anderem wird dort Meerwasser zur Kühlung eingesetzt, obwohl dies bekanntermaßen stark korrodierende Wirkung hat. Das Kraftwerk ist bereits mehrmals von der Atomenergiekommission verwarnt worden, was durchaus ungewöhnlich ist, wie ich zufällig aus meiner eigenen Zeit in Regierungsdiensten weiß, denn der ursprüngliche Zweck der Kommission war eher die Förderung als die Überwachung der Kernenergie. Osprey versendet pünktlich jedes Jahr Informationsbroschüren an uns, die wir im Windschatten des Kraftwerks leben: »Was ist Strahlung? Strahlung ist Energie, die in Form von Wellen oder Teilchen abgegeben wird. Strahlung ist ein weitreichender Begriff, der auch normales Sonnenlicht und Radiowellen umfasst.« Zufällig schaue ich aus meinem heimischen Wintergarten, den wir vor einigen Jahren angebaut haben, genau auf Osprey. Meine Frau wollte unbedingt den zu Beginn dieser Seiten erwähnten »modernen« Architekten beauftragen, aber ich bestand darauf, jemanden zu suchen, der eher der Tradition verpflichtet und mit der Schindeltechnik vertraut war, für die unsere Insel zu Recht so berühmt ist. Jeden Morgen steigt Wasserdampf aus den Kühltürmen von Osprey. Im Winter ist das besonders hübsch.

B) *General Dynamics Corporation, Abteilung elektrisch betriebene Schiffe*, New London, Connecticut. Nur wenigen von uns ist entgangen, dass in jüngster Zeit

Scharfschützen hinter Sandsäcken am dortigen Trockendock Stellung bezogen haben, wo einst die Atom-U-Boote der Polaris-Klasse hergestellt wurden und vielleicht in Zukunft wieder hergestellt werden – falls es ein Amtsträger für politisch angeraten hält. Atom-U-Boote sind das Kronjuwel unserer Marineflotte. Viele derartige Unterseeboote liegen flussaufwärts im Thames River vor Anker. Ich bin einmal zur Taufe eines solchen gefahren und war tief berührt, als ich die Veteranen beobachtete, die beim Anblick des (mit bunten Girlanden verzierten) Kriegsschiffes in Erinnerung an ihre Dienstzeit Tränen in den Augen hatten.

C) *Tierseuchenzentrum Plum Island*, Plum Island, New York. Es liegt nur acht oder zehn Kilometer entfernt. Laut Presseberichten gibt es Verstimmungen zwischen den Bundesangestellten des Zentrums und den bei Privatunternehmen Beschäftigten, welche mit geringeren Zulagen, längeren Schichten und dergleichen vorliebnehmen müssen. Eine Möglichkeit, das TSZPL und seine zugehörigen Laboratorien zu infiltrieren, läge also darin, die unzufriedenen Arbeitnehmer für sich zu gewinnen und sie zur Sabotage – quasi als Teil des Dschihad – anzustacheln. Jeden Tag gehen Fähren von Long Island und Connecticut nach Plum Island. Über diese und andere Wege gibt es also vielfältige Gelegenheiten zur Infiltration.

Dies sind nur die offensichtlichsten Ziele in unserer Region, wobei ich weder das Kernkraftwerk Shoreham noch den Fluggeräthersteller Sikorsky, noch die zahlreichen Brücken im Staate Connecticut erwähnt habe, die einen wichtigen Teil unseres Highway-Netzes und damit unserer nationalen Infrastruktur bilden. Und was ist mit dem Hafen von New London? Ein nuklearer Gefechtskopf könnte leicht, als eine Ladung Turnschuhe getarnt, in einen Container verfrachtet werden. Und wenn die großen Flughäfen für *dunkel gehäutete* feindliche Kräfte nicht mehr infrage kommen, wie wäre es dann mit einer wenig beachteten Hafenstadt oder einem winzigen Flugfeld, nur bewacht, wenn überhaupt, von einstmals stolzen Fischersleuten, die jeden Tag in der Brandung ihre Angel nach Streifenbarschen auswerfen?

Ich lüftete zum Abschied von den Roberts' – *père et fils* – meinen nicht vorhandenen Hut. Nach der Ruhepause auf dem Golfcart fühlte ich mich erfrischt, benötigte nun jedoch zur Stärkung einen frühen Lunch. Vielleicht einen Hummersalat. Während ich so dahintrabte, hörte ich ein paar Golfbälle vorbeisausen wie kleine Asteroiden in der unbekannten Weite der apokalyptischen Gegenwart. Ich beachtete sie genauso wenig wie die Rufe derjenigen, die mich aufforderten, den weiten Weg um die Bahnen herum zu nehmen. Nach ungefähr zehn Minuten erklomm ich die Stufen zur Veranda des Golfclubhauses.

Oberkellnerin Brittany, die Frau des Mannes, der all das Grün in Schuss hält, kam auf mich zu, um mir zu sagen, wie *hervorragend* mir eine der neuen Strickjacken stehen würde, welche der Golfclub diesen Sommer feilbot: zartblau, mit der Silhouette unserer Insel auf der linken Brust. Erst jüngst ist mir aufgefallen, dass der kleine Schnörkel, den unsere Insel bildet, fast genau der Form eines bestimmten Krankheitserregers gleicht, der im oben erwähnten TSZPL erforscht wird, nämlich des Erregers der Borreliose, die zum ersten Mal bei einem Mann aus der Gegend diagnostiziert wurde, der nur wenige Kilometer vom Fährhafen des TSZPL, Old Saybrook, entfernt lebte. Woher soll der Erreger *Borrelia burgdorferi* wohl gekommen sein, wenn nicht aus dem Ökosystem des Forschungslabors?

Es war wirklich entzückend von Brittany, mir diese Strickjacke anzubieten und noch dazu nach einer passenden Golfhose suchen zu wollen. Doch ich bin kein Freund von zu viel Ton in Ton und war also mit meinen Popelinshorts ganz zufrieden, auch wenn die inzwischen ein bisschen mitgenommen aussahen. Die Strickjacke akzeptierte ich nur, weil es ganz nach Strickjackenwetter aussah.

Bald schon kam die deutsche Austauschstudentin näher, die mich heute, wie sie mir mit ihrem charmanten Akzent zu verstehen gab, bedienen würde. Ich muss sagen, dass noch keine deutsche Austauschstudentin in der Geschichte der Menschheit so umwerfend aussah wie dieses Fräulein. Sie hatte stahlblaue Augen, die einen beinahe durchbohrten, weil sie so verletzlich wirkten, und ich hatte den Eindruck, sie hatte erst kürzlich geweint. Vielleicht weinte das Fräulein, weil sie wusste, dass dieses Leben nichts von dem hielt, was es versprach, dass also jede menschliche Beziehung durch die bittere Wirklichkeit relativiert wurde, die uns umgab – tödliche Viren; Araber, die Afrikaner abschlachteten, Hindus, die Moslems abschlachteten, Israelis, die Palästinenser abschlachteten, und umgekehrt; Kinder, die an Malaria oder Diarrhöe starben, mehrere Dutzend, seit ich mich an den Tisch gesetzt hatte, um meinen Hummersalat zu verspeisen; heftige Erdbeben; Tsunamis, die Hunderttausende ins Meer rissen; und noch Schlimmeres. Wenn man erst mal darüber nachdachte: Einem deutschen Austauschfräulein hinter der Bar eines Golfclubs musste die Welt herz- und sinnlos erscheinen, und es war offensichtlich, dass wir, dieses Mädchen und ich, nur eins wollten, nämlich über das Bedürfnis nach *Wärme* sprechen, darüber, wie befreiend Menschlichkeit sein könnte, wenn sie nur öfter praktiziert würde. Warum sagte ich der Oberkellnerin Brittany nicht, dass ihre rosigen Wangen jedes Kind zum Lächeln brachten und wie glücklich sich ihr Ehemann schätzen konnte, sein Gesicht an ihres zu legen? Wieso gratulierte ich Ned Roberts nicht dazu, dass er Ned jr. einst regelmäßig im Arm gehalten und ihm zugeflüstert hatte, dass *alles gut* würde, auch wenn das ein Irrtum war? Wie kam es, dass ich jeden verabscheute, der sich für einen Radweg zum anderen Ende der Insel einsetzte? Wo blieb die menschliche Wärme? Als ich Olga oder Nina oder Elsa oder wie sie auch heißen mochte um eine Bloody Mary bat, lag in ihrem Blick eine Art Segen, als könnte nur sie mich aus meiner verzweifelten Lage erretten, und so erwartete ich ihre Rückkehr mit freudiger Erregung, und als sie mir mein Getränk servierte, gab ich ihr meine geheime Mitgliedsnummer. Ihr konnte ich meine Geschichte beruhigt anvertrauen.

Die Bürger Europas sind, was internationale Beziehungen angeht, besser informiert als wir. Olga oder Elsa hörte mir zu, den Kopf schief gelegt, ein makellos rasiertes Bein leicht angewinkelt, während ich ein Netz der Intrigen vor ihr ausbreitete. Gelegentlich schob sie eine Strähne des herrlichen Haares zurück, das ihr in die Augen gefallen war, fast als wüssten die vorwitzigen Locken, dass ihre Disziplinlosigkeit die Trägerin noch verletzlicher wirken ließ. Sie war ganz Ohr, als ich erklärte, Bundesagenten seien genau in diesem Augenblick auf der Insel tätig und führten Nachforschungen durch. Und weil sie so aufmerksam war, stellte ich ihr zuallererst einige der Fragen, die ich nun auch hier stellen will. Wie fanden die *dunkel gehäuteten* feindlichen Kräfte heraus, dass unsere Insel ein geeigneter Ausgangspunkt für ihre Pläne war, unser Land durch Terror zu überwältigen? Wann hatten sie zum ersten Mal den Wert dieses Fleckchens erkannt, dieses verschlafenen Eilands in der Mitte des Sunds, über das kein Mensch etwas weiß, abgesehen von den dreitausend Menschen, die seit Generationen hierherkommen und sich untereinander fortpflanzen, um die unzivilisierten Horden draußen zu halten? Wie konnte unsere Insel zu einem derart hochrangigen Ziel werden? Dies ist doch kein Ort, den man mit selbst gebastelten Bomben aus Düngemitteln in die Luft jagt oder mit schmutzigen strahlungsintensiven Nuklearsprengsätzen! Hier würde man doch keine Krankheitserreger freisetzen! Hier gibt es nicht einmal Rotwild! So ein Quatsch, dass ein Hirsch an einem unserer Strände angeschwemmt worden sein soll! Haben Sie schon einmal mit einem Motorboot einen Hirsch überfahren? Ich habe schon sehr oft in Motorbooten gesessen, die eine Hummerfalle überfuhren, aber weder ich noch sonst jemand, der mich irgendwohin mitgenommen hat, hat in dreißig Jahren je einen Hirschkopf gerammt oder ist mit dem breiten Hinterteil eines Bocks kollidiert, dessen Geweih aus dem Wasser des Sunds ragte wie eine vorsintflutliche Antenne! Das gibt es nicht, liebste Olga!

Ich gebe zu, dass ich Olga oder Elsa ziemlich in Bewegung hielt, um sicherzugehen, dass sie immer in meiner Nähe blieb, und sie war daher gerade damit beschäftigt, mir eine von mehreren Bloody Marys zu bringen, als die schlimmste aller Eventualitäten eintraf, nämlich plötzlich und unvermeidlich meine liebe Ehefrau, meine bessere Hälfte, die nach ihrer Suchaktion nunmehr zum Golfclub zurückgekehrt war. An dieser Stelle wurde es etwas lauter. Ich klammerte mich verzweifelt an den Tisch, doch bald schon musste ich mein Mittagsmahl vorzeitig beenden.

6

Vorbereitung der Krankenhäuser auf einen Notfall mit zahlreichen Opfern

Die geschilderten Ereignisse trugen sich im Laufe eines Samstags gegen Ende September zu. Ich erwähne eigens den Wochentag, weil Wochenenden außerhalb der Saison sich oft durch eine gewisse Romantik der Leere auszeichnen. Man spaziert über den schlammigen Pfad durchs Vogelschutzgebiet am oberen Ende der Insel und ist allein mit den Zugvögelschwärmen. Gelegentlich knallt die Büchse eines rechtschaffenen Jägers, der mit seinem Jagdhund Fasanen aufspürt, die er und seine Sportfreunde im hiesigen Unterholz aussetzen. Man sollte in diesen Monaten darauf achten, weithin sichtbare Kleidung zu tragen.

Wenn also die Wochenenden von Strickwaren mit Zopfmuster, Kaminfeuer und heißem, gewürztem Apfelwein geprägt sind, so ist der Rest der Woche eine Wüstenei, wie Ihnen jedermann bestätigen wird. Die Bauunternehmer eilen in ihren Kleinlastern kreuz und quer über die Insel, um drittklassige Arbeit abzuliefern, für die sie erstklassige Preise verlangen. Der arbeitsunfähige Teil der Inselbevölkerung plant seine abendlichen Trinkgelage, genau wie die Oberschicht. Es gibt kein Kino, und die zwei oder drei Läden, die sogar im Winter ihre Tore öffnen, tun das nur für ein oder zwei Stunden. Man kann leicht fünf Tage lang mit keinem Menschen ein Wort wechseln, abgesehen von der Postfrau oder der Zeitungsverkäuferin im Café. Mit beiden bin ich persönlich befreundet. Doch nach kleinen Plaudereien über das Wetter oder den lokalen Klatsch wiederholen diese Gespräche sich unweigerlich. Warum also sollte ich bleiben? Warum sollte ich auf der Insel ausharren, wenn ich meine Zeit ebenso gut in einem baumreichen Vorort in Connecticut zubringen konnte?

Ein Monat verging, und es wurde immer offensichtlicher, dass ich persönlich tief in eine Verschwörung verwickelt war, die nicht nur unsere Insel bedrohte, sondern auch die Freiheiten, die wir so schätzen. Damit will ich sagen, dass ich über mehrere Wochen gewaltsam in einer medizinischen Einrichtung auf dem Festland festgehalten wurde. Man muss wohl einräumen, dass ich in dieser Phase zeitweise so etwas wie Visionen hatte. Zum Teil waren es patriotische Visionen, Adler, die verschiedene Gegner vernichteten, Schlangen die Augen ausrissen und dergleichen, bisweilen phantasierte ich auch einen Muezzin, der mit fremdartig kehliger Stimme zum Gebet rief. Unglücklicherweise war ich zur Unterstützung dieser Rekonvaleszenz – die ich persönlich für unnötig hielt – gezwungen, Beruhigungsmittel zu nehmen. Geisterhafte Lichteffekte. Fremde, die mich beim Namen riefen. Gespräche mit Toten.

Besucher kamen, und obwohl ich gern glauben möchte, dass meiner Frau mein Wohlergehen wirklich am Herzen liegt, bin ich nicht immer ganz sicher, dass es sich auch so verhält. Skip überzeugte mich davon, den mit meinem Fall betrauten medizinischen Autoritäten gegenüber kooperativ zu sein. Skip sagte das nicht direkt, denn er macht nicht viel Worte, aber da er sich bei jeder Veränderung unwohl fühlt, war es offensichtlich, dass ihn der Gedanke verstörte, ich könne womöglich nicht mit ihm und meiner Frau Helen, die mit richtigem Namen nicht Helen heißt, nach Hause zurückkehren. Skip litt darunter, dass wir keine täglichen Spaziergänge durch den Park unternahmen, dass wir nicht zusammen einkaufen gingen, dass wir nicht gelegentlich beim Umschalten auf den Nachrichtenkanal beim Zeichentrickkanal hängenblieben. Murrend fügte ich mich in die vorgesehene Behandlung. Oder erwachte vielmehr eines Morgens und stellte fest, dass ich bereits in ein Behandlungsprogramm eingebunden war, ob ich wollte oder nicht.

Man fand, dass ich auf der Insel weniger Versuchungen ausgesetzt sei, vor allem an Wochentagen. Ich wurde daher in mein Inselheim zurückbefördert. Zu meinen zahlreichen deprimierenden Verpflichtungen in jener Zeit gehörte die Teilnahme an gewissen Treffen in der Kirche der Universalistischen Unitarier. Der nichtsnutzige modernistische Architekt (den ich bereits erwähnte) hatte das Gotteshaus entworfen. Es war ihm dabei gelungen, die Kirche der Universalistischen Unitarier auf erschreckende Weise wie einen riesigen Grabstein wirken zu lassen.

Meine Frau fuhr mich zum ersten Gruppentreffen.

Vielleicht ist es nicht unwichtig, dass ich meine mir seit achtundvierzig Jahren angetraute attraktive Gattin, Helen Morehouse Van Deusen, kurz beschreibe. Helen hat, wie ich schon andeutete, Probleme mit den Füßen, und sie ist dünner, als es gut für sie ist, aber sie kleidet sich an jedem Tag, als wäre gerade heute Eleganz vonnöten, und das bedeutet meist, dass sie für die Umgebung unserer Insel zu viel dunkle Farben trägt, wo man gemeinhin leuchtende Töne bevorzugt, die depressive Großmütter und vorpubertäre Kinder tragen. Meine Frau sieht man nie ohne einen bestimmten dunklen Lippenstift, und sie trägt immer Pumps. Golf spielt sie nicht.

Meine Frau liest viel; ihre Nase steckt fast immer in einem Buch, und wäre ich klüger gewesen, hätte ich sie gefragt, ob sie je *Omega Force: Code White* von Stuart Hawkes-Mitchell gelesen hat. So hätte ich einschätzen können, wie viel sie über die Gefahren weiß, die überall um uns herum lauern. Meine Frau jedoch liest nur selten Bücher der Sorte *Omega Force: Code White*. Man trifft sie eher mit einem Roman aus dem neunzehnten Jahrhundert an, in dem ein schlechter Ehemann gegen einen anderen ausgetauscht wird, der gut reiten kann und (von einem toten Onkel) über ein Einkommen von dreißigtausend Pfund im Jahr verfügt. Sie leiht sich keine Bücher aus der Inselbibliothek, sondern kauft sie in einem kleinen Antiquariat auf dem Festland, und sie schmökert gern bei einem Glas Weißwein, das sie nie auszutrinken scheint, und dann führt sie ihren flauschigen Pekinesen Winston auf dem Rasen Gassi. Sie sollte sich das Rauchen abgewöhnen, hat es aber noch nicht getan. Sie lädt gelegentlich junge Paare zum Mittagessen ein und hält ihnen Vorträge über die Künstler, die wir kennen, von denen ich mich aber an keinen einzigen erinnere.

Sollte meine Frau für eine feindliche Macht spionieren, so tut sie dies ohne mein Wissen. Sollte sie eine ausländische Agentin sein, so wäre sie die bestgekleidete ausländische Agentin jenseits der Lebensmitte in der Geschichte der Vereinigten Staaten. Doch meines Wissens beherrscht sie weder Karatehiebe noch -tritte, kann keinen pakistanischen Fanatiker mit der Garotte erdrosseln und wäre nicht gewillt, rotes Sorghum-Bier oder Tee mit Yakbutter zu trinken, um Kriegsherren im Niltal oder Maoisten in Nepal zu beeindrucken.

Im Auto vor der Kirche der Universalistischen Unitarier sagte meine Frau zu mir: »James, bitte belästige die Leute nicht mit deinen *Ideen*.«

Es ist durchaus möglich, dass meine Anfälle zu so etwas wie Aphasie geführt haben. Wenn man den Medizinern glauben durfte, zeigte mein EEG Anomalien der Gehirntätigkeit, die sich unter bestimmten enthaltsamen Umständen spontan zum Besseren verändern können. Es ist aber auch möglich, dass ich zu Beginn meiner Nachforschungen unter ernsteren Problemen litt, als zunächst angenommen wurde, dass meine Stimmungsschwankungen von einer seltenen und geheimnisvollen Störung herrührten, hervorgerufen durch mein Gefühl, bestimmte Dinge zu *wissen* und nur vom medizinischen Establishment an weiteren Nachforschungen gehindert worden zu sein. Worin der Grund auch liegen mochte, ich hielt es jedenfalls seit geraumer Zeit nicht mehr für notwendig, auf Ansprache der meisten Menschen zu reagieren, auch nicht auf die meiner Frau.

»James, du kannst vielleicht den Rest der Welt zum Narren halten, aber nicht mich. Musst du immer diesen übergeschnappten Quatsch erzählen? Von mir aus kannst du glauben, was du willst, aber ich will nicht, dass du mir das Leben schwer machst, indem du dir einen Ruf als –«

Ich wollte meiner Frau keinen Kummer machen. Ich beschloss, meine Familie nicht weiter zu beunruhigen, und wenn das hieß, dass *dunkel gehäutete* Personen mit einem Fluggerät auf unserer Insel landen durften, von wo sie dann wieder aufstiegen, um einen Sprengsatz auf das Tierseuchenforschungszentrum Plum Island abzuwerfen, sodass Krankheitserreger wie der Ebola-Virus sich mit dem Wind weithin verbreiten und Zehntausende beispielsweise im nahe gelegenen East Hampton umbringen konnten – was sollte ich mich da einmischen? Helen half mir aus dem Auto, weil ich nicht mehr gut laufen konnte. Es lag nahe, anzunehmen, dass ich Plum Islands berühmtestem Exportartikel zum Opfer gefallen war, denn meine

Gelenke schwollen an, meine Nervenzellen trübten sich ein, und meine Ausdrucksfähigkeit schwand zusehends, je dunkler die Herbstnächte wurden.

Zum Treffen in der Kirche der Universalistischen Unitarier fanden sich drei Personen ein: ich selbst; ein Einarmiger, niemand anderes als der Hausmeister der Hilliards; und eine Geschichtslehrerin von der hiesigen Schule, die von Anfang an klarmachte, dass sie kein Interesse daran hatte, über irgendeine *höhere Macht* zu reden. Und sie sei auch nicht scharf darauf, sagte sie, bei diesen Treffen nahegelegt zu bekommen, an eine solche *höhere Macht* zu glauben. Ihrer Ansicht nach sei diese *höhere Macht* ein Dilettant und Simulant, der nichts Besseres zu tun hatte, als herauszufinden, wer die Wohlhabenden und wer die Habenichtse waren, um dann dafür zu sorgen, dass die Habenichtse ihr ganzes Leben leiden mussten. Um in diesem Plan voranzukommen, half nur ein Mittel: sich selbst am Schopf aus dem verdammten Elend herauszuziehen. Zum Exempel zeigte sie dabei auf den Einarmigen und wollte wohl andeuten, dass es für ihn langsam Zeit wurde, sich nicht länger im Selbstmitleid zu suhlen, weil er nur einen Arm hatte. Sondern endlich ein bisschen dankbar dafür zu sein, dass er überhaupt einen Arm hatte! Es gab schließlich Leute, so hielt sie dem Einarmigen vor, die mit den Füßen essen mussten! Haben Sie schon mal versucht, mit den Füßen zu essen?, fragte sie ihn, Sie sollten nämlich vorbereitet sein, wenn ihrem anderen Arm auch noch etwas zustößt. Was ist, wenn Sie dann in irgendeine Apparatur hauchen müssen, damit Worte auf einem Computerbildschirm erscheinen? Sie sollten dankbar sein, sagte sie zum Einarmigen, der ihr bis dahin noch nicht ein Wort entgegnet hatte. Ich meine, sehen Sie sich *ihn da* doch an, sagte sie und zeigte nun auf mich. Jeder hier in der Gegend kann Ihnen erzählen, sagte sie, dass er mal jemand *war*. Er hat für die Regierung gearbeitet, in irgendeiner Bundesbehörde, aber sehen Sie ihn jetzt mal an, und wer ist schuld an seinem Zustand, nur er selbst, heute kann er kaum noch laufen und kriegt keinen vernünftigen Satz zusammen, da ist es nur gut, dass er eine Menge *Geld* hat, wenn er nämlich niemanden dafür bezahlen könnte, für ihn zu sorgen, säße er in irgendeinem Pflegeheim und würde jammern, dass sein zurückgebliebener Sohn ihn nicht oft genug besucht. Verstehen Sie, was ich sagen will? Dass Sie dankbar sein müssen. Sehen Sie mich an. Meinen Sie, ich verschwende meine Zeit mit Grübeln über Dinge, die ich nicht habe? Oder mit dem Gedanken, dass ich doch mehr mit meinem Lehrerberuf hätte anfangen können, als auf dieser Insel ein paar Jugendliche zu unterrichten, denen alles, was sie in der Schule lernen, am Arsch vorbeigeht? Meinen Sie, damit verschwende ich meine Zeit? Nein! Wissen Sie, was ich stattdessen tue? Ich bin froh und dankbar! Froh und dankbar, dass ich nicht so bin wie er! All diese Männer, bei denen ich hätte landen können, was bin ich froh, dass ich mit denen fertig bin! Was bin ich froh, dass ich mit allem fertig bin!

Nach dem Ende dieser erläuternden Ausführungen zum Selbsthilfeprogramm, das uns alle hier zusammengeführt hatte, fragte sie, ob noch jemand das »brennende Bedürfnis« zu reden verspüre. Der Einarmige und ich sahen uns schuldbewusst an. Vielleicht hätten wir ja beide eine Menge zu erzählen, aber gerade jetzt schien es, als würde eine Antwort unser Elend nur vergrößern. Wir blieben drei oder vier Minuten in unbehaglichem Schweigen sitzen. Die Lehrerin blätterte mehrere Seiten vom Programm empfohlener Literatur durch, als könnte sie so unsere unterwürfige Haltung sicherstellen, und sagte schließlich: »Wollen wir nicht zusammen das Gelassenheitsgebet sprechen?«

Da das Treffen achtunddreißig Minuten zu früh endete, hatte ich reichlich Zeit, auf einer bemoosten Steinbank vor der Kirche der Universalistischen Unitarier zu sitzen. Der Einarmige leistete mir eine Weile Gesellschaft und erzählte mir – endlich ohne Angst vor einer Zurechtweisung –, dass er mit dem Gedanken spiele, die Insel zu verlassen. Die gleichen Leute, die gleichen Straßen, die gleichen zwei Straßen in den Ort, die gleichen Feindseligkeiten, die gleichen Wechsel der Jahreszeiten, die gleichen Wellen, die sich an den gleichen Felsen brachen, der gleiche gnadenlose Winter. Er sah einfach keine Zukunft für sich. Er hatte gar nichts dagegen, Rosenbüsche zu beschneiden, und das kleine Häuschen, das die Hilliards für ihn hatten bauen lassen, war auch ganz bezaubernd, und dieser Architekt, der es entworfen hatte, war bestimmt ein netter Kerl, aber –

7

Die Moderne und ihre Verbindungen zum aktuellen Terrorismus

Der Architekt! Er war das Verbindungsstück! Das war die Lösung! Ich konnte kaum erwarten, dass der Einarmige mit seinem wie eine Signalflagge flatternden leeren Ärmel seiner trostlosen Wege zog. Warum war mir das nicht früher eingefallen? Ich saß wie auf glühenden Kohlen und wartete auf meine Frau. Das fehlende Glied in der Handlungskette, der unverzichtbare Teil der Verschwörung, der Mann, der mit größter Wahrscheinlichkeit Geheiminformationen und wer weiß was sonst noch an die *dunkel gehäuteten* Feinde weitergab, hatte sich nun verraten. Sie müssen wissen, für mich waren diese Offenbarungen von beinahe katastrophalem Ausmaß. Dass ich so ungemein fähig bin, methodisch zu denken, muss man als Segen von oben betrachten, vermutlich die Gabe einer *höheren Macht*. Auch wenn die Lehrerin für diese *höhere Macht* keinen Platz mehr in ihrem neuen Leben als Motivationstrainerin finden mochte, musste ich zu dem Schluss gelangen, dass es in der Tat *Intelligent Design* gab, wohlmeinendes intelligentes Design, vor allem auf dem Felde der Aufdeckung von Verschwörungen.

Fakt: Wer war der führende Architekt der Insel? Sein

Name wollte mir nicht einfallen, und je länger ich darüber nachgrübelte, desto klarer schien mir diese Blockade zu beweisen, dass ich von einer oder mehreren Personen, welche die Wahrheit über Omega Force vor mir verborgen halten wollten, unter Drogen gesetzt wurde. Doch auch ohne seinen offiziellen Namen war offensichtlich – allein wegen der Anzahl der jüngst errichteten Gebäude und der bei der zuständigen Behörde eingereichten Bauvorhaben –: der führende Architekt der Insel war der modernistische Architekt, über den ich bereits berichtet habe. Es versteht sich von selbst, dass seine Bauwerke sämtlich Monstrositäten waren, die eher an die Geschützstellungen und Bunker der verfallenen militärischen Einrichtung unserer Insel gemahnten als an richtige Häuser. Um alle Fenster fanden sich angeberische Verzierungen, von den Dachvorsprüngen baumelten hölzerne Eier, die Geländerpfosten sahen wie Leuchttürme aus.

Fakt: Wer hatte aufgrund seiner Entwürfe und Pläne den besten Zugang zu den nötigen topografischen Karten und Vermessungsdaten der Insel? Auch hier liegt die Antwort auf der Hand. Der modernistische Architekt war der Star, zu jeder Party, zu jedem Lunch eingeladen, wo ihm dann unweigerlich die Damen der Insel zu Füßen lagen. Und das, obwohl er schwerwiegende charakterliche Mängel aufwies. Zum Beispiel keinerlei Muskeltraining. Der modernistische Architekt ertüchtigte seinen Körper nicht auf populäre Weise. Ich hatte ihn noch nie Tennis spielen sehen. Golf auch nicht. Und auch nicht beim Erwachsenenschwimmen im Pool des Country Clubs. Der modernistische Architekt hatte auch keine Ehefrau, und das belastete seinen Leumund womöglich am stärksten. Eine Ehefrau ist das unerlässliche Fundament eines moralisch erfolgreichen Lebens. Ich habe natürlich nichts gegen abweichende Lebensformen einzuwenden, und während meiner Zeit im Regierungsapparat der Präsidenten Nixon und Ford kannte ich einige äußerst effektive Mitarbeiter, die womöglich mit abweichenden Lebensformen experimentiert haben. Hervorragende Männer, die sich alle im Dienst der Öffentlichkeit bestens bewährten. Doch auf unserer Insel ist kein Platz für solche Lebensentwürfe, denn sie dient vor allem als Refugium für *die Sozialisation der Jugend.*

Fakt: Die Weigerung, in einen der Country Clubs der Insel einzutreten, kommt einer Ablehnung der Inseltraditionen gleich.

Fakt: Und nicht zuletzt sein eigenes Haus – im japanischen Stil erbaut, flach und niedrig, mit nur winzigen Fenstern zur Straße hin, umgeben von einer großen Hecke aus kletterndem Baumwürger. Lange Zeit schlugen alle meine Versuche fehl, das Gebäude zu inspizieren, bis ich mich einmal gegen Ende der Nebensaison aufs Grundstück schlich, um seine Hässlichkeit und Vulgarität beurteilen zu können. Ich bin überzeugt, dass er mit Stäbchen isst und dabei armselige vegetarische Kost wie Sojaquark und Kichererbsen zu sich nimmt.

Fakt: Alle seine Entwürfe, oder jedenfalls sehr viele, beinhalten jenes architektonische Detail, das man im Allgemeinen *Loggia* nennt. Was sind diese Loggien anderes als Aufforderungen an die Bewohner, sich ins Freie zu begeben? Und ist man dort nicht jedem umherfliegenden Virus schutzlos ausgeliefert? Der bovinen ulzerativen Mammillitis beispielsweise? Oder der vesikulären Stomatitis? Der Newcastle-Krankheit? Waren diese Loggien nicht der Versuch, die Inselbewohner so verwundbar zu machen, dass sie einem feindlichen Angriff wehrlos ausgeliefert waren?

Fakt: Der modernistische Architekt (jetzt fällt es mir ein, er hat einen Namen: Gerald F. Laughlin) trägt gelegentlich ein T-Shirt mit dem Logo CCCP auf der Brust. Ehrlich gesagt finde ich es verdächtig, wenn Menschen mittleren Alters T-Shirts tragen, aber das tut hier nichts zur Sache. Wenn Sie mir bis hierher gefolgt sind, dann sehen Sie zweifellos, dass ein solches T-Shirt den Träger als Unterstützer der ehemaligen UdSSR oder Sowjetunion kennzeichnet, denn für dieses despotische Reich stehen die genannten vier Buchstaben im kyrillischen Alphabet. Mehrmals habe ich ihn dieses T-Shirt auf der Fähre tragen sehen, deutlich sichtbar für verführbare junge Menschen. Die Sowjetunion? Die Schergen der Sowjets haben Millionen Menschen verhungern lassen, und der Architekt besitzt die Dreistigkeit, ein T-Shirt mit dieser Abkürzung auf der Brust zu tragen? Die CCCP hat bereits in den Fünfzigerjahren mit biologischen Kampfstoffen experimentiert, die gegen unsere Nation eingesetzt werden sollten. Natürlich mussten wir ebenfalls forschen, um mithalten zu können, vor allem nach biologischen Mitteln, mit denen wir den Viehbestand ihrer Länder schädigen konnten.

Ich gebe zu, diese Beweisführung gegen den Architekten beruht auf Indizien, und die ließen sich nur erhärten, wenn ich ein Foto oder vielleicht gar ein Video auftreiben könnte, das ihn dabei zeigt, wie er Seekarten, Lagepläne oder dergleichen an *dunkel gehäutete* Personen übergibt. Solches Beweismaterial fehlt mir bisher. Es würde mir auch schwerfallen, solches Material in meinem derzeitigen Zustand zu beschaffen, will sagen, auf zwei Krücken oder auf eine der gefürchteten rollenden Gehhilfen angewiesen, jedenfalls bis ich mich von den Folgen meines Anfalls ein wenig erholt habe.

In Ermangelung direkter Beweismittel werde ich mich heute also auf einen kurzen Überblick über die Moderne im Allgemeinen und ihre Verbindungen zu, nun ja, wenn schon nicht direkt zum Terrorismus, so doch zu verdächtigen politischen Neigungen beschränken. Nach meiner Analyse würden Persönlichkeiten, welche moderne künstlerische Formen praktizieren, so wie ich sie definiere, mit Sicherheit auch so schreckliche Dinge tun wie *dunkel gehäuteten* Personen Hinweise auf das Biowaffenlabor geben, welches sich in nur zehn Kilometer Entfernung von der Insel befindet, auf der ich gerade (im Freien, auf einer Bank) dösend auf meine Frau warte. Da gab es zum Beispiel diesen Dichter, den Faschisten; und dann noch diesen anderen, den Vater der sogenannten Lyrik der Moderne, ein giftiger Antisemit; dann war da noch der irische Romancier, ein Alkoholiker mit einer schizophrenen Tochter; Thomas Mann, mit Sicherheit homosexuell, wenn nicht gar Kommunist, der im Krieg sein Heimatland im Stich ließ; Fjodor Dostojewski, auf jeden Fall ein Gegner des Zaren und damit Kommunist. Französische Schriftsteller und Künstler: Da schlägt man gleich zahllose Fliegen mit der sprichwörtlichen Klappe. Da wäre Sartre, ganz gewiss Kommunist, seine Frau ebenso. Alle Franzosen sind Kommunisten. Unterstützten sie das Vichy-Regime, so waren sie Kommunisten, bekämpften sie es und gehörten zur Resistance, so waren sie erst recht Kommunisten. Alle Afrikaner sind Kommunisten, denn alle postkoloniale Literatur ist pro- oder proto- oder kryptokommunistisch; jede moslemische künstlerische Betätigung, wie beispielsweise die Schriften von Afroamerikanern, wenn sie die Nation of Islam unterstützen, könnten ebenso gut kommunistisch sein. Alle, die an einer der Elite-Universitäten der Ostküste lehren, sind Kommunisten, und so weiter. Ich könnte das noch fortführen.

Begnügen wir uns mit der Feststellung, dass es eine direkte Verbindung gibt zwischen den Charakteristika der Moderne, wie ich sie verstehe, und den barbarischen

Mordgesellen, die es auf uns abgesehen haben, weil sie uns und unsere Freiheit hassen.

Als meine Frau nach Ablauf der Stunde eintraf, war ich ein wenig müde und versuchte gar nicht erst, sie über die neuesten Entwicklungen des Falles aufzuklären. Solange sie glaubte, dass ich außer Gefecht gesetzt war, bestand kaum Gefahr, dass sie meine politischen Aktivitäten bemerkte.

8

Online-Bestellungen als Teil der Widerstandsstrategie

Als Mann von Würde, der im Herbst seines Lebens zahlreiche bedeutsame Beschäftigungen gefunden und genossen hat, war ich den Segnungen des sogenannten virtuellen Lebensstils bisher mit Distanz begegnet. Meiner Ansicht nach waren das Internet, das Netz, das Online-Angebot – wie man es auch nennen mochte – bloß eine hochtrabende Version der Gelben Seiten. Ich ließ also meiner Frau bei allen Internet-Aktivitäten den Vortritt, während ich fernsah und mich, wenn nötig, des Telefons bediente, um Angestellte und andere Vasallen zurechtzuweisen, falls sie ihre Leistungen für unsere Familie nicht rechtzeitig erbrachten. Helen erläuterte mir gelegentlich Dinge, die sie im Internet gesehen hatte, und ich lachte herzlich darüber. Doch da ich nun an die Gehhilfen gefesselt war, nachdem mich die von der Regierung beauftragten Mediziner in ihren Fängen hatten, stand mir plötzlich viel freie Zeit zur Verfügung. Daher wurde es wichtig, immer öfter und immer mehr Zugang zum Netz zu bekommen. Ich kann nicht besonders gut tippen und habe in der Vergangenheit Menschen dafür bezahlt, mir diese lästige Tätigkeit abzunehmen. Doch es ließ sich nicht ignorieren, dass ich die riesigen

Datenbasen des Internets für meine Nachforschungen zu Omega Force und ihren *dunkel gehäuteten* Verschwörern benötigte.

Ich ging dabei so vor, dass ich zunächst eine große Anzahl gewöhnlicher Haushaltsgegenstände bei sogenannten Online-Shops bestellte. Tatsächlich schnappte ich mir bereits im Anschluss an die eben beschriebene Gruppensitzung – nach einem kurzen Nickerchen – meinen Sohn Skip, der das Nachmittagslicht auf seinen Turnschuhen betrachtet hatte, und bat ihn nach oben, wo meine Frau unseren Zweitcomputer aufgestellt hat, ein altes Gerät ohne viel Schnickschnack. Ich versprach Skip, dass wir ihm ein paar Spielsachen zum gelegentlichen Amüsement aussuchen wollten.

»Du möchtest doch Spielsachen, oder?«

Es fiel mir schwer, diese Worte auszusprechen, da ich, wie erwähnt, ein neurologisches Trauma erlitten hatte, und da Skip nicht der Allerhellste der Van Deusens ist, wenn auch ein hervorragender Reimeschmied, erschütterte ihn die Erkenntnis, dass mit seinem Vater etwas nicht stimmte. Ich sah, dass ihn Verwirrung übermannte. Er begann sogar, seine Augen zu betupfen. Ein nervöser Tick von ihm, der mich oft in Verlegenheit brachte, obwohl ich mir schon vor langer Zeit geschworen hatte, nie meines Sohnes wegen in Verlegenheit zu geraten. Er sorgte sich um seinen Vater, der sonst so standhaft war. Jetzt konnte sein Vater nicht mehr deutlich sprechen, sich nicht mehr mühelos bewegen, nicht einmal ein Glas Wein zum Abendessen trinken.

»Wie wäre es mit einem Wasserball? Hier, schau dir den mal an.« Ich zeigte auf einen, auf den das ganze Erdenrund gedruckt war, und mir ging sofort auf, dass er genau das Richtige für meinen Sohn Skip wäre, der manchmal nicht recht zwischen verschiedenen Ländern unterscheiden konnte. Er war zum Beispiel nicht in der Lage, Myanmar zu finden, was allerdings auch daran liegen mag, dass er im Grunde die Umbenennung Birmas nicht mitvollzogen hat. Und was war mit dem Kongo? Aus dem war Zaïre geworden, jetzt war er wieder der Kongo. Ich ließ mir von Skip meine Kreditkartennummern vorlesen, dann umarmte ich ihn. Das zumindest bekam ich noch hin.

Nach dem Wasserball kam ein Satz Schürhaken für den Kamin, nach den Schürhaken ein Baseballhandschuh für Skip, dann ein passender Handschuh für mich, darauf ein neuer Bettbezug für den Diwan in meinem Arbeitszimmer, ein neuer Satz Badehandtücher, sodann bestellte ich ganze Kollektionen von Compact-Disc-Aufnahmen verschiedener Barockkomponisten, die großen philosophischen Werke, ausgewählt von Professoren wichtiger nationaler Universitäten, mit besonderem Augenmerk auf Heidegger und andere deutsche Denker. Als meine Frau Helen anfing, sich über die Bestellungen zu beschweren, änderte ich die Taktik und bestellte Schmuck für sie. Zunächst Silberschmuck von indianischen Künstlern aus dem Südwesten der Vereinigten Staaten, weil meine Frau den Schmuck aus dieser Gegend besonders schätzte, und als sie weiterhin mäkelte, dass sie ständig zum Fährhafen fahren müsse, um mit den Männern im Frachtbüro wegen des Stauraums zu verhandeln, den meine Lieferungen einnahmen (das stimmte allerdings, sie fuhren meine Pakete schon auf Paletten hin und her), begann ich bei Tiffany und anderen Juwelieren aus dem oberen Preissegment zu bestellen. Und das alles nur, damit ich mehr Zeit im Internet gewann, um nach *Erregern* zu forschen.

Es folgen einige der Erreger, die mein Interesse geweckt hatten: Brucellose. Venezolanische Pferde-Enzephalitis. Afrikanisches Schweinefieber. Sandmückenfieber. Dengue-Fieber. Gelbfieber. Marburg-Virus. Maul- und

Klauenseuche. Milzbrand. Rifttalfieber, Virusart Zagazig 501. Rinderpest. Verschiedene Muschelgifte. Entenpest. Vogelgrippe. Ebola-Virus. Hanta-Virus. Leishmaniose. Herzwasserkrankheit. Blauzungenkrankheit. Staphylokokken-Enterotoxin B. *Serratia marcescens.* Heubazillus. Coxsackie-Virus B5, Springkrankheit bei Haustieren, ansteckende Ecthyma, Nairobi-Schafkrankheit, feline Cytauxzoonose.

Ich durchforstete die verfügbaren Datensammlungen nach Hinweisen auf die Nutzbarkeit dieser Erkrankungen als Waffe. Hatten sie die Speziesschranken überwunden? War ein bemitleidenswerter Regierungsangestellter bereits von einer infizierten Kuh angespuckt und infolgedessen wie die zahlreichen namenlosen Kühe, Ziegen, Schafe und Nagetiere in diversen Labors obduziert worden? Ich wartete, bis Helen zu Bett ging. Jede Nacht wartete ich darauf, dass sie einen staubigen Wälzer von Thackeray oder Dickens aufschlug, dann stand ich in Nachthemd und Schlafmütze auf und humpelte durchs Haus.

Unser Haus ist groß und alt, in den Zwanzigerjahren vom Architekturbüro McKim, Mead und White in typisch eleganter Strenge entworfen, die Veranda ein weithin bekanntes Juwel ihrer Art. Da unser Anwesen auf einer grasbewachsenen Anhöhe oberhalb der Bucht liegt, pfeift der Wind wie nirgends sonst. Wie ich schon sagte, unsere Insel ist sanft und freundlich, mit zahlreichen atemberaubenden Ansichten und reizenden Villen, doch im Winterhalbjahr lässt der Wind *nie* nach. Man kann sich vorstellen, wie dieses Inseldasein Menschen in den Wahnsinn treiben kann. Spätnachts lauschte ich dem Wind und las über Erreger, und wie sie nur knapp zehn Kilometer von hier gezüchtet wurden, trotz der Dementis des zuständigen Landwirtschaftsministeriums, dessen Mitarbeiter ich zu meiner Zeit im öffentlichen Dienst gut kannte.

Das Zentrum für Seuchenkontrolle unterstand schließlich unserem Ministerium. Ich wusste, dass ein aus der richtigen Höhe abgeworfener Sprengkörper das TSZPI in Schutt und Asche legen konnte. Und dann würden Millionen unschuldiger Menschen an der Nord- und Südküste des Long Island Sound und auch hier auf unserer kleinen Insel binnen weniger Tage innerlich verbluten.

Beim Rifttalfieber beginnen die Blutungen, wie Sie wissen, in der Augenhöhle. Zunächst bekommt man hohes Fieber, dann blutet man aus der Augenhöhle, dann bilden sich Blutklümpchen in der Linse, was in den meisten Fällen zur Erblindung führt. Als Präsident Eisenhower die ersten Experimente mit Rifttalfieber genehmigte, soll er sich damit getröstet haben, dass das Virus zwar zu schweren Behinderungen führte, aber nicht tödlich war. Das war vor dem Auftauchen der ägyptischen Variante Zagazig 501. Jetzt ist es tödlich.

Mit Recht könnten Sie an dieser Stelle fragen, ob ich in diesen Nächten einsam war. Wenn meine Frau nach mir rief, ich solle ins Bett kommen, fühlte ich mich dann einsam, weil ich wusste, was ich wusste? Der Optimismus des Yankees, kann ich hocherfreut mitteilen, ist bei mir so stark ausgeprägt, dass ich überzeugt war, wir würden die finstere Todesmaschinerie von unseren Gestaden fernhalten können. Mit eher unsicherer Hand bewegte ich den Cursor über den Bildschirm und ging jeder Bemerkung im Netz nach, wie trivial oder alarmistisch sie auch sein mochte. Zu wissen, ich konnte dafür Sorge tragen, dass meine Frau und mein Sohn *keine* schmerzhaft entzündeten Geschwüre an Mund und Händen bekommen würden, die dann zu gefährlichen Sekundärinfektionen führten und sie letztendlich zu qualvollem Sterben in Quarantäne verurteilten, hob meine Stimmung. Und aus den Augen würden sie auch nicht bluten.

Wenn ich lange genug nach Hinweisen gesucht hatte, sah ich mir immer noch die Wettervorhersage für unsere Region an. Dass wir seit einigen Jahren keinen großen Hurrikan der Kategorie Fünf erlebt hatten, bedeutete nicht, dass jetzt keiner mehr kommen konnte. Mit einer gewissen grimmigen Befriedigung registrierte ich eines Nachts, dass ein kräftiger Sturm der Kategorie Vier die Küste hinaufzog. Nachdem er die beiden Carolinas und die Strände Virginias verschont hatte, würde er in wenigen Tagen unsere Gegend erreichen. Natürlich konnte jeder Sturm dieser Größenordnung den *dunkel gehäuteten* Personen als nützliche Ablenkung dienen. Omega Force wartete nach Berichten von Stuart Hawkes-Mitchell, dem hochrangigen Regierungsexperten für Terrorbekämpfung, nur auf den Hurrikan, wartete auf den Schneesturm, auf den Krieg, der anderswo ausbrach, auf starke Schwankungen am Börsenmarkt, auf den Super Bowl, auf die nationalen oder religiösen Feiertage, auf den Mordanschlag, auf jede Art von Bewegung oder Schwäche. Omega Force wartete darauf, dass Plum Island seine Sicherheitsvorkehrungen traf, die Schotten dicht machte, und wenn der Sturm am stärksten tobte, würde man durch einen Angriff vom Meer her die Insel von den Lakaien des Kapitalismus befreien. Und was würde Omega Force als Erstes tun? Die Tiere befreien.

Zufälligerweise trug der fragliche Hurrikan den Namen Helen.

Ich schlürfte mein Essen. Ich nahm Suppe und diese kleinen halbflüssigen Joghurts zu mir, die aussehen, als wären sie *von Gerontologen empfohlen*. Mein Wissen machte mich zum Einzelgänger, ich konnte mit niemandem reden, mich an niemanden wenden. Meine beiden Brüder waren einsam und allein gestorben. Dem weltlichen Erfolg der Van Deusens stand auf persönlicher

Ebene stummes Leiden gegenüber. Keiner von beiden hatte mich vor seinem Tod je wieder zu sehen gewünscht. Es kam nicht zu Heldentaten. Diese Van Deusens verloren das Bewusstsein so still und heimlich – so war es jedenfalls bei meinem Bruder Chalmers, dem Risikokapitalverwalter –, als hätten sie nie eines besessen. Terrence, der das Matratzenunternehmen geerbt hatte, verlor sein Leben bei einem Jagdunfall. Er war seiner Lieblingsbeschäftigung nachgegangen, hatte allein im Hochstand gesessen und auf Enten gewartet, und später tauchte er einfach nicht wieder auf, weil er von einem Querschläger getroffen worden war. Sie waren von uns gegangen, ich war gut versorgt zurückgeblieben, und nun saß ich hier oben in der Dachstube.

Ich ging vor dem Morgengrauen spazieren. Ich glaube, es war ein Montag. Es könnte auch ein Donnerstag gewesen sein. Eine meiner Online-Erwerbungen war ein Muschelrechen. Meine Frau hielt es für eine meinem fortgeschrittenen Alter angemessene Tätigkeit, am Strand nach Venusmuscheln zu suchen, die noch nicht mit tödlichem Muschelgift angereichert waren.

An jenem Morgen trug ich eine eher ungewöhnliche Kombination, die ich jedoch ganz heiter fand. Sie bestand aus gebügelten weißen Boxershorts, Slippern (bestellt bei L. L. Bean in Freeport, Maine) und meinem dunkelroten Bademantel, einer wahrhaft fürstlichen Robe mit leuchtend gelbem Futter. Ich hatte mit dem Gedanken gespielt, Skip zu wecken, der immer noch in der liebenswerten embryonalen Haltung eines Kleinkindes schlief. Doch der Wind rief heulend nach mir, und ich lief mit Gehstock und Muschelrechen zu ihm hinaus.

Als ich den Saum des Meeres erreichte, das sogar auf der windgeschützten Seite der Bucht ziemlich rau war, begegnete ich dem ehemaligen Hummerfischer Ed Thorne. Ich glaube, ich hatte mit diesem Treffen gerechnet. Ich hatte keine Ahnung, wann der Austausch von Dossiers stattfinden würde, in welcher Woche oder welchem Monat. Aber ich war bereit. Ed war genau da, wo er sein sollte, angetan mit einer Schlechtwetterausrüstung wie aus einem Gemälde von Winslow Homer. Wir tauschten Artigkeiten aus; ich erkundigte mich nach seiner Familie, die ich immer gemocht hatte. Dann fragte ich: »Ed, haben Sie Informationen für mich?«

Seine bedeutungsschwere Antwort lautete: »Ich werde von nun an nicht mehr den Namen Ed tragen, Dr. Van Deusen.«

»Aber sicher, Ed«, stimmte ich zu. Ich hatte damit gerechnet, dass mir das Sprechen viel schwerer fallen würde, aber hier, auf der Schwelle revolutionärer Ereignisse und internationaler Destabilisierung, fühlte ich mich auf einmal energiegeladen. Adrenalinhaltige Säfte waren meinem beeinträchtigten Stoffwechsel zugeführt worden. »Sagen Sie mir nur, welchen Namen ich verwenden soll.« Ich blickte zur Küste Connecticuts, wo Lichter über der aufgepeitschten See blinkten.

»Mein Name«, sagte Ed, »ist Ernest Piccolo.«

»Ich habe schon von Ihnen gehört.« Ich erwähnte das Buch von Stuart Hawkes-Mitchell natürlich nicht.

»Wir haben Sie hierher gebracht«, fuhr Ed fort, »um Ihnen mitzuteilen, dass wieder ein Flugzeug gesichtet wurde. Am anderen Ende der Insel. Erst vor zwei Nächten. Eine einmalige Beobachtung wird von der National Security Agency als vorübergehendes Ereignis eingestuft, bei dem der Feind erkennt, dass die derzeitige Situation zu *heiß* ist, und sein Vorhaben abbricht. Ein zweiter Besuch jedoch bedeutet eine viel ernstere Sachlage, die inzwischen natürlich *im Eilverfahren* in der Befehlskette nach oben weitergegeben worden ist. Wir glauben sogar, dass wir es mit einem *Code White* zu tun haben. Und da Sie einer unser zuverlässigsten lokalen Informanten sind, Dr. Van Deusen, werden wir Ihre Dienste benötigen.«

»Was immer Sie wollen, Ed«, sagte ich, »äh, Ernest.«

»Wir geben Ihnen den Auftrag, sich mit Flugzeugtypen zu beschäftigen. Wir haben eine Vorstellung davon, um welche Art Flugzeug es sich handeln könnte, und wir haben die Meldenummer herausbekommen: DB-81404. Wir schlagen vor, dass Sie sich mit den Registern der Federal Aviation Administration beschäftigen. Dass Sie nach Fluglizenzen, nach Versicherungsdaten forschen, nach allem, was Sie über genau dieses Flugzeug herausfinden können.«

Ich war sprachlos. Welche Dreistigkeit diese Übeltäter besaßen! Und das hier in unserer friedlichen Feriengemeinde! Ein offiziell registriertes Flugzeug zu benutzen, das eine von unserer eigenen Bundesbehörde ausgestellte Lizenz besaß!

»Haben Sie Kontakt mit Feinden gehabt?«, fragte ich. »Haben die etwas gesagt?«

»Es gab Kontakt.«

»Wurden sie in Gewahrsam genommen?«

Ernest Piccolos Angelrute hörte nicht auf, in pendelnder Bewegung in die Brandung ein- und wieder daraus aufzutauchen. Der Speckköder klatschte auf die schwarze sturmgepeitschte Meeresoberfläche. Er holte die Leine ein. Jetzt sah ich auch, dass er einen Eimer neben sich stehen hatte und dass darin, in einigen Litern salzigem Wasser, zwei Rotbarsche sich gegen ihre Gefangenschaft wehrten. Piccolo wollte nur ungern weitergeben, was er in Erfahrung gebracht hatte. Die Regierung schätzt Geheimhaltung über alles. Doch hatte ich nicht bewiesen, dass ich zu den willigen Mitstreitern im Kampf für unsere Werte und unsere Gemeinschaft zählte? Hatte ich mit meinen dreiundsiebzig Lenzen, wenn auch sonst wenig, nicht immerhin das fertiggebracht? Piccolo überlegte, ehe er fortfuhr.

»Ich fragte sie, was sie hier trieben, und sie gaben an, Fotos zu machen. Ich teilte ihnen mit, dass es sich um einen Privatflugplatz handele, worauf sie entgegneten, das sei ihnen neu, sie würden hier seit Jahren Starts und Landungen trainieren. Sie erwähnten eine Fluggesellschaft namens Yankee Airlines in Groton. Ich bedeutete ihnen, sich hier nicht wieder blicken zu lassen und das als Warnung von höchster Stelle zu betrachten.«

»Wissen Sie, welcher Nationalität sie waren?«

»Sie waren *dunkel gehäutet*, wie bereits berichtet. Die Zeit wird knapp, Dr. Van Deusen. Wir können uns nicht mit Problemen aufhalten, die bereits geklärt worden sind.«

»Sind Sie sicher, dass es sich um dieselben Männer handelte?«

»Treffpunkt heute Abend wieder hier mit allen Informationen, die Sie auftreiben können. Dann werden wir weitere Instruktionen für Sie haben.«

Wieder graute der Morgen. Ich verlor mich in der Betrachtung des Sonnenaufgangs und grübelte, wann der Hurrikan wohl kommen würde, ob die Übeltäter landen würden, und wann genau? Und *warum ich*, was hatte ich getan, diese ehrenvolle Last zu verdienen, die mir so plötzlich und unverhofft aufgeladen wurde? Piccolo verschwand unbemerkt und ließ seinen Eimer zurück. Offensichtlich hatte er seinen Fang wieder freigelassen, denn der Eimer war leer.

Um meine eigene Tarnung nicht zu gefährden, versuchte ich in den nächsten Stunden, Venusmuscheln zu sammeln.

9

Modernes Flugzeugdesign

Was für ein glücklicher Zufall, dass meine Frau beschlossen hatte, aufs Festland zu fahren. Schon seit geraumer Zeit suchte sie einen Sekretär fürs Gästezimmer. Seltsamerweise war es plötzlich unabdingbar, das besagte Möbelstück noch vor dem Eintreffen des Hurrikans zu finden. Wie ich bereits erörtert habe, besteht natürlich auch die Möglichkeit, dass meine Frau Agentin einer feindlichen Macht ist. Womöglich wusste sie bereits, dass die Insel inzwischen im Zentrum eines Anschlags stand. Hatte Gespräche zwischen Ernest Piccolo und mir belauscht, wusste alles über Omega Force und deren teuflische Pläne und begriff nun, dass sie mich zwar liebte, aber keine andere Wahl hatte, als mich einem ungewissen Schicksal zu überlassen.

Meine Frau nahm die frühe Fähre und verließ sich darauf, dass ich keinen der verschlossenen Schränke im Esszimmer öffnen, sondern allein zur Selbsthilfegruppe gehen würde. Außerdem sollte ich mich mithilfe unserer vertrauenswürdigen Bediensteten um Skip kümmern. Das Wetter war für die Jahreszeit ungewöhnlich warm und feucht, der Himmel weiß gebleicht, als wäre er ein Bogen Papier, auf dem in Kürze eine ereignisreiche Geschichte niedergeschrieben werden sollte.

Ich widmete mich der Frage nach dem Flugzeug.

Wie Sie wissen, war unser Flugfeld ursprünglich eine militärische Einrichtung und ist daher solide genug gebaut, das Gewicht eines voll besetzten Transportflugzeugs inklusive der darin befindlichen Kampftruppen zu tragen. Es ist daher Flugzeugen bis zur Größe eines Düsenjets möglich, dort zu landen. Ein kleiner Jet könnte einem Abschuss durch Flugzeuge unserer Regierung leichter entgehen, sich dann auf eines der Laboratorien von Plum Island stürzen und kontaminierte Schwaden in alle Winde zerstreuen. Oder er könnte mit dem Kernkraftwerk kollidieren und so radioaktives Material freisetzen. Auch Helikopter sind bereits auf unserem Flugfeld gelandet, wenn zum Beispiel die Erfolgreichsten unseres Inselnachwuchses am Montagmorgen zur Arbeit eilen.

Die erwähnten Fluggeräte waren theoretisch alle für einen Angriff geeignet, und das sagte ich auch zu Skip, während wir süße Cornflakes verspeisten. »Skip«, sagte ich, »ich möchte, dass du deiner Mutter nichts von dem weitersagst, was ich dir gleich erzählen werde.« Er nickte ernst, denn abgesehen von jenen Tagen, an denen er die Ungeheuerlichkeit seiner Behinderung erkennt, wenn er die Welt verflucht und Haushaltsgegenstände zerstört, ist er ein friedfertiger und folgsamer Junge. Geheimnisse mochte er, oder jedenfalls die Andeutung von Geheimnissen. »Es fällt mir nicht leicht, das alles zu überblicken«, fuhr ich fort. »Ich habe einfach zu viele Variablen im Kopf. Ich vermute, beim Fluggerät unserer Feinde handelt es sich weder um ein Düsenflugzeug noch um einen Helikopter, denn die würden zu viel Aufsehen erregen. Wir müssen in Richtung kleiner ein- oder zweimotoriger Propellermaschinen denken. Was meinst du, Skip? Eine Piper Cub?«

Skip rief den Namen der Maschine aus. »Piper Cub!«

Cornflakes verliehen ihm Schwung.

»Und was ist mit der Cessna?«

»Piper Cub!«

Eine einmotorige Maschine kann normalerweise zwischen achthundert und fünfzehnhundert Kilometer zurücklegen, bevor sie nachtanken muss. Das würde die Zahl der erreichbaren Ziele dramatisch erhöhen. Es hing natürlich davon ab, wo die Maschine im Hangar stand. Der große Lindbergh weckte das allgemeine Interesse an dieser Art des Fliegens, und wie Sie sicherlich wissen, kaufte William T. Piper schon kurz nach seinem Atlantikflug die Taylor Aircraft Corporation und erhielt die nötigen Genehmigungen, sein »Cub«-Modell zu entwickeln. 1938 kam die J-3 Piper Cub auf den Markt und erfreute sich rasch großer Beliebtheit. In der Nachkriegszeit war sie *das* Ausbildungsflugzeug. Auch mein eigener Vater, »Dutch« Van Deusen, flog so eine Maschine.

»Es ist eine Cessna 414A«, rief ich Skip zu, nachdem ich mein Frühstück längst beendet hatte. Wer weiß, wie viele Stunden verronnen waren, bis ich glücklicherweise zu dieser Lösung fand? Durch Nachforschungen auf der Homepage der Federal Aviation Administration fand ich heraus, dass es tatsächlich eine zweimotorige Cessna gab, die auf die Nummer DB-81404 registriert war, und dass der Besitzer in Massachusetts lebte. Aber das war noch nicht alles. An dieser Stelle nahm die Sache eine so unheimliche Wendung, dass ich oben im Arbeitszimmer eine Tasse Kaffee verschüttete, worüber Helen sich furchtbar ärgern würde. Ich vermute, Sie haben bereits erraten, wer der registrierte Besitzer der Maschine ist – niemand anderes als ein gewisser S. Hawkes-Mitchell.

Wie viele S. Hawkes-Mitchells konnte es geben? Und konnte dieser Hawkes-Mitchell der Regierungsagent sein, welcher den Originalbericht zu Omega Force verfasst hatte, der mir von der Frau zugespielt wurde, auf deren Loggia ich vor einem Monat eine Nacht verbracht hatte? Arbeitete Hawkes-Mitchell für *uns* oder für *sie*? War er bloß Schreiber von Techno-Thrillern? Oder gehörten zu seiner Arbeit auch Fragen der nationalen Sicherheit, sodass seine Thriller mit großer Wahrscheinlichkeit codierte militärische Informationen enthielten? Ging *Omega Force: Code White* der tatsächlichen Omega Force voraus, die, wie ich inzwischen überzeugt war, die Nordostküste der Vereinigten Staaten anzugreifen beabsichtigte? Oder war es umgekehrt? War Hawkes-Mitchell von einer der konservativen Denkfabriken beauftragt worden? Hatte er in früheren Zeiten mit verdeckten Waffenlieferungen an die nicaraguanischen Contra-Rebellen zu tun gehabt?

Ich versuchte, so deutlich wie möglich zu sprechen, als ich die Hotline der Federal Aviation Administration anrief, um nach der Telefonnummer des Lizenzhalters der fraglichen Cessna zu fragen. Ich stellte klar, dass juristische Fragen zu klären seien. Die Telefonistin fragte, ob ich irgendwie krank sei.

»Es geht mir ausgezeichnet, danke, und ihre Anteilnahme ist zwar rührend, aber ich habe jetzt keine Zeit, über meine Gesundheit zu plaudern.«
Sie weigerte sich, mir die nötige Telefonnummer zu geben, aber an ihrer statt konnte mir die Auskunft diesen Dienst erweisen. Es war ein erhebendes Gefühl, endlich im Besitz von Stuart Hawkes-Mitchells Nummer zu sein. Ich war nicht ganz sicher, was die protokollarischen Regeln im Umgang mit lebenden Autoren betraf. Sollte ich Hawkes-Mitchell versichern, dass ich es kaum erwarten konnte, wie sein Roman ausgehen würde, obwohl das Ende in Wirklichkeit klischeehaft und vorhersehbar war? Sollte ich gestehen, dass ich seine Hauptfigur nicht besonders sympathisch fand? Und wenn er nun gar nicht der

Hawkes-Mitchell war, der *Omega Force* erdacht hatte, sondern ein kaltblütiger Attentäter, der sofort irgendein furchterregendes Regenwaldgift auf unserer Insel versprühen lassen würde, welches dann, in meine Antidepressiva und Bluthochdruckmedikamente gemischt, meinen sofortigen Tod vor den Augen meiner Angehörigen herbeiführte?

Ich spürte, wie ich ins Zentrum des Geheimnisses vordrang. Ich wartete, während am anderen Ende der Leitung das Telefon klingelte. Offenbar gab es dort keinen Anrufbeantworter, denn es läutete viel, viel länger, als man heutzutage erwarten würde. Schließlich grummelte eine müde Frauenstimme eine barsche Begrüßung. Sie klang, als hätte sie schon Jahre vor den ersten Warnungen durchs Gesundheitsministerium begonnen, zum Frühstück Zigaretten zu rauchen – eine Kampagne, die ich übrigens persönlich mit ins Leben gerufen hatte.

Ich fragte nach Stuart Hawkes-Mitchell.

»Wie bitte?«

Noch einmal fragte ich nach S. Hawkes-Mitchell. Oder Mr. Hawkes-Mitchell. »Ich bin auf der Suche nach Stuart Hawkes-Mitchell.«

»Nun«, sagte sie mit einem klagenden Seufzer, »dann tut es mir leid, Ihnen mitteilen zu müssen, dass Stuart tot ist.«

»Tot?« Wie der Autor selbst formuliert hätte, konnte ich *kaum glauben, was ich da hörte*. »Aber ich habe doch gerade erst sein Buch gelesen, und das war … ziemlich gut.«

»Stuart ist leider letztes Jahr gestorben.«

»Darf ich wohl fragen, wie er ums Leben kam?«

»Und wer will das wissen?«

Meine Gedanken setzten bei der Suche nach einem geeigneten Pseudonym einen Augenblick aus. »Also, hier ist

Ned Roberts jr. Ich bin Amateurpilot und suche nach, ähm, ich möchte eine Cessna Skyhawk oder ein ähnliches Modell kaufen, und ich habe mich nach Leuten im westlichen Massachusetts erkundigt, die womöglich interessiert wären –«

»Das Flugzeug haben wir nicht mehr.«

»Ach so, na ja, dann –«

»Mit dem Flugzeug hatte Stuart einen Unfall.«

»Ist er –«

»Genau.«

»Wollen Sie damit sagen, die Maschine mit der Seriennummer DB-81404 ist … in Flammen aufgegangen?«

»Ich habe das Flugzeug von Anfang an nicht ausstehen können und habe ihm gesagt, er soll es aufgeben.«

Ich betonte weiterhin stark die Konsonanten, sodass ich mich wahrscheinlich wie ein professioneller Sprecher anhörte. »Und Sie sagen, diese Tragödie hat sich im letzten Jahr zugetragen?«

»Vor ungefähr vierzehn Monaten.«

»Es kann also auf keinen Fall sein, dass er … weil … Wissen Sie, ich könnte schwören, ich habe die Maschine *gesehen* …«

An dieser Stelle konnte ich ihrer Stimme wachsende Skepsis entnehmen. Ich musste jedoch meine Nachforschungen zu ihrem logischen Schluss führen. Jetzt war mir alles klar. Ich sah es so deutlich vor mir wie die Schlagzeilen der morgigen Tageszeitungen. Stuart Hawkes-Mitchell hatte allein aufgrund seiner Vorstellungskraft, weit vor den aktuellen weltpolitischen Entwicklungen, der Omega-Force-Serie Leben eingehaucht. Hawkes-Mitchell wollte einfach anständig Geld verdienen, auch wenn er dabei in Wirklichkeit einen ziemlich öden Thriller mit unerfreulichen Figuren fabriziert hatte. Er war natürlich gänzlich ahnungslos, dass seine Geschichte irgendwie eine echte

Omega Force erweckt hatte, eine Kaderorganisation, die sich ausschließlich aus *dunkel gehäuteten* Personen zusammensetzte. Als diese nun anfing, ihre Angriffspläne zu konkretisieren, gerade so, wie Hawkes-Mitchell es vorausgedacht hatte, wurde es notwendig, den Autor selbst, den Listenreichen, zu beseitigen, damit er die Verbindung zwischen seinen Schundromanen und dem geplanten Angriff auf das TSZPI oder das Kernkraftwerk Osprey nicht enthüllen konnte.

»Entschuldigung«, sagte Mrs. Hawkes-Mitchell, »aber ich lege jetzt auf.«

»Moment noch«, rief ich. »Bloß noch eine Frage!«

So viele Punkte wollten noch geklärt werden. Warum war unsere Insel für Omega Force von so zentraler Bedeutung? Warum hatte ich Hawkes-Mitchells wichtiges literarisches Werk auf der Loggia jenes Hauses gefunden, obwohl es doch Omega Force sicher lieber gewesen wäre, ich hätte es nie gesehen? Und warum spielten bei den Geschehnissen hier in der wirklichen Welt so viele jämmerliche Gestalten eine Rolle – ein modernistischer Architekt, eine deutsche Barfrau, mein lernbehinderter Sohn und ein arbeitsloser Hummerfischer und Brandungsangler?

Ich hielt die Hände vors Gesicht. In dieser Haltung hätte ich noch lange verharrt, wäre nicht plötzlich Skips große, fleischige Hand auf meinem Schlüsselbein gelandet.

Ich blickte auf und sah in seine seelenvollen Augen.

»Wollen wir Pizza essen gehen?«

10

Über Strandpartys und internationale Abrüstung

Es gab auf der Insel nur einen Ort, wo die unter der Bezeichnung Pizza Pie populär gewordene kulinarische Spezialität serviert wurde, nämlich eine Bar namens *Dumpling's*. Dieses Dumpling's war nicht nur wegen der dort allgegenwärtigen Aromaverstärker und gesättigten Fettsäuren ein gefährlicher Ort. In Dumpling's dunklen Nischen lauerten sinistre Gestalten. Sie hielten sich an tödlichen berauschenden Getränken fest, als wollten sie beweisen, dass sie alles überleben würden, jede Erniedrigung oder Demütigung durch Angehörige wohlhabender Schichten. Ich hätte keinen Fuß ins Dumpling's setzen sollen. Zum einen war ich nicht passend gekleidet. Sollte unsere Anwesenheit zu Reibereien und Raufhändeln führen, zögen Skip und ich gewiss den Kürzeren. Wir waren beide weder besonders kräftig noch in den nötigen Selbstverteidigungstechniken geschult.

Noch dazu hatte meine Frau den Wagen mitgenommen. Und ich hatte unserer Haushaltshilfe den Nachmittag und Abend freigegeben. Es blieb uns also nichts übrig, als zu Dumpling's zu gehen, und bei jedem Schritt stützte ich mich schwer auf meines Sohnes Arm. Ich bin überzeugt, Skip betrachtete es als ehrenvolle Verantwortung, seinen alten Vater sicher durch die Welt zu geleiten. Beim Gehen spielten wir das Reimspiel. Das heißt, ich ließ diesem besonderen Charakterzug meines Sohnes freien Lauf. Ich wählte ein Wort wie *These* und forderte Skip dann auf, so viele Reimworte wie möglich darauf zu finden. *Lese, Askese*, *Chinese* und *Gewese*. Ich ließ sogar den unsauberen Reim *-öse* gelten, also machte er viele Punkte mit *böse, Öse*, *Frisöse*, dem erstaunlichen *Gekröse* und, zu meinem Entsetzen, *Möse*.

Ich hatte meiner teuren Gattin eine Nachricht hinterlassen, wohin wir gegangen waren, damit sie uns finden könnte, wenn sie mit der letzten Fähre zurückkehrte, doch ich glaubte fest, dass wir, wenn sie im Dumpling's einträfe, längst unterwegs zu unserem Treffen mit Ernest Piccolo wären.

Ich war froh, als ich die reichhaltige Auswahl von Flaschen im Dumpling's erblickte. Es gefiel mir ausnehmend, wie diese Zutaten diverser Mixgetränke arrangiert waren – wie die in mehreren Reihen aufgestellten Tänzerinnen einer Busby-Berkeley-Revue. Und immer vor einem Spiegel, damit das Tableau doppelt verführerisch wirkt. Ich hielt mich so weit wie möglich von der Bar fern. Ich setzte meinen Sohn auf einen Platz in der Nähe des Tischfußballs (ich glaube, so heißt das Spielgerät), weil ich bei einem früheren Besuch bemerkt hatte, wie außerordentlich gern er dieses Spiel mochte, *Mus*ball, *Schmus*ball, *Konfus*ball, und hastete zur Bar, um unsere Bestellung aufzugeben. Ich brachte ein kümmerliches Glas Mineralwasser mit einem Spritzer Zitrone mit an den Tisch, um dort auf unsere Pommes Frites und andere salzige Häppchen zu warten. Selbst aus dieser Entfernung konnte ich die Gestaltwerdung, die Essenz des Alkohols schmecken, und wie darin jedes Rätsel gelöst und verständlich werden würde. Wer weiß, ob ich nicht schon dort schwach geworden wäre –

während wir gemächlich unsere Pommes Frites verspeisten und Skip lüsterne Blicke zum Tischfußball schweifen ließ –, hätte nicht ein mir unbekannter Angestellter des Etablissements aus unerfindlichen Gründen begonnen zu schreien. Der brummige Barmann empörte sich über einen Gast, der offenbar in unserer Nähe saß, den ich jedoch nicht ausmachen konnte. »Sie haben vielleicht Nerven, sich hier wieder blicken zu lassen! Manche Leute sind doch wirklich unglaublich stur!« Zunächst tat ich so, als würde ich die Aggression gar nicht bemerken, wie viele andere Gäste auch. Ich suchte weiter unauffällig, aber vergeblich nach dem Ziel der Attacken. Die Anwürfe wurden nur noch lauter. »Leute wie Sie liegen doch bloß den ganzen Tag auf der faulen Haut und kümmern sich einen Dreck darum –«

Bald gesellte sich ein zweiter Mann zu ihm, der eine Schürze trug, und beide steuerten auf den Teil des Etablissements zu, wo wir Speisegäste saßen. Ich glaube, der Schürzenträger wischte ein Messer an einem schmuddeligen Geschirrhandtuch ab. Unverzüglich nahm ich meinen Sohn an der Hand und teilte ihm mit, dass ein sofortiger Ortswechsel unumgänglich sei. Ich sprudelte heraus, dass wir uns sputen müssten, dass verräterische Elemente, Staatsfeinde überall lauerten, dass es im Dumpling's nicht mehr sicher sei, schon gar nicht angesichts der Auseinandersetzungen, die sehr wahrscheinlich bevorstanden. Ich sagte Skip, wir würden uns die Pizza bringen lassen und in der Mikrowelle aufwärmen, und dann schmeckte sie sicher genauso lecker wie hier, wo wir sie frisch aus dem Steinofen bekämen.

Wir mussten uns in die Büsche schlagen. Wir mussten finstere Gassen überqueren und uns durch Schleh- und Bocksdorn kämpfen, bis wir wieder am Wasser standen und das Schauspiel der Brandung betrachten konnten. Es war nicht sehr weit. Der Mond ging auf und war trotz der Sturmvorhersagen für die Küste zu sehen. Die schwere, feuchte Luft war ein untrügliches Anzeichen, dass der Sommer seinen allerletzten Seufzer tat. Die Hurrikans lösen den Griff des Sommers. Noch eine letzte Anstrengung, dann traten wir hinterm Haus eines gewissen Experten für Unternehmensfusionen und Firmenübernahmen aus dem Unterholz ins Mondlicht. Das heißt, wir befanden uns auf Carson's Bluff, einer Reihe sanfter Dünen ungefähr anderthalb Kilometer jenseits des Golfplatzes, und hinter der Landzunge war zu sehen, dass die See unruhig und rau geworden war. Wir folgten einem bröckelnden Pfad die Dünen hinab und hielten uns dabei am Strandhafer fest, um nicht abzustürzen.

In der Ferne flackerte ein kräftiges Feuer. Ein ordentliches Strandfeuer, wie es die Nachbarskinder früher ein oder zwei Mal jeden Sommer entzündeten, wobei sie allerlei Unsinn trieben. Ich machte mir natürlich Sorgen, dass die Flammen nicht nur ganz allgemein gefährlich, sondern auch ein Unsicherheitsfaktor in unseren Plänen waren. Denn sollten sich einige der Strandfeiernden in der umliegenden Vegetation verbergen, könnte ich unmöglich vor ihnen verheimlichen, dass ein Informationsaustausch auf höchster Ebene bevorstand. Es sei denn, ich neutralisierte die betreffenden Personen. Kaum hatte ich diesen Gedanken gefasst, wurde ich schon von einem weiteren Störenfried überrascht, vermutlich einem Kampfhund! Ein Pitbull oder ein Deutscher Schäferhund, auf uns gehetzt! Ich lenkte den Angreifer ab, indem ich an dem Stock zog, den er im Maul hatte, worauf er den Kopf zurückwarf und drohend knurrte. Doch ich merkte, meine Technik war erfolgreich: Ich hatte ihn durchs Spielangebot besänftigt, denn dem Knurren folgte rasch ein heftiges Schwanzwedeln.

Der Stock war natürlich ein vollkommen geformtes Exemplar atlantischen Treibholzes, ein Stock, der womöglich schon seit Jahrzehnten ins Meer geworfen und von Hunden wie diesem wieder herausgeholt wurde, ohne dass er dabei zu speichelgetränkten Splittern hätte zernagt werden können. Skip und ich versuchten den Hund zu überreden, den Stock zu seinem Herrchen zurückzubringen, doch das Tier wollte nichts davon wissen. Stattdessen erwartete er von uns, dass wir uns durch unablässiges Werfen des Holzes am Spiel beteiligten. Skip wollte ihm gerade zu Willen sein, als etwas in mir seinen Wurfarm zurückhielt. Ich nahm ihm den Stock aus der Hand. Ich spürte, wie es mich überkam, das *erniedrigende Bedürfnis*. Jetzt war ganz sicher nicht der richtige Zeitpunkt für den Stocktanz, bei all dem, was uns erwartete: ein wasserseitiges Eindringen der Omega Force, welche die Insel für einen Angriff an verschiedenen Fronten unter ihre Kontrolle bringen wollte, für einen Furcht und Schrecken erregenden Angriff auf mehrere militärische Ziele in der Umgebung. Mit Sicherheit wusste Omega Force um die jedenfalls sommerliche Anwesenheit eines Mitglieds des parlamentarischen Verteidigungsausschusses und des stellvertretenden Leiters des Heimatschutzes auf unserer Insel, dazu kamen noch zahlreiche Mitglieder der aktuellen Regierungspartei. Alle möglichen verzweigten Ereignispfade hatten die feindlichen Kräfte bedacht. Jetzt war keine Zeit für den Stocktanz, und doch war es mir nicht möglich, stillzusitzen oder einen klaren Gedanken zu fassen. Aber ich wollte auch nicht, dass Skip Zeuge – bestenfalls – meines exzentrischen Benehmens oder – schlimmstenfalls – der Symptome meiner nervösen Verhaltensstörung wurde, die ich trotz jahrelanger Behandlung nie ganz überwunden hatte.

Skip begann zu zittern.

»Willst du meine Jacke anziehen?«

Skip schüttelte dramatisch den Kopf. Ich warf ihm die Jacke dennoch über die Schultern. Wenn jemand wusste, was ich wusste, konnte er sich nicht von unnötiger Überbekleidung hemmen lassen. Ich zog auch die Schuhe aus, denn im Sand ließ es sich leichter ohne sie laufen. Die Sekunden verstrichen unendlich zäh. Gab es tatsächlich keine andere Wahl, als sich auf den Weg zur Strandparty zu machen? Und die dortige Gegend auszukundschaften? Anscheinend nicht. Der Kampfhund begleitete uns.

Erkannte ich die kleinen Rangen aus der Nachbarschaft wieder? Ganz und gar keine Rangen mehr. Privilegiert aufgewachsene Jugendliche. Große Kinder, die an keinem Tag ihres Lebens aufs nötige Kleingeld hatten verzichten müssen. Sie hatten ohnehin nie Bargeld bei sich. Ihre Frisur saß immer perfekt, ob gekämmt oder zerzaust, und das praktisch seit ihrer Geburt, und zu selbigem Zeitpunkt konnten sie anscheinend auch schon perfekt Ski fahren und perfekt dieses unsinnige Surfbrett mit Segel steuern. Schon mit zwanzig Jahren übertraf ihre Schlagfertigkeit alles, was ich auf diesem Gebiet mein ganzes müdes Leben zustandegebracht hatte, und sie würden ohne Anstrengung ein erfolgreiches Dasein führen, in dem es trotz möglicher Krankheiten, Rückschläge oder Todesfälle keinerlei Selbstbefragung gäbe. Ihre Rätsel und Geheimnisse lagen so tief begraben, dass nicht einmal sie selbst daran rühren konnten. Die Moden mochten mit den Jahren wechseln, doch diese jungen Leute blieben davon unbehelligt und unbekümmert und wegen ihres Desinteresses am Weltgeschehen von so vollkommener und leuchtender Schönheit und Zwecklosigkeit wie die himmlischen Heerscharen selbst.

Unklar blieb jedoch, ob sich unter den jungen Leuten, die alle in Vorfreude auf ein langes Wochenende irgendwelchen Seminaren an den umliegenden Universitäten fernblieben, *Kollaborateure* befanden. Würden Kollaborateure die Lagerfeuerspezialität zubereiten, die man, wie Skip hilfreich erläuterte, gemeinhin *s'more* nennt? Denn neben anderen ruchlosen Tätigkeiten, über deren Natur zu mutmaßen mir bisher sachdienliche Hinweise fehlten, widmeten sie sich der Zubereitung dieses Desserts. Es hätte sich genausogut um Plastiksprengstoff oder TNT handeln können, vielleicht waren die Vorräte an Explosivstoffen ja versteckt worden, als die Kundschafter unser Nahen meldeten. Momentan also wurde nur *s'more* zubereitet, und zwar auf die traditionelle Weise: ein Marshmallow, ein Vollkorncracker und ein Riegel Schokolade auf einen Stock gespießt.

Ich wurde sofort mit Namen begrüßt. »Dr. Van Deusen«, rief mir einer der jungen Männer zu. Kannte ich ihn? Wessen Sohn war er, und warum sah er so sehr aus wie so viele andere Menschen? Wie die früheren Söhne, die vielleicht inzwischen erwachsen waren und selbst Söhne hatten, eine ewige Wiederkehr angelsächsischen Erbes. Er hätte jedermann auf dieser Insel sein können, und allein diese Tatsache machte es unmöglich, seine Beweggründe zu beurteilen. »Wollen Sie ein Bier, Dr. Van Deusen?«

Jeder Spion wird Ihnen bestätigen, wie wichtig es ist, sich den kulturellen Gepflogenheiten der Eingeborenen anzupassen, und wenn man dafür in Bangkok eine einbeinige Prostituierte erwürgen muss, um zu signalisieren, dass man weder gefühlsduselig noch risikoscheu ist, dann muss es eben sein, und möge Gott einem vergeben. So hatte auch ich, wollte ich den Sinn und Zweck dieser sogenannten Strandparty ergründen, keine andere Wahl, als vom örtlichen Feuerwasser zu kosten und zumindest für kurze Zeit zu versuchen, mich mit den Gastgebern gut zu stellen.

Ich machte sie mit Skip bekannt und wurde gefragt, ob er auch ein Bier wolle. Obwohl Skip, wie sein Vater, bereits früh ergraut war und sein volles Haar sicherlich bald ein Färbeprodukt für Männer benötigen würde, gestatteten wir ihm den Genuss alkoholischer Getränke nicht. Sie verwirrten ihn nur. Ich lehnte daher an Skips Stelle dankend ab, auch wenn ihn das enttäuschte.

Schon nach dem ersten Schluck wurde mir klar: Diese jungen Leute waren gar nicht so übel! Vielleicht waren sie doch keine Abziehbilder ihrer spießigen Eltern, wie ich geglaubt hatte! Vielleicht spielte sich in ihren Köpfen doch etwas ab. Vielleicht gab es dort ein wenig Verständnis für die Komplexitäten der heutigen Welt. Vielleicht begriffen sie, dass alles, was ihnen so glücklich zufiel, ihr ganzer Lebensstil, auf Ausschließung basierte, und dass sie diese Form der Ausschließung, welche ihnen gestattete, mit ihren Klassenkameraden von elitären Privatschulen am Strand herumzutollen, womöglich irgendwie *verteidigen* mussten, ob nun durch Eintritt in den öffentlichen Dienst oder durch Einsatz in den Außenposten des Central Intelligence Agency oder ähnlicher Einrichtungen.

Die jungen Leute klärten mich nun auf, dass sie eine Art rituelles Trinkspiel abhielten. Bei diesem Spiel müsse man entweder eine Frage beantworten und dabei eine tiefe Wahrheit über sich enthüllen oder stattdessen etwas trinken. Sie teilten mit, dass in einer nicht weit entfernten Kühlbox, gerade außerhalb des Flammenscheins, zu diesem Zweck ein ziemlich starker Punsch bereitstehe, der irgendeinen albernen Namen wie *Verdammt in alle Ewigkeit* trug. Das Trinkspiel hatte schon begonnen, und einige Opfer lagen bereits ums Feuer verstreut. Ob im Vollzug vorehelichen Geschlechtsverkehrs oder in tiefer Bewusstlosigkeit, war schwer zu sagen. Vielleicht war es zu rituellen Vergiftungen gekommen, oder dem Punsch waren von bösen Mächten Betäubungsmittel beigemengt worden, um in Erwartung der bevorstehenden militärischen Auseinandersetzung verschiedene Kombattanten außer Gefecht zu setzen.

Drängender war jedoch das Problem, das sich durch eine Regel des Trinkspiels ergab: dass sich nämlich die Mitspieler unter bestimmten Umständen umarmen oder gar küssen mussten. Ich erklärte einem blonden jungen Mann, der eine Baseballkappe verkehrt herum trug (dazu eine dieser albernen Halsketten), dass ich von dieser Verpflichtung aufgrund meines fortgeschrittenen Alters ausgenommen werden müsse. Der flachshaarige Sohn des Präsidenten eines der Country Clubs, der D'Arcy hieß, wie ich glaubte, entgegnete, da solle ich mir *keinen Kopf machen*, ich könne ja *einfach weiter trinken*.

Ich willigte widerstrebend ein. D'Arcy fragte erneut, ob ich Skip nicht mitspielen lassen wolle.

»Das ist nicht so ganz seine Welt. Er interessiert sich mehr für Reimspiele. Auf Reime ist er ganz versessen.«

Eine junge Frau, die hinter einem der großen Baumstämme am Strand gesessen hatte, tauchte nun aus den Schatten auf und verlangte mit windschiefem Grinsen, Skips Reimkünste demonstriert zu bekommen. Der saß still zu meinen Füßen und blickte aufs Meer hinaus, denn der Klang der Wellen beruhigte ihn zumeist.

»Skip, mein Junge«, fragte ich und schüttelte ihn aus seiner Trance, »kannst du den netten Menschen hier einen Reim auf das Wort *Pils* nennen?« Das war natürlich eine Fangfrage, denn es gibt keinen vollkommenen Reim auf das Wort *Pils*, wie Skip schon mehrfach ganz korrekt bemerkt hatte.

»Kein Reim«, sagte er nun düster. »Pilz, Milz, Filz, Rumpelstilz, schmilz, ich will's, des Stils, jetzt gilt's.« An diesem Ausdruck blieb er eine Weile hängen und murmelte ihn vor sich hin.

Eine der Kandidatinnen namens Meghan wurde vom Moderator nach einer enthüllenden Wahrheit über sich gefragt und gab daraufhin zu, bisher bei jedem Test in Geologie, einem ihrer Hauptfächer, gemogelt zu haben. Das ließ man nicht als ausreichende Enthüllung gelten, und Meghan lachte fröhlich, während sie einen weiteren Schluck Verdammt in alle Ewigkeit nahm.

Lassen Sie mich an dieser Stelle kurz innehalten und erwähnen, dass es in *Omega Force: Code White* von Stuart Hawkes-Mitchell in den letzten Kapiteln zur unerlässlichen und verblüffenden Wendung kommt. Das fand ich heraus, indem ich mir eines der zahlreichen Exemplare des Romans aus den Regalen unserer winzigen Inselbibliothek griff, nachdem ich mein erstes, entwendetes Exemplar verlegt hatte. Warum gibt es von so einem Buch mehrere Exemplare auf unserer Insel? Diese Frage wollen wir einen Augenblick hintanstellen. Die *verblüffende Wendung* in Hawkes-Mitchells Werk ist die folgende: Ernest Piccolo, der sarkastische Ermittler im Zentrum der Saga, hat die ganze Zeit, so wird enthüllt, mit Omega Force unter einer Decke gesteckt. Dass die Erzählperspektive abrupt von Piccolo zu einer Kleinstadtanwältin namens Bonnie Peebles wechselt, ist einer der wenigen ungewöhnlichen Aspekte eines ansonsten uninspirierten Machwerks und macht es möglich, dass diese von Piccolo hintergangen wird, obgleich er nach ganzen zwei romantischen Abenden mit ihr behauptet hat, er liebe sie. Piccolo wartet bis kurz vor ihrer Landung auf Plum Island mit dem gestohlenen Boot der Küstenwache, dann hält er ihr seinen Trommelrevolver Kaliber .38 an die Schläfe und teilt ihr mit, da sie die Einzige sei, welche die *ganze Wahrheit* kenne, müsse sie nun *sterben*.

Ehrlich gesagt hätte ich keine weiteren fünfzig Seiten mit Piccolo leben können, und sein Mitteilungsdrang ist nur schwer zu ertragen. Wie dem auch sei und welche Heiligen Krieger ihm auch eine Gehirnwäsche verabreicht haben mögen, sie haben sich jedenfalls auf diesen Augenblick vorbereitet, da er den Tod seiner unglückseligen Geliebten inszeniert. Omega Force hat unterdessen einen Plan B. Entweder Ernest Piccolo bringt die Kleinstadtanwältin um, und Omega Force erreicht ungehindert das TSZPL – oder nicht. Da aber Bonnie Peebles abgelenkt und die lokalen Sicherheitskräfte auf die Spur des gestohlenen Küstenwachenbootes gesetzt werden, kann sich Omega Force problemlos in Tauchausrüstung davonmachen und ist bereit für den nächsten Angriff – in der nächsten Folge von Stuart Hawkes-Mitchells Romanserie.

Die Erkenntnis, dass eine derart verblüffende Wendung – ein drohender Betrug durch Ernest Piccolo alias Ed Thorne – womöglich bereits stattgefunden haben könnte, veranlasste mich, die auf der Party versammelten Personen einer unauffälligen Befragung zu unterziehen. Natürlich *sotto voce*. Ich spielte dabei die Rolle des angetrunkenen Rentners, und das, muss ich sagen, mit souveräner Lebendigkeit. Sobald wir die Infomationen bekommen hatten, die wir brauchten, konnten Skip und ich uns ins Unterholz hinterm Strand zurückziehen und von dort Ausschau halten, ob tatsächlich Männer in Neoprenanzügen die bröckelnde Steilwand von Carson's Bluff erklommen, die knapp außerhalb unseres Sichtfeldes lag.

Ich murmelte folgende Frage in Richtung der Kandidatin namens Meghan: »War am frühen Abend ein ziemlich ruppiger Kerl hier, der sich Ernest Piccolo nannte? Vor unserer Ankunft?«

»Wer?«

»Ernest Piccolo. Von Sonne, Wind und Meer gegerbte Züge, flucht wie ein Seemann. Könnte versucht haben, Sie zu linken.«

»Ich habe keine Ahnung, wovon Sie reden.«

»Dann entschuldigen Sie bitte. Vielen Dank für Ihre Mithilfe.«

11

Politische Empfehlungen

Um meine umfassende Tarnung nicht zu gefährden, war es unabdingbar, dass man mich mehr Punsch nehmen sah, also schenkte ich mir eine beachtliche Menge in einen der bereitstehenden Plastikbecher. Direkt hinter dem Punschbehälter sang ein kräftiger junger Kerl, den ich als einen Kellner der hiesigen Eisdiele erkannte, leise vor sich hin. Auch er hatte reichlich vom Punsch genossen und stand bereits kurz vor der ewigen Verdammnis. Ich fragte ihn, ob diese Strandparty womöglich von einer oder mehreren ihm unbekannten Personen infiltriert worden sei, von *dunkel gehäuteten* Personen, die vielleicht mit fremden Mächten im Bunde standen, besonders mit Mächten globaler Ausrichtung, welche den ungebremsten Aufstieg eines vereinigten Europa zum Ziel hatten, oder vielleicht Mächte von panarabischer oder panafrikanischer Weltanschauung? Hatte er etwa sudanesische Araber den Strand entlangkommen sehen? Auf Araberhengsten reitend, ethnische Säuberungen im Sinn? Hatte er irgendetwas dergleichen gesehen? Irgendetwas Außergewöhnliches? Überhaupt irgendetwas?

Der Eisdielenkellner unterbrach seinen Gesang und richtete seinen feuchten Blick auf mich. »Aber natürlich«, sagte er. »Natürlich habe ich die gesehen. Überall. Es sind Schüsse gefallen. Sie sind den Strand auf und ab gerannt, haben geplündert und gebrandschatzt, alles geklaut, was nicht niet- und nagelfest war. Sie haben die Fernseher gestohlen, vor allem die mit Flachbildschirmen, und die Satellitenantennen – weil sie genau wussten, dass wir so gezwungen waren, die arabischsprachigen Kabelsender zu sehen –, und das Familiensilber haben sie auch mitgenommen und eingeschmolzen und Statuen daraus gegossen, einen dicken Buddha, Mohammed, Ganesh. Und die teuren Rennräder mit mehr als zwanzig Gängen und diesen kleinen angeschraubten Haltern für die Trinkflaschen. Ach ja, und die Autos. Sie haben sich jeden *Hummer* auf der Insel geholt, jeden einzelnen dieser Schlitten, und haben damit so eine Art Militärkonvoi gebildet. Und den Panzer auch, es gibt doch diesen Typ, der einen Panzer hat, mit dem er die Zeitung holen fährt, den Panzer haben sie sich auch geholt, und sie sind sogar damit über ihn drübergefahren, denn kein Mensch sollte einen Panzer haben, nicht mal zum Scherz.«

Und das war noch nicht alles, was der junge Mann berichtete. Er beschrieb eine Unzahl weiterer Einzelheiten der Invasion. Die feindlichen Kräfte hatten jede Menge Kleidungsstücke geraubt, sagte er, weil man nirgendwo sonst auf der Welt Kleidung in diesen Farbtönen bekam, die sich als Tarnung eignete. Sie zogen plündernd durch die Gemeinde und nahmen unterwegs Geiseln. Sie stahlen sämtliche Kleiderkisten der Lilly-Pulitzer-Kollektion. Und dann hatten die *dunkel gehäuteten Typen* ein paar Grillpartys gesprengt, erzählte der junge Mann, weil das Essen dort zu fade war, und wenn erst die Scharia, das religiöse Gesetz des Islam, auf der Insel gelte, müssten alle, die noch kein qualvolles, gewaltsames Ende gefunden hätten, ihre Kichererbsen selbst pürieren lernen, und alkoholische Getränke könnten sie dann auch nicht mehr zu sich nehmen, weil auch das zur Scharia gehörte: absolutes Alkoholverbot. »Und weil wir wussten, dass sie kommen«, fuhr der Mann aus der Eisdiele fort, »haben wir uns alle hier versammelt, weil wir verdammt noch mal nicht einfach zusehen wollen, wie sie den ganzen restlichen Fusel wegschütten, solange wir ihn noch selber trinken können, und deshalb sind wir jetzt alle hier am Strand und warten, was passiert.«

Das genau hat er gesagt! Plündern und Brandschatzen! Arabischsprachige Kabelsender! Lilly Pulitzer! Religiöse Gesetze des Islam! Ich starrte ihn einen Augenblick an, weil ich nicht wusste, was ich tun sollte. Jedwedes Wissen war hinfällig geworden, ausgelöscht, hatte sich im Tumult des internationalen Konflikts hier auf unserer Insel verflüchtigt. Das gute alte Know-how, mit dem man früher die Sternbilder erkennen konnte, den Großen Bären und seine Nachbarn. Es versetzt einen überhaupt erst in die Lage, morgens die Zeitung zu lesen, die Ereignisse des Tages zu begreifen; mit seiner Hilfe kann man seinem Sohn erklären, was er glauben und was er ignorieren soll. Doch in der aktuellen Auseinandersetzung waren Wissen und Gewissheit wie weggewischt. Es war nicht mehr möglich, irgendwelche Fakten zu verifizieren. Wochen hatte ich damit zugebracht, die verschiedenen Fäden der Geschichte zu entwirren und zu überprüfen. Ich hatte herausgefunden, dass ein Architekt auf dieser Insel gegen den Willen der örtlichen Bevölkerung illegal modernistische Bauwerke errichtete, durch diese Gebäude, durch diesen ketzerischen Kult der Moderne die Menschen zum dekadenten Leben verführte und all dies schließlich seinen islamistischen Landsleuten mitteilte. Ich hatte herausgefunden, dass Menschen von dunkler Hautfarbe mit Kleinflugzeugen auf unserer Insel gelandet waren, beobachtet von unseren einstmals stolzen Fischersleuten, und die Insel ohne Erlaubnis fotografierten, um dann hochrangige Ziele in der direkten Umgebung angreifen zu können, wo gewisse schurkische Elemente außerdem mit immer schwerer kontrollierbaren Erregern experimentierten.

Wer stand auf welcher Seite? Die Parteien waren nicht mehr zu unterscheiden. Zur Regierungsseite gehörte womöglich meine Frau, die sich nach meinem Verständnis eindeutig verschwörerisch verhielt, und Ernest Piccolo, der womöglich zu den einstmals stolzen Fischern unserer Insel gehörte oder auch nicht, oder womöglich eine Figur aus dem Roman *Omega Force: Code White* war oder auch nicht, ein Roman, den womöglich ein gewisser Stuart Hawkes-Mitchell verfasst hatte oder auch nicht, dessen eigenes Cessna-Flugzeug womöglich von gewissen *dunkel gehäuteten* Personen auf unsere Insel geflogen wurde oder auch nicht, vielleicht war diese Cessna auch im westlichen Massachusetts in einem Feuerball aufgegangen, und das ließ vermuten, dass Hawkes-Mitchell entweder ein Opfer der Dunkelgehäuteten oder ein Verbündeter derselben war. Stand er aufseiten der Regierung? Versuchte er, eine Revolution zu verhindern? Oder sie anzustacheln? Versuchte die Regierung, diese Revolution zu kontrollieren oder nicht? War die Regierung für oder gegen das Volk? Und auf welcher Basis ließen sich diese Fragen beantworten?

Ich schüttelte den jungen Eisdielenkellner heftig, um ihn zur Beantwortung weiterer Fragen zu bewegen, doch war er offensichtlich nicht mehr geneigt zu kooperieren. Meine Aufmerksamkeit wurde ohnehin in eine andere Richtung gelenkt, denn der junge Mann namens D'Arcy saß auf dem mächtigen weißen Holzstück am Lagerfeuer und bot in diesem Augenblick Skip, meinem geliebten

Sohn, dem Erbe all dessen, was ich vollbracht hatte und noch vollbringen wollte, *vom Punsch an*. Und jetzt trank mein Sohn den Punsch, ich eilte an seine Seite, wo ich unglücklicherweise keine andere Wahl hatte, als ihm den Becher aus der Hand zu schlagen.

»Merkt auf, all ihr jungen Leute. Hört mir zu! Ich habe euch etwas zu sagen. Hört mich an!« Ich blickte in die versammelten Gesichter, die verschiedene Stadien der Entgleisung zeigten. »Es ist wichtig, dass ihr begreift, was um euch herum geschieht –« Und als ich merkte, dass dies eine recht provokative Behauptung war –

»Halten Sie den Mund, Dr. Van Deusen«, rief einer der Jugendlichen. »Beantworten Sie eine Frage, oder trinken Sie was.«

»Ich werde den Mund *nicht* halten«, sagte ich mit gekränktem Stolz. »Bitte, hört mir einen Moment zu, denn ich muss euch etwas Wichtiges mitteilen.«

Eine weitere Stimme erhob sich. »Haben Sie in Ihrem Leben schon einen Tag nüchtern verbracht? Das ist die Frage für *Sie*!« Allerhand Gekicher.

Und plötzlich rannte Skip weg. Mein Sohn ergriff die Flucht. Zweifellos wegen dieser kleinen abfälligen Bemerkung. Ich sah, wie sein wohlproportionierter Körper, seine verblüffend gut aussehende, aber hohlköpfige Hülle, jenseits des Strandfeuers in der Dunkelheit verschwand, die rasch alles verschluckte. Ich griff nach dem nächstliegenden Stück Treibholz und schritt auf den Zeremonienmeister zu, auf den jungen D'Arcy, um ihm Prügel zu verabreichen. Aber dann lag er da in meiner Hand, der prächtige Stock, und ich hörte ihn nach mir rufen. Über mir kreisten die Sterne am leidenschaftslosen Himmel, vor mir flackerte hypnotisch das Feuer, und ehe ich wusste, wie mir geschah, führte der Stock mich in die Nacht, meinem Sohn hinterher. Ich hörte den Klang der Symphonien strategisch bedeutsamer Informationen, der Symphonien unserer Zeit, der Symphonien der *Opfer unter der Zivilbevölkerung*, und ich sagte mir, was ich tat, war vollkommen *falsch*, und doch spürte ich, wie meine Beine, meine Zehen, meine Muskeln und Sehnen den Tanz begannen, den Tanz des Todes, an der Küste, am Strand, gerade außer Sichtweite der jungen Leute, die einander inzwischen ohne Zweifel in die Arme sanken. Ich hob an, hysterisch zu gackern. Ich wusste um dunkle Dinge, die der Geschichtsschreibung entgangen waren, und ich tanzte und drehte mich wie ein Sufimeister. Ich war ein Leuchtfeuer am Ufer. Ich war *das Zeichen*, denn es gibt immer ein Zeichen, einen Wink, einen ersten Schuss, eine Laterne im Fenster. Alles war nun klar! Es war klar, dass ich auf der Loggia aufwachen *sollte*, vielleicht war es sogar meine eigene Loggia. Ich sollte den Doppelagenten Ed Thorne treffen und seine Geschichte hören; alles passte zusammen. Omega Force wusste, dass ich im Morgengrauen von diesem Haus weggehen würde. Als sie den Stocktanz sahen, wussten die Verschwörer, dass er das Ende der westlichen Welt signalisierte, das Ende des amerikanischen Jahrhunderts, und Ed Thorne sagte mir, was er sagen musste, nämlich dass Omega Force kommen werde, um Amerikaner zum Kampf gegen Amerikaner anzustacheln. Ed Thorne war, wo er sein sollte, und als ich hörte, was er zu sagen hatte, begann ich mit meinen Nachforschungen, die mich am Ende hierher führten, wo ich natürlich wiederum den Stocktanz tanzen würde, meinen bösen Tanz, mein monströses Menuett, und wieder würde ich dabei meine Kleider abwerfen. Keine andere Interpretation war möglich. Ich war es, der Omega Force und ihre feindlichen Agenten einlud. Es stand nicht in meiner Macht, sie aufzuhalten, und in meinem Traum tanzte ich bis zum Tode mit dem Stock, dessen einziger Wunsch es war, wieder in die See zu tauchen, vom Salz blank gescheuert, von den Stürmen umhergeschleudert zu werden, doch ich wollte mich seinem Plan nicht beugen, und so kämpften wir, der Stock und ich, ein unentschiedenes Ringen, und dann zwang der Stock mir seinen Willen auf, nämlich hinauszutreiben, denn ja, wie die großen Dichter immer schon wussten, *dulce et decorum est pro patria mori*, es ist tatsächlich süß und ehrenvoll, fürs Vaterland zu sterben.

K & K

Ellie Knight-Cameron betreute den Briefkasten für Beschwerden und Anregungen bei Kolodny & Kolodny, einer kleinen Versicherungsagentur, und in all den Jahren, seit sie dieser unbedeutenden Pflicht nachkam, hatte sie noch nie einen Verbesserungsvorschlag wie jenen gelesen, den sie am Montag im Pappkarton fand: *Wenn man schon auf dem Parkway Fahrbahnen sperrt, dann sollte man die Straße verflucht noch mal auch reparieren.*

K & K, wie sich die Agentur abkürzte, residierte in den ausgedehnten Vororten von Stamford, Connecticut, ungefähr anderthalb Kilometer von der Ausfahrt High Ridge Road des Merritt Parkway entfernt, und dieses baumgesäumte Asphaltband war nun schon seit einigen Jahren ein Irrgarten gesperrter Fahrbahnen, vor allem westlich der Innenstadt. Die meisten Mitarbeiter von K & K fuhren entgegen dem Hauptverkehrsstrom zur Arbeit, und dabei stießen sie oft auf die gefürchtete Reihe orangeroter Begrenzungskegel.

Der Vorschlag im Kasten war also zweifellos vernünftig. Vom Schimpfwort und der schlechten Ausdrucksweise einmal abgesehen. Alle Leute beschwerten sich über den Verkehr. Er war eines der Hauptgesprächsthemen. Doch Ellie Knight-Cameron wusste nicht so recht, wie sie als Büroleiterin daran etwas ändern sollte.

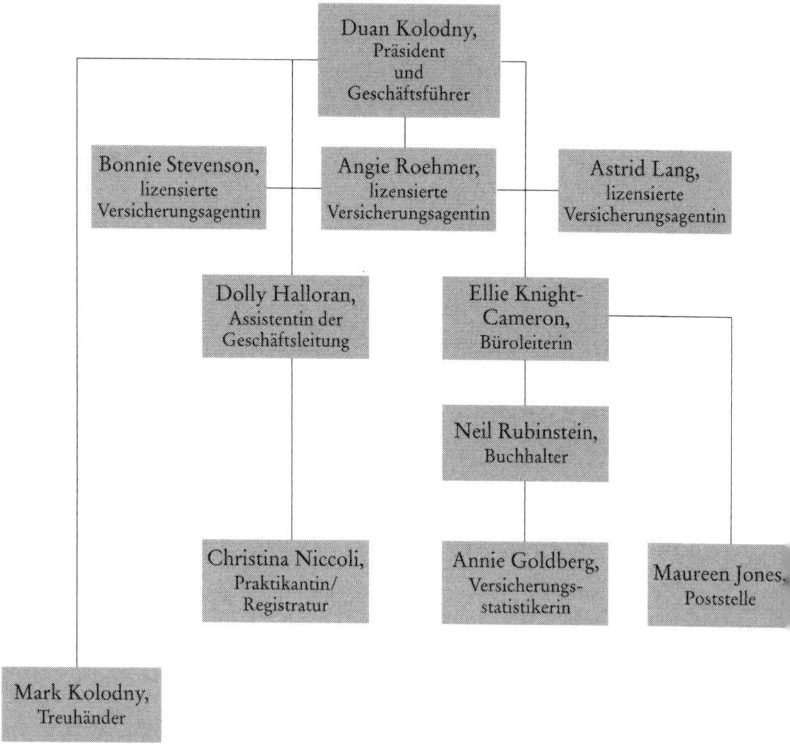

Diagramm 1, Kolodny & Kolodny Inc., Stand 01. 01. 2005

Ellie hatte nur wenig Weisungsbefugnis. Der Briefkasten existierte vor allem, um das Zusammengehörigkeitsgefühl in der Kaffeeküche von K&K zu fördern. Die meisten Vorschläge waren also eher alltäglich. *Könnten wir vielleicht mal eine Kaffeemischung mit ein bisschen Haselnussgeschmack bekommen? Bloß ab und zu?* Obwohl Dolly Halloran die Haselnuss-Vanille-Mischung nicht ausstehen konnte, die Ellie daraufhin kaufte, war der Vorschlag doch auf allgemeine Zustimmung gestoßen und hatte für gute Laune in der Pausenlounge gesorgt.

Ellie Knight-Cameron war vierunddreißig, ein bisschen mollig für ihr Alter, vermutlich war sie – trotz jahrelanger Fitnessbemühungen und exotischer Diäten – nie der grazile *Cosmopolitan*-Typ gewesen, weshalb sie sich auch nie ganz wohl in ihrer Haut fühlte, trotz der braunen Locken, die furchtbar viel Aufwand erforderten, und des Leberflecks über der Oberlippe, den sie eindeutig als Pluspunkt ihres Äußeren betrachtete. Ihre Augen waren grau wie Beton. Sie lächelte viel. Sie war beliebt, aber nicht so, dass man sich gleich die Kleider vom Leib riss.

Den Bindestrich-Nachnamen, um ein heikles Thema anzusprechen, hatte Ellie ihren Eltern zu verdanken, die immer noch nicht verheiratet waren. Die beiden Freigeister hatten sich in den Siebzigern irgendwo in den Südstaaten kennengelernt. Der Legende nach war Ellie Knight-Cameron während eines Festivalauftritts der verehrungswürdigen Allman Brothers Band gezeugt worden. Dickey Betts hatte ein äußerst gewagtes Gitarrensolo hingelegt, und weit hinten im Publikum hatte die Liebe unter einer ausgefransten Decke die nicht besonders illustren Familien Knight und Cameron vereint.

Jeden Samstag putzte Ellie ihre Wohnung in Rye, begann im Schlafzimmer und arbeitete sich dann in Richtung Norden vor, um ihre Katze Nails so wenig wie möglich zu stören. Ellie war auf geradezu alberne Weise entzückt von ihrem Staubsauger, einem purpurroten Gerät aus Großbritannien, entworfen von einem Flugzeugingenieur. Die Begeisterung fürs Staubsaugen deprimierte sie, aber wenn derlei Vorlieben schon Depressionen erzeugen, sollte man wenigstens einen zuverlässigen Staubsauger besitzen.

An Samstagen also putzte sie, dann ging sie auf den Biomarkt, und dann versuchte sie, gemeinsame Freizeitvergnügen mit ihren Bekannten aus dem Büro oder aus Universitätszeiten zu arrangieren. Sie hatte in den frühen Neunzigern studiert, als die Wirtschaft boomte, möglichst weit weg vom Südwesten, und das bedeutete in Westchester County. Mit ihren Freundinnen und Freunden vom College – die fast alle verrückte künstlerische Ambitionen hatten – spielte sie gern Minigolf. Auch die Baseballspiele der Minor League gefielen ihr. Und irgendwann in ferner Zukunft wollte sie noch Tango lernen.

Da nicht nur Ellie Knight-Camerons Gewohnheiten, sondern auch ihre Gedanken klar strukturiert waren, hatte Kolodny & Kolodny kaum anders gekonnt, als sie einzustellen. Der Firmenname war ein wenig irreführend, denn es gab nur einen Kolodny, nämlich Duane, der vor langer Zeit gehofft hatte, seinen Sohn Mark in die Agentur locken zu können. Mark hatte sich stattdessen fürs Immobiliengeschäft entschieden, nahm aber trotzdem an, das Unternehmen eines Tages zu erben, um es gegebenenfalls verkaufen zu können. Duane Kolodny hatte sein Berufsleben als Bauunternehmer in Fairfield County begonnen, hatte jedoch schnell genug gehabt von Gesetzlosigkeit und Mafiamethoden, die im Bauwesen herrschten. Das Kiesgeschäft wurde von der Mafia kontrolliert, das Zementgeschäft desgleichen, Baugenehmigungen verteilten die Politiker, und die waren käuflich, und so weiter und so fort. Duane war ein zurückhaltender Mann. Er hatte sich für Versicherungen entschieden, weil dies Erfolg versprach. Er musste Policen nicht allzu offensiv an den Mann bringen, sondern nur an sein Produkt glauben. Mit anderen Worten, Duane war der Überzeugung, dass man für sich und seine Familie zu sorgen hatte und besonnen durchs Leben gehen sollte, immer auf der Hut vor Ärger.

Aufgrund der Psychogramme, die sich Ellie Knight-Cameron für das Personal von K&K erstellt hatte, war es äußerst unwahrscheinlich, dass der siebzigjährige Duane

Kolodny, der sich nicht entschließen konnte, in den Ruhestand zu gehen, die abfällige Bemerkung über die Fahrbahnsperrungen auf dem Merritt Parkway geschrieben hatte. Duane war ein zurückhaltender Typ. Niemand hatte beispielsweise etwas von seinen Eheproblemen gewusst, bis seine Bürotür mehrere Tage lang heftig zugeschlagen wurde. Eines Nachmittags war Duane dann aus der Tür getreten, hatte sich über Allergien beklagt und war früh nach Hause gefahren. Drei Tage später war er wieder Junggeselle.

Es war nicht einmal gesagt, dass Duane überhaupt von der Existenz eines Kummerkastens wusste. Die bereits erwähnte Dolly Halloran, seine persönliche Assistentin, wusste davon. Sie hatte sich sogar als Erste dafür starkgemacht. Und Ellie natürlich auch. Sie schaute fast jeden Tag hinein. Die übrigen Angestellten wussten von der Kiste, weil das Ding, beklebt mit rosarotem Geschenkpapier, direkt neben der Kaffeemaschine stand. Ursprünglich waren in dem Karton Papierhandtücher gewesen, und er wäre wahrscheinlich zu etwas Ähnlichem wiederverwertet worden, hätte Ellie ihn nicht der Bedeutungslosigkeit entrissen und schmuck hergerichtet.

Sie warf einen genaueren Blick auf den anstößigen Vorschlag. Da war das *verflucht noch mal* zum Beispiel: *Wenn man schon auf dem Parkway Fahrbahnen sperrt, dann sollte man die Straße verflucht noch mal auch reparieren.* Das Wort *verflucht* klang etwas stärker als das gebräuchlichere *verdammt*, aber wenn man es recht bedachte, auch ein wenig antiquiert, als wäre der Satz von einem älteren Menschen formuliert worden. Es gab allerdings nicht viele ältere Menschen bei K&K, von Duane einmal abgesehen. Frauen benutzten das Wort nicht so oft, oder sie hatten es nur in den Fünfzigern getan, als es der wohl beliebteste Fluch überhaupt war, glaubte Ellie jedenfalls.

Ihre Versuche, als Teenager genau die gleichen Sachen zur Schule anzuziehen wie alle anderen, hatten ihre Mutter zu derart entschiedenen Flüchen animiert. Einmal hatte Ellie, bildlich gesprochen, kräftig auf den Boden gestampft und gesagt, sie brauche *unbedingt* Wadenstulpen, worauf ihre Mutter antwortete, sie benehme sich *wie eine reiche Zicke aus der verfluchten Vorstadt.*

K&K beschäftigte außer Ellie neun ehrgeizige, motivierte Mitarbeiter. Von diesen neun waren sieben Frauen. Ein weiterer war Duane Kolodny, der neunte Neil Rubinstein, der eigentlich nicht heterosexuell sein konnte, denn er strahlte keinerlei sexuelle Energie aus, besaß keine romantische Ader, rein gar nichts. Wie kamen die Frauen im Büro zu diesen Hypothesen? Woher nahmen sie die Zeit, sich über derlei den Kopf zu zerbrechen? Neil war für die Finanzen und die Lohnbuchhaltung verantwortlich, blieb meist für sich, und wenn man ihm tief in die Augen schaute, dann bemerkte man, dass sie den Plastikaugen ausgestopfter Tiere glichen.

Neil interessierte sich für den Wetterverlauf. Wenn man dreimal am Tag auf dem Weg zur Toilette an Neil Rubinstein vorbeimusste – und das musste man, denn seine Bürozelle lag direkt neben der Toilette –, dann wollte man ihm gern ein freundliches Wort gönnen. Neil sah sich jede Nacht vorm Einschlafen zwei- oder dreimal die Regionalvorhersage des Wetterkanals an, so viel stand fest. Er wusste auch über Flughafenschließungen Bescheid. Wenn wegen eines außergewöhnlich heftigen Sturms der größte Teil der Luftflotte der Northwest Airlines in Detroit am Boden bleiben musste, war Neil darüber im Bilde. Und war das Wetter besonders schlecht, war er begeistert, auch wenn Begeisterung bei ihm nur schwer zu messen war. Wenn siebzig Millimeter Regen und anhaltende Windgeschwindigkeiten von über achtzig Stundenkilometern vorhergesagt wurden, dann hatte Neil Rubinstein einen guten Tag.

Hinzu kam, dass Neil angezogen war, als hätte man ihm seit seiner Schulzeit nicht erlaubt, sich neu einzukleiden, seine Hemden hatten immer doppelte Manschetten. Die Gehälter waren immer pünktlich auf der Bank, es hatte noch nie ein Problem mit der Buchhaltung gegeben. Neil Rubinstein war ein Knoten, der sich dem Entwirren hartnäckig widersetzte. Ellie Knight-Cameron glaubte daher, dass sehr wahrscheinlich Neil den Vorschlag zu den Fahrbahnschließungen gemacht hatte, auch weil *verflucht noch mal* irgendwie männlicher klang und weil Neil den Anschein erweckte, ein als unauffälliger Buchhalter verkleideter Despot zu sein. Vielleicht war in seinem Keller eine Leiche eingemauert, vielleicht auch eine ganze Reihe von Leichen, oder er hatte unerfreuliche Erlebnisse mit zudringlichen Grundschullehrern gehabt.

Ihre Theorie hatte nur einen Haken: Neil Rubinstein hatte kein Auto.

Neulich war Ellie in einem griechischen Imbiss in Riverside gewesen, zwei Orte entfernt. Oberhalb ihrer Sitznische, über der mit Klebeband geflickten Polsterbank, hing ein Kunstdruck des antiken Athen. Vergessen wir die restliche Einrichtung; erst recht die Umstände des Abendessens. Zufall heißt, dass zwei Kunden von ein und demselben Vermittler geworben werden oder zwei Agenten die gleiche Institution als potenziellen Versicherungsnehmer umgarnen. Hier spielte der Zufall wie folgt: Sie hatte genau diesen Kunstdruck am Abend ihrer Universitätsabschlussfeier gesehen! Und was war das für ein aufregender Abend gewesen! Ein junger Mann hatte sie geküsst und gesagt, keine Frau sei je so schön gewesen wie sie. Und da hatte neben ihnen genau dieses Bild gehangen, die Darstellung irgendwelcher Trümmer aus Athen oder Rom. Ellie Knight-Cameron hatte tatsächlich einen Mann geküsst, das konnte niemand bestreiten, er hieß Eric Banks, und dieser Eric Banks war ein bisschen zu behaart und sah immer etwas angestrengt aus, weil er nur das Schlimmste von Menschen und Ereignissen befürchtete. An den meisten Abenden krümmte er sich über eine Bratsche, die er nicht richtig spielen konnte.

Doch wenn Eric mit Ellie über all die seltsame Musik sprach, die ihm gefiel – eine Gitarre, die mit Essstäbchen gespielt wurde, ein Klavier, das man im Inneren zupfte –, dann war es, als würde er sein etwas unerfreuliches Äußeres abstreifen. Sie hörte ihm gern zu. Wenn es ihm besser ging, dann ging es ihr auch besser. Am Abend der Abschlussfeier legten sie zusammen ihre Examensroben ab, warfen die Hüte mit den Troddeln auf den großen Haufen neben den Garderobenhaken. Zusammen saßen sie beim Empfang in der Halle, als die Party in vollem Gang war. Die Musik war unglaublich laut, und Eric machte sich Sorgen um sein Gehör. Er trug Ohrstöpsel, wenn er mit dem Zug in die Stadt fuhr; er trug sie auch im Flugzeug, beim Rockkonzert, im Vergnügungspark. Ellie rief in Erics vorübergehend ertaubtes Ohr, er würde gleich etwas Großartiges erleben.

Und Ellie Knight-Cameron glaubte nicht bloß an Eric, weil sie etwas glauben wollte. Sie wandten sich voneinander ab, sie gab sich versunken in tiefe metaphysische Betrachtungen, beobachtete dabei, wie die Tänzer in der Mitte des Raumes mit den Armen schlenkerten, und ihr Blick fiel zufällig auf ein Gemälde, das an der Wand hing. Es zeigte die Akropolis in Athen, oder vielleicht war es auch eine andere Ruine aus den Anfängen der westlichen Zivilisation, und das ergab ja durchaus einen Sinn, oder? Schließlich war dies eine Examensfeier. Griechische

Antike, akademische Bildung, Athen. Als sie sich wieder zu Eric wandte, legte er ihr die schwielige Hand ums Kinn und presste seine Lippen auf ihre. Er schmeckte nach Hummus, Dr. Pepper Gewürzsoße und grünen Oliven. Später wünschte sie, sie hätte mit ihm geschlafen, denn man sollte die Gelegenheiten nutzen, die sich bieten. Sie küssten sich und hielten einander im Arm. Die Tänzer schlenkerten mit den Armen. Eric sagte ihr, sie sei eine schöne Frau. Sie leisteten Schwüre. Sie ging über den Sommer nach Arizona zurück. Eric ging nach Boston auf die Musikhochschule.

Und dann, wie deprimierend, brach der Kontakt ab.

Es war also ein melancholischer Abend im griechischen Imbiss. Ellie hatte schon mal versucht, ihrer Mutter übers Mobiltelefon von ihrem Pech mit den Männern zu erzählen. Aber ihre Mutter war dafür die falsche Adresse. »Warum kaufst du dir nicht ein paar sexy Klamotten und gehst mal in eine Bar oder so?« Und das von der Frau, die sich Feministin nannte und drei uneheliche Kinder von drei verschiedenen Freiberuflern in die Welt gesetzt hatte. Ellies Bruder Len saß gerade für kurze Zeit im Knast, weil er Jugendlichen von der Highschool Marihuana verkauft hatte. Ihre ältere Schwester lebte in Taos vom Tätowieren.

Eigentlich sollte Ellie in dem griechischen Restaurant eine Stellenanzeige verfassen. Es wurde ein Versicherungsagent gesucht. Eine der Stellen bei K&K war immer frei. Es gab genug Arbeit für vier Agenten, aber so viele ließen sich nur selten halten. Für die meisten Menschen gab es Wichtigeres als Loyalität gegenüber ihrem kleinen Unternehmen. Also musste Ellie Knight-Cameron sich auch noch mit Stellenanzeigen, Bewerbungsgesprächen und Vorschlägen bezüglich neuer Mitarbeiter herumschlagen. In einem so kleinen Büro wie K&K gab es keinen Personalchef. Ellie war ausgebildete Computer-Fachfrau und Telefonistin. Sie kannte sich auch mit Schreibtischstühlen aus. Wenn sie die möglichen Bewerber auf zwei reduziert hatte, schickte sie beide weiter an Duane.

Zunächst beeindruckte sie ein Mann aus Greenwich. Er hieß Chris Grady und hatte es, wie viele junge Männer aus Greenwich, nicht auf eine der großen Universitäten geschafft, eigentlich nicht mal auf eine mittelmäßige, aber aufgrund ihrer vorangegangenen Telefongespräche glaubte sie, Chris besitze *das Verkaufs-Gen*. Duane hatte sie angewiesen, danach zu suchen, einen Mann mit Energie, Enthusiasmus, Ehrgeiz, Patriotismus, Visionen, der das große Ganze, das breite Spektrum im Blick hatte und kein Nein akzeptieren würde.

Kurz darauf kam Chris ins Büro. Er trug hellblaue Socken, die zu seinem Einstecktuch passten. Das konnte man als Minuspunkt werten: zu bemühte Farbwahl. Es wirkte schüchtern, wie Chris die Hände im Schoß faltete und wieder öffnete, auch wenn er dabei sein strahlendstes Lächeln anknipste. Er war ein schöner junger Mann aus Greenwich in einem Anzug von Brooks Brothers oder einem anderen edlen Schneider. Vermutlich hatte Chris einen Bruder, der alles besser konnte als er. Dieser große Bruder quälte ihn und ließ ihn bei keinem Spiel gewinnen.

Beim ersten Interview fragte Ellie Knight-Cameron, ob Chris irgendwelche Vorschläge zur Verbesserung der geschäftlichen Erfolge von K&K hätte. Chris zögerte nicht.

»Zukäufe«, sagte er. Und dann, kühn geworden: »Das wirtschaftliche Gesetz der Größe. Versicherungen sind ein gutes Geschäft, und das, ähm. Es wird immer, also, alle Leute brauchen Versicherungen, aber Sie könnten tatsächlich, äh, mit einigen Ihrer Konkurrenten gleichziehen, Sie wissen schon, und dann könnten Sie, na ja, die aus dem Markt drängen, und dann hätten Sie, hm, irgendwie mehr

Marktanteile. Hier in der Region … Region … Connecticut. Weil Sie dann nicht mehr, ähm, nicht mehr so viele Konkurrenten hätten. Hier.«

»Toll!«, sagte Ellie.

Sie stellte Chris allen vor. Sie stellte ihn Angie Roehmer, Astrid Lang und Bonnie Stevenson vor, das waren die verbliebenen Agentinnen; außerdem Maureen Jones, der Frau aus der Poststelle, und Christina Niccoli, die frisch von der Highschool gekommen war, in der Registratur saß und davon träumte, Einkäuferin in einem großen Kaufhaus zu werden. Neil Rubinstein ließ Ellie aus. Und dann war da noch die rätselhafte Annie Goldberg, eigentlich Halbtags-Statistikerin bei K&K, aber auch, wie alle wussten, spielsüchtig. Sie fehlte häufig, wenn sie wieder einmal eine Tour durch die Casinos der Indianerreservate machte.

Die Frauen im Büro hätten gern noch einen männlichen Kollegen gehabt. Gleichmäßige Geschlechterverteilung am Arbeitsplatz wirkte motivierend. Das sagte Duane jedenfalls immer. Ellie glaubte ihm. Als sie noch jung war, hatte sie Psychologin werden wollen. Keine, die mit Ratten experimentiert, sondern eine, die mit Menschen kommuniziert und viel über deren Leben erfährt. Sie hatte ihren Traum zwar nicht wahr gemacht, doch ihr angefangenes Psychologiestudium war eine hervorragende Grundlage für die Auseinandersetzung mit ihrer verrückten Familie und ihren Kolleginnen und Kollegen.

Dann widerfuhr ihr etwas Seltsames. Mit Chris aus Greenwich. Während des Rundgangs durchs Büro zeigte sie ihm den neuen Teppichboden, der in der Lounge und im Besprechungszimmer verlegt worden war. (Altrosa, weil die Vorschläge im Anregungskasten darauf schließen ließen, dass diese Farbe von der Mehrzahl der Beschäftigten bei K&K bevorzugt würde.) Nachdem er den Teppich gesehen hatte, zeigte sie ihm auch den Anregungskasten. Dabei fiel ihr natürlich wieder ein, was sie schon fast vergessen hatte, nämlich die absonderliche Anregung hinsichtlich des Merritt Parkway. Sie hatte bisher nicht herausgefunden, wer sie geschrieben hatte. Sie hatte lediglich Duane ausgeschlossen und einen leisen Verdacht in Richtung Neil Rubinstein gefasst, ehe sie sich wieder ihren wichtigeren Tagesaufgaben zuwandte. Als sie nun Chris aus Greenwich den Anregungskasten erläuterte – »Hier können die Mitarbeiter Vorschläge einwerfen, wie man Arbeitsabläufe reibungsloser gestalten kann, damit alles effizienter und kooperativer wird« –, kicherte der ein wenig. Anders konnte man es nicht nennen. Er klang wie eine Grille und zuckte auf männlich-überhebliche Art mit den Schultern. In diesem Augenblick sah sie zum ersten Mal sein kleines Bärtchen. Nur ganz unten am Kinn. Dieser Bart bewies, dass Chris genau der Typ war, der schreckliche Dinge in den Kummerkasten von K&K werfen könnte.

Chris konnte die Klage über den Merritt Parkway natürlich nicht geschrieben haben, weil er bis vor drei Tagen bei K&K noch ein Unbekannter war und heute zum ersten Mal das Büro betreten hatte. Trotzdem war Ellie irgendwie überzeugt, dass er es gewesen war. Und das hieß für Ellie Knight-Cameron, dass mit diesem Bewerber etwas nicht stimmte. Er sagte nicht die ganze Wahrheit über sich. Tatsächlich entwickelte sie genau in diesem Moment große Begeisterung für die andere Bewerberin, eine behinderte junge Frau namens Lisa Weltz. Lisa hatte anstelle des einen Arms bloß einen verdorrten Stecken, so wie Bob Dole, aber sie war ehrgeizig, vorzeigbar und gescheit.

Es war ja nicht so, dass Ellie Knight-Cameron nie auf ihre Mutter hörte. Sie war ihre Ratgeberin in Liebesdingen, und wenn sie ihr sagte, sie solle sich zurechtmachen und ausgehen, hatte Ellie dies – in gewissen verzweifelten Momenten – auch wirklich getan. Sie war in Bars gegangen und hatte sich ganz nett mit Barkeepern unterhalten. Einmal hatte sie eine reizende Rechtsanwaltsgehilfin namens Rhonda kennengelernt, mit der sie in Kontakt geblieben war. Die beiden saßen in so engen Klamotten, dass an Atmen nicht zu denken war, an einem Ende der Bar und quatschten über alles, worüber man so quatschen konnte. Bald darauf kam Rhonda zu K&K, um sich ein persönliches Versicherungspaket schnüren zu lassen. Und Angie Roehmer teilte die Vermittlungsprämie mit Ellie, das war wirklich großzügig.

Der verwirrende Sog von Single-Bars verursachte Ellie Sodbrennen. Plötzlich zog sie Sachen an, die sie sonst nie getragen hätte, und machte sich Gedanken über Dekolletés. Sie steckte ihr Haar hoch, trug jede Menge Eyeliner auf und dachte: *So vieles spricht dafür, dass heute die Nacht der Nächte ist: Der Mond scheint hell, die Luft ist frisch, in so einer Nacht ist selbst ein hoffnungsloser Fall nicht ohne Hoffnung.* Sie versuchte, sich Mut zu machen. Schließlich war Frühling. Erst kürzlich hatte sie die Bürowette auf die Oscars gewonnen. Die Boston Red Sox lagen an der Tabellenspitze, auch wenn die Saison gerade erst angefangen hatte. In hoffnungsfroher Stimmung machte sie sich auf in die Bars. Hinterher war sie wie zerschlagen. Wenn der Morgen anbrach, hatte sie immer noch das Kissen über dem Kopf und war überzeugt, dass Kakerlaken auf ihr krabbelten und Schimmelpilze an den Wänden wucherten. Es gab keinen vernünftigen Grund aufzustehen.

Am Abend nach Chris Gradys Bewerbungsgespräch

hatte sie die Nase so voll, dass sie sich zu einer Tour durch die Bars entschloss. Sie ging in einen Schuppen in der Innenstadt, nur eine Straße von der modernen Scheußlichkeit des Bahnhofs entfernt, in eine Bar, wo die Geländewagen vorfuhren und männliche wie weibliche Büroangestellte ausspuckten, die sich auf die Suche nach Getränken mit Papierschirmchen machten. Ellie hatte Rhonda angerufen und ihr erzählt, dass sie vielleicht durch die Bars ziehen wolle, aber das hatte sich nicht zu einem echten Plan entwickelt. Manchmal waren kluge Frauen im Doppelpack einfach nur peinlich.

Ellie stand flach atmend an der Bar, ihr Rock wirkte wie aus Acryllack, direkt auf den Leib gesprüht. Sie bestellte einen Screwdriver, obwohl sie fast nie harte Sachen trank. Dann noch einen. Danach wurde der Abend langsamer. Frauen bekamen von ihren Gegenübern Oliven zwischen die geschminkten Lippen geschoben, und das sah aus, als ob sich Asteroiden kaum wahrnehmbar durchs Weltall wälzten. Gläser wurden auf die Bar gestellt und klangen wie Kesselpauken. Heiseres Lachen drang aus dem Inneren eines Canyons. Ellie stellte sich vor, wie ein Pfau zur Theke stolzierte und seinen Balzruf kreischte. Schließlich würde der Vogel auch noch seine albernen Schwanzfedern spreizen.

Aus der Menge kam ein Mann. Typ Kotelettenträger. Er schrie ihr etwas ins Ohr, was sie nicht verstand. Doch an seinem Auftreten konnte sie ablesen, was er *nicht* sagte: Ob ich wohl bitte Ihre Telefonnummer haben könnte? Oder: Wäre es möglich, dass wir uns besser kennenlernen? Ellie nickte ausdruckslos. Dann zupfte er sie sacht am Ellbogen, und sie folgte ihm in die Höhle hinter der Theke, wo die Glühbirnen an der Decke schummrigblaues Licht wie in Fabrikkellern verbreiteten. Wider besseres Wissen saß sie auf einmal mit drei oder vier Footballfans und zwei oder drei hirnlosen Mädels, deren Hemmungen nicht halb so groß waren wie ihre, in eine Nische gequetscht. Unter den dort versammelten Raubtieren war wirklich und wahrhaftig Chris Grady.

Sie sagte: »Das ist ja eine Überraschung!«

»Das gibt's ja nicht!«

»Und, kommen Sie oft hierher?« Wie lange musste sie wohl noch solche Unverbindlichkeiten von sich geben? »Meine Freundin Rhonda –« Sie zeigte in Richtung Theke, obwohl Rhonda gar nicht da war.

»Ah, ja«, sagte Chris.

Einer von Chris' Kumpeln fragte: »Sie arbeiten bei –?«

»Versicherung«, antwortete sie. »Chris hat sich –«

»Ja, ja«, sagte Chris. Es wurde viel genickt und dann darüber gesprochen, welche Sorte Bar am besten sei, die schmuddelige oder die *richtig* schmuddelige. Ellie hatte dazu keine Meinung. Sie konnte sich auch vorstellen, dass alle Bars in und um Stamford dem Erdboden gleichgemacht würden. Das wäre nicht das Ende der Zivilisation. Die beste Sorte Bar war die, in der man weder vor noch während oder nach dem Aufenthalt angegriffen wurde. Aus der man nicht mit dem Gefühl nach Hause ging, jeglichen substanziellen Inhalts beraubt worden zu sein. In der man sich nicht vorkam wie die eigene Kurzbeschreibung im Schuljahrbuch oder eine Ansammlung von Körpermaßen. Solche Bars gab es nicht. Auch wenn die Unterhaltung eigentlich nicht besonders, na ja, unangenehm war, hatte Ellie schon wieder das Gefühl, Chris Grady aus irgendeinem Grund nicht trauen zu können. Er redete viel über Autos. Und über Verkaufspreise.

Genau zwei Tage später kam sie wie immer sehr früh ins Büro, öffnete den Kummerkasten, den sie einige Wochen vernachlässigt hatte, und fand das: *Diese verfickte Kaffee-*

maschine sollte man aus dem Fenster schmeißen und mit dem Auto plattmachen.

Sie las die Zeilen noch einige Male, um sicherzugehen, dass dort auch stand, was sie zu sehen glaubte. *Diese verfickte Kaffeemaschine. Verfickte Kaffeemaschine. Verfickt. Verfickt. Verfickt.* Die gute Kinderstube, die sich bei der ersten Anregung noch im Wort *verflucht* manifestiert hatte, war nun dem vulgär-obszönen Ausdruck *verfickt* gewichen. Immerhin betraf der Vorschlag in diesem Fall Ellie Knight-Camerons Tätigkeitsbereich. Sie war für die Kaffeemaschine zuständig. Schlechter Kaffee war ihrer Ansicht nach beinahe Dienst am Personal, weil die Leute dann ein Problem hatten, mit dessen Lösung sie sich beschäftigen konnten. Wenn man sich umfassend über Wetter, Verkehr, Baseball und Kaffee ausgelassen hatte, wenn alle der Ansicht waren, diese Bereiche seien zur allgemeinen Zufriedenheit geregelt, dann hatte die menschliche Sprache gewissermaßen ihren Daseinszweck verloren. Die Leute müssten schweigend wie die Mönche herumlaufen.

Interessant war, dass in beiden Vorschlägen automobile Implikationen steckten. Im ersten ging es um den Verkehr auf dem Merritt Parkway, im zweiten wurde angeregt, man solle die fragliche Kaffeemaschine *plattmachen*. Mit einem Kraftfahrzeug. Wer auch immer diese Botschaften verfasst hatte, interessierte sich für Autos, besaß ein Auto oder fuhr regelmäßig mit einem. Benutzer öffentlicher Verkehrsmittel schieden aus.

Astrid Lang zum Beispiel. Astrids Weigerung, Auto zu fahren, passte irgendwie zu ihrem mausbraunen Haar, ihren O-Beinen und ihrem erwachsenen Sohn, der immer noch bei ihr wohnte. Sie war überängstlich, arbeitete vielleicht deshalb bei einer Versicherung. Jedenfalls war sie nicht zufällig in dieser Branche gelandet. Astrid hatte einen wachen Sinn für Katastrophen. Sie rechnete überall mit Einschlägen. Daher konnte sie die Leute auch so gut überzeugen, dass sie nicht ausreichend versichert waren. Wer wusste schon, was in Zeiten des Klimawandels, der Erdbeben, Tsunamis und Hurrikans alles geschehen mochte? Astrid klang in solchen Fragen sehr glaubhaft, weil sie sich selbst so große Sorgen machte – wegen des Asbests in ihrem Eigenheim, über Kriechströme, und ihr Heizkessel machte in letzter Zeit so schreckliche Geräusche, und einer der großen Äste des Baumes vor ihrem Fenster drohte herabzufallen, und die Erderwärmung würde zu einer schlagartig eintretenden Eiszeit und fünfzehn Meter hohen Flutwellen führen.

Ellie stand starr wie eine Palastwache neben dem Kummerkasten. Sie hatte noch das Papier in der Hand, einen unlinierten Notizzettel, als Astrid Lang vorbeikam. Ellie kam der Gedanke, das Papier zu verstecken, doch dabei fiel ihr ein, dass sie niemandem von der ersten Mitteilung erzählt hatte. Von der Sache mit dem Parkway. Sie hatte keiner Menschenseele davon erzählt, warum auch? Sie versuchte sich zu erinnern, was sie in den seither vergangenen Wochen getan hatte. Versuchte ihre Schritte nachzuvollziehen. Schämte sie sich aus irgendeinem Grund wegen dieser Mitteilungen? Weil es *ihr* Anregungskasten war? Schließlich glaubte vor allem *sie* an den demokratischen Wert einer solchen Einrichtung. *Sie* hatte den Kasten mit rosa Geschenkpapier beklebt. *Sie* leerte ihn regelmäßig. Es war praktisch so, als wäre die erste Anregung an *sie* gerichtet gewesen.

Sie wünschte Astrid zu laut einen guten Morgen. Und lächelte heiter.

»Was hast du denn da?«, fragte Astrid. Sie war immer auf der Hut und lauerte auf Ereignisse, Klatsch, Verabredungen außerhalb der Arbeitszeit oder gemeinsame Abendessen, von denen sie sich ausgeschlossen fühlte, auch wenn sie Einladungen selten nachkam und niemals Gegeneinladungen aussprach.

»Sieh dir das an, Astrid«, sagte Ellie. Sie war ein bisschen erleichtert, als sie ihr den Zettel überreichte, denn dadurch wurde er zu einem öffentlichen Problem, wenn auch nur mit einem Mitwisser.

Mit rascher Selbstverständlichkeit zog Astrid eine Lesebrille mit blasslila Fassung aus ihrer abgetragenen Handtasche. Sie las den Zettel sorgfältig und konzentriert durch, bevor sie ihn zurückreichte. Dabei verzog sie keine Miene.

»Das ist eine Überreaktion.«

»Das will ich meinen«, sagte Ellie.

»Getippt«, sagte Astrid.

Womit einige Leute ausschieden. Zum Beispiel Bonnie Stevenson, die ihre Formulare fast immer von Hand ausfüllte und sie dann von Christina ins System eingeben ließ. Bonnies Begründung war, ihre Nägel seien zu lang für die Tastatur, sie könne damit einfach nicht tippen, Ende der Diskussion.

»Habe ich dir je erzählt«, fragte Ellie, »was mein Vater gemacht hat, wenn wir dieses Wort aussprachen?«

»Welches Wort?«

»*Dieses* Wort. Das mit *f* anfängt.«

»Nein«, sagte Astrid, »hast du nicht. Aber ich hab jetzt eigentlich keine Zeit.«

Astrid war auf dem Weg in Duane Kolodnys Büro. Sie hatte sich innerlich schon auf Duanes Türwächterin eingestellt, auf Dolly Halloran, der sie klarmachen wollte, dass sie Duane sprechen müsse. Duane war nie zu sprechen. Wenn man etwas Vertrauliches oder wirklich Wichtiges mit ihm zu besprechen hatte, musste man den Moment abpassen, wo er ins Büro kam. Das wusste Astrid.

Ellie blieb noch eine Weile verwirrt neben dem Anregungskasten stehen, als könnte sie so sein Mitleid wecken, und wandte sich schließlich aus lauter Verzweiflung einigen Zetteln zu, die nebenan am Schwarzen Brett des Büros hingen. Eine Mitteilung von Duane, in der er die Beschäftigten anwies, von Expressversendungen sparsamen Gebrauch zu machen. Ein Handzettel über die anteilige Nutzung eines Apartments auf Sea Island. Wie man einen Erstickungsanfall erkennt.

Tatsächlich beendete Astrid Lang genau in diesem Augenblick ihre Anstellung bei K & K. Sie war auf dem Weg zur Kündigung gewesen, als Ellie sie angehalten hatte, um ihre Meinung zu dem provozierenden Vorschlag zu hören. Dass Astrid nichts über ihre Absichten hatte verlauten lassen, wunderte Ellie nicht. Die Kollegen bei K & K wussten herzlich wenig über Astrid Lang.

Sie hatte weder durchblicken lassen, dass sie kündigen wollte, noch was sie danach vorhatte oder wie sie in Zukunft ihre monatlichen Rechnungen zu zahlen gedachte, und abgesehen von dem Kaffeebecher, Andenken an die Konferenz des Verbandes amerikanischer Versicherer in Cincinnati, den sie Ellie vermachte, hinterließ Astrid nichts, was auf ihre Arbeit bei K & K hingewiesen hatte. Bis zum Mittag war sie von der Bildfläche verschwunden.

Am Nachmittag kamen Lisa Weltz und Chris Grady zu weiteren Vorstellungsgesprächen in die Agentur. Die Stimmung war erwartungsvoll, aber auch besorgt. Durch die Belegschaft pulsierte die Spannung, die mit bevorstehendem Personalwechsel einhergeht. Die Frauen waren nervös bei ihren Kundengesprächen, konnten sich auf Neuberatungen nicht konzentrieren. Sie favorisierten jetzt anscheinend Lisa Weltz, wollten aber nicht riskieren,

Duane zu verärgern, den König ihres kleinen Reichs, der gerüchteweise zu Chris Grady tendierte. Mal ganz abgesehen davon, dass K & K jetzt beide Bewerber hätte brauchen können.

Während ihres langen Gesprächs mit Duane am Nachmittag hatte Lisa Weltz sich darüber beschwert, dass K & K sich nicht an die Vorschriften des Gleichstellungsgesetzes für Behinderte halte, und darauf hingewiesen (so berichtete Dolly), dass diese Nichtbeachtung wahrscheinlich Verträge mit größeren institutionellen Versicherungsnehmern blockierte. Es gab keine Rollstuhlrampe ins Büro, keine Haltegriffe in der Toilette. Die ganze Einrichtung dort müsse verändert werden. Bei K & K waren nur Nichtbehinderte angestellt, bemerkte Lisa Weltz. Und nach all diesen Vorwürfen hielt sie ihren verkümmerten Arm unter der Brust fest.

Als Duane seine Version vor der versammelten Belegschaft im Konferenzraum präsentierte, versuchte er sich im Hinblick auf Lisa W. höflich auszudrücken, doch er hatte sich rasch entschieden und gab bekannt, er würde niemals eine Bewerberin *nicht* einstellen, weil sie behindert war. Auf keinen Fall würde er jedoch eine Bewerberin einstellen, die mürrisch war, Krümel auf der Bluse hatte und in den entscheidenden Momenten eines Gesprächs gute Manieren vermissen ließ.

Chris Grady trat Astrid Langs Stelle als Versicherungsagent am nächsten Morgen an.

Wochen verstrichen, und Ellie war klar, was das bedeutete. Das Vergehen der Zeit zeigte an, dass die Verfasserin der fatalen Vorschläge, dieser jegliche Umgangsregeln des K & K-Büros missachtenden Botschaften, niemand anders als Astrid Lang gewesen sein konnte. Und doch war etwas daran mysteriös. Es war schlicht unerklärlich, warum eine

Frau, die kein Auto besaß, sich so erregt über die Fahrbahnschließungen auf dem Merritt Parkway äußerte. Und wieso sollte sich eine Frau, die meistens Tee trank, über den Kaffee beschweren? Doch wenn man logisch schlussfolgerte, deuteten alle Hinweise in Langs Richtung. Ellie Knight-Cameron ignorierte den Anregungskasten daher wieder und griff bloß einmal wöchentlich abwesend in den Behälter, um festzustellen, dass er wieder ungenutzt geblieben war. Alles war gut.

Und nun die Geschichte, die Ellie Astrid nie erzählt hatte. Die Geschichte über ihren Vater und das Wort mit *f*. Als Ellie klein war, hatten ihre Eltern allerlei eigenwillige Erziehungsvorstellungen. Zum Beispiel musste man nicht zur Schule, wenn man keine Lust dazu hatte. Alle sollten zusammen im selben Bett schlafen. Man sollte gemeinsam mit der Familie nackt baden. Man sollte seiner Familie von allen Liebesabenteuern berichten, die man erlebte – das war Pflicht. Und wenn man schon Drogen oder Alkohol konsumierte, dann gemeinsam mit der Familie, damit solche Aktivitäten angemessen kontrolliert werden konnten. Erst später fand Ellie heraus, dass viele Eltern gänzlich andere Vorstellungen hatten.

Wenn ihre Eltern sich auch über diese ungewöhnlichen Prinzipien einig waren, so herrschte doch über zahlreiche andere Uneinigkeit. Ihr Vater zum Beispiel hasste das besagte Wort mit *f*. Wenn jemand dieses Wort benutzte, ihr Bruder beispielsweise, regte sich ihr Vater ungeheuer auf. Es sei ja nicht so, sagte er und zupfte nervös an seinem Vollbart, dass er irgendwelche Probleme mit der beschriebenen Tätigkeit habe. Wer tun wolle, was mit diesem Wort gemeint sei, solle es tun, gegenseitiges Einverständnis vorausgesetzt; und zwar wann und mit wem er oder sie wollte. Jeder und jede konnte jeden Teil seines oder ihres Körpers in jeder gewünschten Weise benutzen, fuhr ihr

Vater fort, solange es dem betreffenden Menschen Vergnügen bereitete. Die Haut war das größte Organ des menschlichen Körpers. Und das Schöne am Leben war doch der Moment, wenn Haut an Haut streifte. Die kleinen Lustrezeptoren in der Haut erzeugten Kaskaden von wohligen Empfindungen in den Energiezentren und im Beckenboden. Zusammenfassend gesagt: Niemand sollte das Wort mit *f* verwenden, um diese Tätigkeit zu beschreiben, weil damit ein wunderschöner und heiliger Akt, bei dem Wellen sich wasserfallartig vom Beckenboden her ausbreiteten, in den Schmutz gezogen wurde. Damit zog man eines der wenigen vollkommenen Dinge in den Schmutz, die dem Menschentier in dieser enttäuschenden Welt noch geblieben waren, und das wollte Ellies Vater nicht zulassen.

In flagranti hatte ihr Vater ihren Bruder bei der Verwendung des Wortes ertappt. Bei einer der zahlreichen Gelegenheiten, als ihr Bruder sie »verfickte Idiotin« nannte. Das Strafmaß wurde rasch bekannt gegeben: Ihr Vater ließ ihren Bruder das Wörterbuch durcharbeiten, und zwar kein kleines Taschenwörterbuch, sondern einen vergilbten, großformatigen Wälzer, und verdonnerte ihn dazu, jedes Verb mit dem Buchstaben *f* herauszusuchen, um so unzählige Alternativen zur »verfickten Idiotin« aufzuspüren, wie zum Beispiel »verfeindete Idiotin«, »verfallene Idiotin«, »verfettete Idiotin«, »verfehlte Idiotin« oder »verfilzte Idiotin«. Verfahrene Idiotin, verfangene Idiotin, verfemte Idiotin, verfertigte Idiotin, verfestigte Idiotin, verfeuerte Idiotin, verfilmte Idiotin, verfinsterte Idiotin, verflachte Idiotin, verflennte Idiotin, verflieste Idiotin, verflogene Idiotin, verfluchte Idiotin, verfluste Idiotin, verfolgte Idiotin, verformte Idiotin, verfranste Idiotin, verfurchte Idiotin, verfütterte Idiotin. Ihr Bruder brauchte einen halben Tag für diese

Strafarbeit, und er durfte deshalb nicht zur Schule gehen. Er verbrauchte drei Bleistifte des Härtegrads B, bekam schreckliche Muskelkrämpfe in der Hand, und Ellie triumphierte. Doch dieser Triumph war von kurzer Dauer.

Als ihre Mutter abends von ihren Interviews mit wandernden Landarbeitern zurückkehrte, warf sie nur einen Blick auf die vielen Seiten, die Ellies Bruder mit der Abschrift der Wörter gefüllt hatte, und beschimpfte Ellies Vater sogleich als »verklemmtes, prüdes Arschloch«.

Im Laufe der nächsten Wochen, als im Anregungskasten von K&K nichts zu verzeichnen war, bereitete Ellie sich auf einen Besuch bei ihrer Familie in Arizona vor, den sie nur ungern machte. Ihr Vater hatte angerufen und berichtet, ihre Mutter sei, nachdem sie einige Tage verschwunden war, in Tempe wieder aufgetaucht, einer Stadt, die Ellie ganz besonders langweilig fand. Ellies Mutter hatte einige Tage unter Arrest gestanden, da die Behörden ihr Erregung öffentlichen Ärgernisses in alkoholisiertem Zustand vorwarfen, und zwar irgendwo in der Nähe des Campus der staatlichen Universität, an der sie nicht als Studentin registriert war.

Schon in den ersten Monaten an seinem neuen Arbeitsplatz zeigte Chris Grady, wie gesellig er war. Das fröhliche Geplauder zwischen Chris und Duane schallte vormittags durchs Büro, sie sprachen über ihr Golfwochenende, über die Basketballspiele, auf die sie gewettet hatten, oder über ein bevorstehendes Footballspiel. Zuerst schien diese Leutseligkeit positiv, gerade angesichts Duane Kolodnys Theorie, dass die Mischung der Geschlechter die Produktivität am Arbeitsplatz fördere. Chris kam immer sehr früh ins Büro, noch vor Ellie, und wenn sie ihren Trenchcoat über die Couch in der Lounge warf und die Kaffeemaschine einschaltete, rief Chris ihr jedes Mal zu: »Hey, Babe, wie geht's denn so!«

Worauf sie antwortete: »Nenn mich nicht Babe!«

Die Angestellten, auf die man am ehesten verzichten konnte, mussten als Erste gehen. Christina Niccoli, die Aktenverwalterin, meinte, dass sie ein Wirtschaftsstudium absolvieren musste, um ihren Traum von einer Einkäuferin in einem großen Kaufhaus zu verwirklichen. Ellie verfasste selbst die Anzeige für das Fachblatt *Advocate*, mit der eine Nachfolge für Christina gesucht wurde, Berufserfahrung erwünscht. Um den Anzeigentext zu entwerfen, ging sie wieder ins griechische Restaurant mit dem Gemälde von der Akropolis. Christina war ein reizendes Mädchen, und beim Abschlussgespräch, das Ellie mit ihr führte, beklagte sie, dass Duane sich nicht mehr so um das Büro kümmerte wie früher. In alten Zeiten – die noch gar nicht so lange zurücklagen – hatte er gelegentlich den Arbeitstag unterbrochen und war mit allen Beschäftigten Eis essen gegangen.

Dann verschwand Annie Goldberg, Statistikerin und ruchlose Glücksspielerin. Es dauerte ein paar Tage, bis jemand sie vermisste. Ellie fragte Dolly Halloran, ob sie Annie gesehen habe, und Dolly fragte aufsässig zurück: »Wen?« Die wichtigen Entscheidungen wurden natürlich im derzeitigen wirtschaftlichen Klima ohnehin von der Zentrale getroffen – was Prämien, Abzüge und dergleichen anging. Die Kunden begannen sich über die Zahlungsunwilligkeit bei Sturmschäden zu beschweren, vor allem in der feuchten Küstenregion. Wegen des Treibhauseffekts hatte sich die Hurrikansaison verlängert. Hinzu kam noch das Risiko terroristischer Aktivitäten. Annie hatte Statistiken über geltend gemachte Versicherungsansprüche geführt, aber das konnte heute auch jeder Computer. Menschen mit ihren Eigenheiten verstopften da bloß das System. Die großen Unwägbarkeiten tauchten am Horizont auf, zogen ihre Bahn der Zerstörung und ließen Menschen mit Versicherungsansprüchen zurück, welche die Scherben ihres zerborstenen Lebens zu kitten versuchten. Die Kosten schnellten in zweistellige Milliardenhöhe. Kolodny & Kolodny hatte weder Einfluss auf die Hurrikansaison über dem Atlantik noch auf winterliche Kälteeinbrüche. Es spielte keine Rolle, was ein paar Geschäftsleute in Stamford davon hielten; die konnten sich alle von den Klippen stürzen. Ihre Familien würden dann die Versicherungssumme kassieren.

Wie viele Leute hatten in den zwanzig oder dreißig Jahren, die Duane Kolodny das kleine Unternehmen nun leitete, bei K&K gearbeitet? Vielleicht war es ihm inzwischen egal. Die einzige Konstante neben Duane selbst war jedenfalls Dolly Halloran. Wie konnte eine Frau mit so heiserem, beißendem Lachen Dolly heißen? Wer würde sie nach ihrem Aussehen für eine Dolly halten? Sie war zu mager. An den Ellbogen hing die Haut schlaff herab. Sie zog ihre gezupften Augenbrauen nach. Dolly benutzte Papiertaschentücher in kleinen Plastikverpackungen und betupfte sich damit ständig die tränenden Augen. Man sagte, sie sei mal Duanes Geliebte gewesen, das behauptete zumindest Bonnie Stevenson. Doch das bedeutete, dass Dolly einmal jemanden geliebt haben musste.

Die Frage, ob Duane und Dolly je eine bittersüße Büroaffäre gehabt hatten, beschäftigte Ellie Knight-Cameron jedoch weniger. Ihr ging im Kopf herum, dass Astrid das Unternehmen nun verlassen hatte, dass Christina ebenfalls weg war und auch Annie Goldberg, die den Luftverbesserer mitgenommen hatte, mit dem sie ihre Bürozelle aufgefrischt hatte, so ein Ding mit Wechselspendern zum Einstecken. Ein Hauch von Zimt. Christina hatte immer über Kopfhörer Musik gehört. Und ständig auf allen möglichen Sachen den Takt geklopft. Sie trug zu viele Ohrringe. Ihre Figur war eher birnenförmig, aber sie war trotzdem ganz nett. Wenn Ellie Knight-Cameron bedachte, dass sie in den vergangenen Wochen mit statistisch abgesicherten Methoden Duane Kolodny und Neil Rubinstein aus ihren Ermittlungen in Sachen Anregungskasten ausgeschlossen hatte, und weiter in Betracht zog, dass Christina und Annie K&K nun verlassen hatten und dass Astrid Lang ebenfalls aus dem Spiel war, kamen als mögliche Missetäter nur noch Angie, Dolly, Bonnie Stevenson und Maureen Jones infrage. Alle hatten Gelegenheit und Zugang zum Tatort, aber hatten sie auch ein Motiv?

Angie Roehmer stellte sie am Wasserspender. Auf dem Flur zur Toilette. Sie hatten beide Überstunden gemacht. Die Geschäfte liefen so gut, dass Duane sogar an Expansion dachte. Ellie war dabei, den Preis eines größeren Bürokomplexes im selben Gebäude in Erfahrung zu bringen. Und das, obwohl sie keinen vierten Agenten mehr eingestellt hatten und die Belegschaft sogar schrumpfte. Es regnete schon seit Tagen. Es misslang, eine streunende Katze, die laut auf dem Parkplatz maunzte, einzufangen und mundtot zu machen.

Das lag alles an Chris Grady. Chris Grady sei an allem schuld, sagte Angie Roehmer. Bevor er kam, sei alles einfacher gewesen. Früher gab es Solidarität unter den Frauen, sagte Angie. Sie waren nicht grausam zueinander, und sie machten den Abwasch in der Lounge, wenn das Geschirr sich türmte. Sie ließen keine Kaffeetassen herumstehen, in denen drei Tage alter Bodensatz klebte. Sie ignorierten sich nicht gegenseitig. Sie versuchten nicht, einander aus dem Job zu drängen. Und selbst wenn sie sich mal was an den Kopf warfen, dann immerhin so, dass niemand auf die Toilette rennen und heulen musste. Und wenn doch mal eine heulte, dann nahm sie hinterher jemand in den Arm.

»Ich habe gehört, was er da drin redet, ich glaube, er will, dass Leute entlassen werden. Er macht uns schlecht.« Angie füllte noch einen Pappbecher mit Wasser aus dem Automaten und stürzte ihn in einem Zug hinunter. »Meinst du, ich merke so was nicht?« Sie zerknüllte den Becher energisch. »Ich arbeite ja nicht erst seit gestern hier.«

Angie schlug vor, Chris Grady eine Falle zu stellen. Er bot Neukunden unzulässige Rabatte an, wenn sie ganze Versicherungspakete abschlossen. Er nahm sich tagelang frei, ohne dies auf dem Arbeitszeitplan zu notieren, und das hieß, er beklaute das Unternehmen. Ständig ging er mit seinen wohlhabenden, erfolgreicheren Verwandten segeln oder Wasserski fahren. Man brauchte ihn bloß dabei zu erwischen, und dann wäre alles wieder so entspannt wie früher, die Frauen könnten friedlich nebeneinander bestehen und fürs Gemeinwohl arbeiten.

»Angie«, entgegnete Ellie, »das kann ich nicht machen. Das wäre nicht recht. Ich –«

Schau doch mal aufs Firmen-Organigramm! Lies die Stellenbeschreibung! Sie war zwar Büroleiterin, aber sie bestellte auch Teppichbodenreste. Sie rief Klempner an.

»Ich hab ja immer gewusst, dass du eine ganz Pflichtbewusste bist«, sagte Angie.

Was sollte man von dieser verbitterten Bemerkung halten? Nun, zum einen sollte Angies Tochter bald auf die Universität, und zufällig wusste Ellie, dass das Mädchen kaum noch mit ihrer alleinerziehenden Mutter sprach. Ellie hatte mit angesehen, wie die Tochter sich vom typisch pubertären Schmollen zu ausgewachsenem Hass auf ihre Mutter steigerte, der sowohl beim sommerlichen Betriebsausflug als auch bei der Weihnachtsfeier unübersehbar war.

Letztes Jahr zu Weihnachten hatte diese Tochter namens Maria ziemlich viel getrunken, und als später alle hinterm Steakhaus in ihre Autos stiegen, war zu hören, wie Maria ihre Mutter beschimpfte: *Du bist so scheißlangweilig, schluck doch einfach mal eine Langweilerpille oder so was. Ich wollte mich doch bloß ein bisschen amüsieren.* Ellie starrte Angie an und sah sich selbst, wie sie sich in fünfzehn Jahren verzweifelt an einen ungeliebten Job klammerte, um einer Tochter, die sie dafür hassen würde, das Studium zu bezahlen.

Bei Chris Grady und Astrid Lang hatte sie womöglich falschgelegen, aber jetzt lag sie richtig. Angie Roehmer war es. Kein Zweifel. Sie hatte die Vorschläge gemacht. Wie konnte es sein, dass Ellie das bis jetzt nicht erkannt hatte? Angie war bereit, alles zu tun, alles zu sagen, um ihre jämmerliche kleine Familie zu beschützen. Du lenkst oder du wirst gelenkt, und wenn du nicht selber lenkst, sondern zusiehst, wie dir die Kontrolle über Leben und Freiheit entgleitet, dann tust du Dinge, die du später bereust, zum Beispiel auf den Trainer der Mädchenfußballmannschaft einprügeln oder Firmengelder unterschlagen. Dann packst du eine Starbucks-Angestellte an ihrer grünen Schürze und drohst, ihr alle Zähne auszuschlagen, wenn sie dir noch ein einziges Mal Schlagsahne auf deinen koffeinreduzierten Mochaccino spritzt.

Kurz nach der eben geschilderten unerfreulichen Unterhaltung begann Angies unerklärliches Krankfeiern. Duane Kolodny konnte es einfach nicht verstehen, war Angie doch eine seiner besten Kräfte. Er hatte sie aus einer beruflichen Sackgasse befreit und zu K&K geholt, lange vor Ellies Zeit. Warum wurde sie jetzt plötzlich so unzuverlässig? Dolly deckte sie ein paar Tage lang, doch dann erzählte sie Duane – jedenfalls stellte sie es Ellie gegenüber so dar –, dass Angie es einfach keine Sekunde länger im selben Büro mit dem »Wunderknaben« Chris Grady aushalten könne. »So ein Schwachsinn«, hatte Duane gesagt. »Er ist unser Spitzenverkäufer.« Tatsächlich war Chris sogar einer der besten Verkäufer in der gesamten Region. Und er stand kurz davor, mit dem Personalchef eines in der Nähe ansässigen Großunternehmens ein Krankenversicherungspaket für dessen Beschäftigte abzuschließen. Würde er diesen Auftrag an Land ziehen, wäre die Zukunft von Kolodny & Kolodny bis weit über Duanes Ableben hinaus gesichert.

Ellie sollte am nächsten Tag wieder eine Runde Bewerbungsgespräche führen. Es war ein regnerischer, unfreundlicher Spätsommermorgen, und die Bewerber würden wahrscheinlich nicht pünktlich sein. Sie zog ihren Regenmantel aus, nahm den Hut ab und verstaute beides im Garderobenschrank, dann zog sie den Schirmständer aus dem Schrank und stellte ihn neben die Eingangstür. Ihr Schirm mit dem Entengriff sah komisch aus, wie er da über den Rand des mit Holzimitat furnierten Schirmständers ragte, als wollte er nicht zurückgelassen werden. Sie mochte Enten.

Der unangenehme Geruch aus dem Minikühlschrank war eklig wie immer. Neben der Eingangstür war eine undichte Stelle, und Ellie stellte schließlich eine Metallschüssel darunter, um das Regenwasser aufzufangen. Und der Kummerkasten schien nach langer Zeit mal wieder eine Botschaft zu enthalten, die von einer zwanghaften Person drei- oder viermal gefaltet worden war. Und der Wortlaut auf dem Zettel, den Ellie nun in der Hand hielt, war: *Weltweite Revolution jetzt. Werft eure Ketten ab!*

Tatsächlich machte ihr der Stress zu schaffen. Der Stress in einem Büro, dessen Atmosphäre sich unter Chris Gradys Regime rasch veränderte. Es war so offensichtlich, so deutlich wie ein Melanom am Unterarm. Das Stück Papier, das sie in der Hand hielt, war im Grunde eine kommunistische Parole, wie von jemandem, der zu viel Marx gelesen hatte. Doch Ellie konnte mit niemandem darüber reden. Sie brachte es nicht über sich, den Anregungskasten Dolly oder Bonnie gegenüber zu erwähnen, denn da Angie jetzt krankgeschrieben oder entlassen oder was auch immer war, blieben nur noch drei mögliche Verfasser, und zwei davon waren ihre Freundinnen in der Agentur, nämlich Dolly Halloran und Bonnie Stevenson.

Sie konnte nicht darüber sprechen, also lag sie nachts wach und dachte über die Vorstellung einer *weltweiten Revolution* nach. Wenn sie es bloß herausbekäme, wenn sie bloß die richtigen Leute an die richtigen Stellen der Gleichung setzen könnte, dann könnte sie ihrem Arbeitgeber, dem sie sechs Jahre lang treu gedient hatte, von großem Nutzen sein.

An zwei, drei Tagen die Woche hatte sie richtige Rückenschmerzen – so ein pochender, beunruhigender Schmerz –, aber sie fand einfach keinen Schreibtischstuhl im Büromöbelkatalog, der im Lendenwirbelbereich richtig stützte. In ihrem Fitnesscenter gab es einen Trainer, den sie sehr gern mochte, der würde ihr bestimmt einen ergonomisch geformten Bürostuhl empfehlen, aber sie hatte ihn noch nicht darauf angesprochen, und sie stellte sich dauernd vor, beim Workout auf dem StairMaster könnte ihr irgendwas zustoßen. Sie könnte darin zermalmt werden. Schließlich wurden auch Leute von Rolltreppen verschluckt, die bloß ins Einkaufszentrum gegangen waren, um Schnürsenkel zu kaufen.

Sie rief ihren Vater an, um ihm zu sagen, wie sehr sie sich auf das Wiedersehen freue, auch wenn das nicht stimmte. Er erzählte, er habe gehört, ihre Mutter sei aus der Entziehungsklinik entlassen worden. Auf seine Anrufe hatte sie allerdings nicht reagiert. Das war zwar nicht ungewöhnlich, sie waren schließlich nicht verheiratet und lebten getrennt, aber dennoch Grund zur Besorgnis. Ellie sagte ihrem Vater, ihr Arbeitsplatz biete ihr nicht, was sie brauchte. Und ihr Haus, fuhr sie fort, sei mit lauter Möbeln eingerichtet, die man selbst zusammenbauen müsse. Sie achtete beim Einkauf auf Kalorien und versuchte, nur biologisch erzeugte Lebensmittel zu essen, und sie hatte alles aufgeräumt, die Zeitschriften lagen gerade ausgerichtet auf dem Couchtisch, das alles sagte sie ihrem Vater, und sie verstand, dass Prominente in erschreckendem Tempo heirateten und sich wieder scheiden ließen und dass die Leute einfach alles taten, um ins Fernsehen zu kommen. Aber das war offensichtlich nicht genug.

»Schätzchen«, sagte ihr Vater, »versuch es mal mit ehrenamtlicher Tätigkeit.«

Außer der Jüngsten waren alle im Südwesten geblieben, und unter der erdrückenden, unnachgiebigen Sonne des Wüstensommers kämpften sie miteinander und mit ihren Problemen und bereuten wenig. Sie indessen war in diesem Bundesstaat gestrandet, wo ständig hinter der nächsten Ecke ein verdorrtes Tal lauerte, leer, so weit das Auge reichte. Sie sehnte sich nach Panoramen voller Kakteen und dem Geheul der Kojoten, doch hier im Nordosten war alles bedrückend eng und tieftraurig, vor allem nach dem dritten Vorschlag im Kasten.

Bonnie Stevenson verkündete, sie werde mit Angie Roehmer eine Agentur gründen. Es sollte ein kleines Unternehmen werden, das mit K&K direkt um einige größere Aufträge konkurrierte. Sie hatten einen griffigen Namen für das Projekt gefunden, nämlich *Reconstruction Inc.*, und ein tolles Logo, so eine Art Südstaatenveranda in

Blassblau oben auf dem Briefkopf. Vielleicht benötigte die Versicherungsbranche tatsächlich eine Art Wiederaufbau, so sahen es jedenfalls die beiden etwas affektierten Neu-Unternehmerinnen. Die Beiträge schnellten in die Höhe und beeinflussten die gesamte Entwicklung der Region, beeinflussten alles, was die Leute taten und wie sie es taten, wie sie durch eine Eingangshalle schritten oder wie sie an einer Schaukel spielten. Wie leicht konnte man im Treppenhaus eines Einkaufszentrums stürzen und fürs Leben entstellt sein. Eine Fahrt mit der Geisterbahn im Vergnügungspark konnte einen in eine Depressionsspirale stürzen und einen letztlich den Job kosten.

Bonnie und Angie steckten also unter einer Decke! Sie waren es! Gemeinsam hatten sie das ganze Büro mit ihrer negativen Einstellung und ihrem Männerhass an der Nase herumgeführt. Ellie Knight-Cameron war nicht so eine: Sie mochte Männer irgendwie. Jedenfalls war die Verschwörung der Frauen nun aufgedeckt, oder sie wäre vollständig aufgedeckt gewesen, wenn Ellie nicht *gleich am nächsten Tag* einen weiteren Vorschlag im Kasten gefunden hätte, nämlich am ersten Arbeitstag nach Bonnies Ausscheiden, nachdem sie von Duane des Büros verwiesen worden war und man ihren Laptop eingezogen, ihre Stifte und Büroklammern konfisziert hatte.

Doch wenn man nur diese dramatischen Ereignisse bei K & K aufzählte, übersah man den täglichen Arbeitsrhythmus, den Fluss des menschlichen Lebens, der sich in Acht-Stunden-Phasen einteilte, oder wegen der Mittagspause eigentlich in Vier-Stunden-Phasen. Zum Mittag gingen – als unter den Frauen von K & K noch Einigkeit herrschte – alle in ein Restaurant an der nächsten Straßenecke, obwohl die Espressomaschine dort den Geist aufgegeben hatte. Es machte keinen guten Eindruck, wenn man über Mittag am Schreibtisch blieb. Das sah so aus, als wollte man die anderen Frauen niedermachen, indem man mehr arbeitete als sie. So lautete die stillschweigende Übereinkunft. Es gab einen verlässlichen Arbeitsrhythmus, mit dem man sich gegen das Unvorhersehbare absicherte. Es gab natürlich auch noch andere Dinge, die ebenso aufreibend waren wie das Büroleben: Kirche, Lokalpolitik, der Spielplatz, Schulpartys; aber Ellie arbeitete nur.

Unter den Bewerbern an jenem Tag war auch Chris Gradys Freund mit den Koteletten, ein gewisser Noel Goodrich. Der Kerl, den sie in der Bar kennengelernt hatte. Er trug eine sandfarbene Hose, ein blaues Sakko, Collegeschuhe ohne Socken. Neben der Nase hatte er eine Zyste oder etwas in der Art, einen Hautfleck, den sie im schwachen Licht der Bar nicht bemerkt hatte.

»Was haben Sie für Hobbys?«

»Was ich für –«

»Wir meinen, die Hobbys eines Menschen zeigen, welche Seiten des Lebens er besonders zu schätzen –«

»Na ja, also, ich –«

»Kochen?«

»Kochen? *Auf keinen Fall!*«, sagte Noel. »Na ja, ich grille ganz gern. Im Garten trage ich ganz gern mal die Kochmütze. Aber mein eigentliches Hobby ist … mein Hobby sind, ähm, Sammlerstücke aus dem Profisport. Zum Beispiel Schulterpolster. Ich habe signierte Schulterpolster. Im Football hat sich einiges getan, wissen Sie, bei Verletzungen im Halswirbelbereich.«

»Sie beschäftigen sich also mit Halswirbelverletzungen?«

»Und mit Brandschutz.«

»Welche Versicherungen haben Sie denn?«

»Vaterschaftsversicherung?« Und als er merkte, dass der Witz nicht zog: »Ehrlich gesagt, gar keine.«

»Sie sind nicht im Mieterschutz? Keine Zahnersatzversicherung?«

Seine Augen waren blutunterlaufen, doch seine Schäfchen hatte er im Trockenen. Unmittelbar nachdem Goodrich das Büro verlassen hatte, trat Chris an Ellies Schreibtisch. Irgendwie war ihr bisher entgangen, dass seine Fingernägel eine Spur länger waren als bei einem Mann üblich. Und unter seiner Nase war ein stoppeliger Streifen, wo der Rasierer nicht ordentlich gearbeitet hatte. Ganz zu schweigen vom feuchten Fleck am Ellbogen seines Hemdsärmels.

»Ich ertrage diesen Kaffee hier einfach nicht.« Vielleicht wollte er den Kaffee für sein bekleckertes Hemd verantwortlich machen. »Könntest du mir mal meinen koffeinreduzierten Mochaccino besorgen? Mit Vollmilch. Und, äh, nicht die Quittung vergessen!«

Sie sah seine sportliche Figur davonschwingen. Seine dandyhafte Filmstarfrisur. Seine wehenden Wellen riefen bei der Mehrheit der Beschäftigten von K&K Verachtung hervor. Im Puppentheater der Träume schlug Ellie mit einem Knüppel auf Chris Grady ein. Da das Büro jetzt deutlich unterbesetzt war, hatte er keinen natürlichen Todfeind mehr. Er musste sich nicht unbedingt mit der Büroleiterin gut stellen. Und darauf hatte er lange in seinem kurzen verwöhnten Leben gewartet. Er hatte bei Sportwettkämpfen auf der Tribüne gesessen und seinem krankhaft narzisstischen Bruder zugejubelt, als könnte er selbst nicht geradeaus laufen, und jetzt kam endlich auch für ihn die Gelegenheit zu glänzen. Endlich konnte er Kellnerinnen zur Sau machen und den Satz: »Wissen Sie eigentlich, wen Sie vor sich haben?« aussprechen.

Auf dem Weg nach draußen blieb sie in der Lounge stehen und beschloss, in den Anregungskasten zu schauen, einfach so. Im Rückblick wirft ihr Timing natürlich Fragen auf. Hätte sie an einem anderen Tag in den Kasten geschaut, wären die Folgen andere gewesen. Hätte sie mehr Lust gehabt, Chris seinen koffeinreduzierten Mochaccino zu holen. Vielleicht war der Anregungskasten eine Art kontextabhängiger Prognosensteller. Wäre sie mit besserer Laune an ihn herangetreten, hätte er vielleicht anders reagiert.

Denn am fraglichen Tag hatte der Kasten Ellie Knight-Cameron Folgendes mitzuteilen: *Man sollte euch alle an die Wand stellen und erschießen.*

Die erste Todesdrohung vergisst man nie. Ellie Knight-Cameron hatte bisher noch keine erhalten. Die schlimmste mündliche Beleidigung hatte sie von ihrem Bruder erdulden müssen, der gedroht hatte, ihr in den Arsch zu treten. Sie war in ihrer Jugend auch als fett beschimpft worden. *He, Tonne!* Oder: *Hat deine Mutter für vier gegessen?* Je schlimmer es wurde – je mehr sie in der Highschool zunahm –, desto öfter bekam sie abfällige Bemerkungen zu hören. Je heftiger ihre Eltern sie tadelten, desto öfter schlich sie in der Stille der Nacht nach unten und machte sich über die Speisekammer her. Nachts verstummte das Lärmen in ihrem Kopf, und ihr Äußeres war nicht mehr Stoff für eine Seifenoper.

Wie konnte sie jetzt nur ans Essen denken? Wo doch ein so mörderischer Vorschlag in ihrer Handfläche brannte? Aber sie dachte tatsächlich ans Essen, wenn auch nur kurz. Sie konnte sich nicht auf die Worte konzentrieren, die sie gerade gelesen hatte. Ihre Gedanken wanderten in andere Richtungen. In zwei Wochen musste sie einen Flug zum Sky Harbor International Airport nehmen und ihre Familie wiedersehen. Bis dahin hütete sie die Nachbarskatze, die angefangen hatte, an ungewöhnlichen Stellen der Wohnung Bäche zu hinterlassen. Sie stand da mit diesem bedruckten Stück Papier in der Hand, als wäre die

Zahl der möglichen Interpretationen so riesig, dass jeder Mensch davor erstarren müsste. *Man sollte euch an die Wand stellen und erschießen.*

Irgendwann entschloss sich Ellies verwirrter Geist, sich ihrem bebenden Körper anzuschließen, der inzwischen auf dem Weg zu Dolly Hallorans Bürozelle war. Ihr Körper hielt den Zettel umklammert, zerknüllte ihn, doch ihr Geist schlurfte hinterher und machte sich Gedanken über die rechtliche Bedeutung des Augenblicks, während sie gleichzeitig die Anzahl der verschiedenen Klingeltöne aller Telefone bei K&K registrierte.

»Dolly«, sagte sie, »kannst du mal eben –«

»Nicht jetzt.«

»Das habe ich im –«

»Später.«

Dennoch nahm Dolly ihr mit freundlicher Ungeduld den Zettel aus der Hand. In diesem Moment erst bemerkte Ellie, dass die Kanten des Blattes aus einem größeren Bogen Schreibpapier schwerer Qualität herausgeschnitten worden waren. Und zwar ziemlich unsauber. Die Ränder waren ausgefranst, wie es beim Schneiden mit einer schlechten Schere passiert. Also war der Urheber des Pamphlets entweder Linkshänder, wie viele Leute, die nicht gut mit Scheren umgehen konnten, oder er täuschte Linkshändigkeit vor, um seine Spur zu verwischen.

Dollys zerfurchtes Gesicht lief rot an. Sie murmelte: *»Was zum –«*, worauf sie schlagartig jegliche Farbe verlor. Sie stieß einen klagenden Seufzer aus und schlang dann eigenartigerweise die Arme um die Brust, als hätte *sie* die Schere so stümperhaft geführt und wollte nun irgendwie den Arm schützen, der das Trägermedium der anstößigen Anregung ausgeschnitten hatte. Aber nein, ihre Not hatte wohl nichts mit Scheren zu tun. Dolly fiel zu Boden. Sie rief Ellies, dann Duanes Namen. Wie benebelt nahm Ellie wahr, dass in den anderen Bürozellen Hörer aufgelegt wurden. Sie hörte, wie Chris Grady vom Schreibtisch aufstand. Hörte Sheila, die neue Aktenverwalterin, über eine Gummimatte stolpern, als sie herbeilief. Dann Duane, der aus seinem Eckbüro stürmte, als Dolly am Boden zu zittern begann. Er schrie Ellie an, sie solle einen Rettungswagen rufen, doch die stand da wie betäubt, ehe sie endlich zum Telefon auf Dollys Schreibtisch griff. Ja, ja, jemand im Büro habe einen Herzinfarkt erlitten, ja, hier die Adresse, in High Ridge, ja, bitte, *kommen Sie schnell.* Duane hielt Dollys Handgelenk und murmelte etwas, dann setzte er sich rittlings auf ihre Brust, während die restliche Belegschaft von K & K sich um die beiden scharte. Duane presste rhythmisch auf Dollys Brustkorb, versuchte auf altbewährte Weise, Luft in ihre Lungen zu pusten, wandte sich dann wieder ihrer Brust zu, und es war unschwer zu erkennen, dass sie in der Tat mal seine Geliebte gewesen war. Aus der Ferne wehte der Klang der Sirene heran. Ellie fragte sich, was Dolly wohl durch den Kopf ging. Dachte sie an ihre erwachsenen Kinder? Riefen die Toten aus ihren Vier-Sterne-Hotels im Jenseits nach ihr? Bereute sie, diesen furchtbaren Vorschlag geschrieben und in den Kasten gesteckt zu haben, nachdem ihr die unverwüstliche Ellie Knight-Cameron nun auf die Schliche gekommen war?

Bald schon drängten die Rettungssanitäter alle beiseite. Nur dem nervösen Duane wurde gestattet, weiter zuzuschauen. Ellie starrte Duane von der Kaffeeküche aus an, und die anderen lugten über die niedrigen Stellwände, die ihre Bürozellen begrenzten. Dolly Halloran wurde zur sofortigen Bypassoperation abtransportiert.

Duane hatte entschieden, allen für den Rest des Tages freizugeben, und die Arbeitsplätze leerten sich rasch. Ellie Knight-Cameron sprach, in ihrer Eigenschaft als Büroleiterin, eine Ansage auf den Anrufbeantworter. Bevor sie das Büro verließ, checkte sie noch einmal ihre E-Mails, sah nach, ob dort noch eine letzte Erledigung auf sie wartete. Und sie hatte tatsächlich noch eine Nachricht: *Ellie, Noel Goodrich wird eingestellt. Kümmere dich um den Papierkram. Danke, Duane.*

Als sie den Regenmantel anzog, weinte sie hemmungslos, und das nicht, weil Dolly dem Tod gerade noch von der Schippe gesprungen war. Ganz und gar nicht; sie weinte, weil ihr plötzlich eine praktisch idiotensichere Methode eingefallen war, den dämonischen Verfasser der jüngsten Anregung zu identifizieren. Wieso war sie nicht früher darauf gekommen? Die *Schrift*. Sie knipste fast alle Lichter im leeren Büro aus, damit niemand ihre Aktivitäten überwachen konnte. Dann setzte sie sich in die Bürozelle in der Mitte, wohin normalerweise die Aktenverwalterin abgeschoben wurde, und schlüpfte in die Rolle der heimlichen Systemanalytikerin.

Zunächst untersuchte sie die automatisch eingestellten Schrifttypen auf den Computern verschiedener Mitarbeiter von K&K und stellte dabei fest, dass einige (darunter Dolly) sich nicht an die Vereinbarung hielten, wonach die gesamte interne und externe Korrespondenz in der Schrift Times New Roman verfasst werden sollte. Diese Regelung hatte Ellie Knight-Cameron selbst veranlasst – mit zerstreuter Billigung von oben.

Sie überzeugte sich noch einmal, dass die letzten beiden Anregungen aus dem Kasten in einer serifenlosen Schrift namens Century Gothic ausgedruckt worden waren. Und Century Gothic widersprach den Regeln bei Kolodny & Kolodny total: Serifenlose Schriften, so hatte Ellie argu-

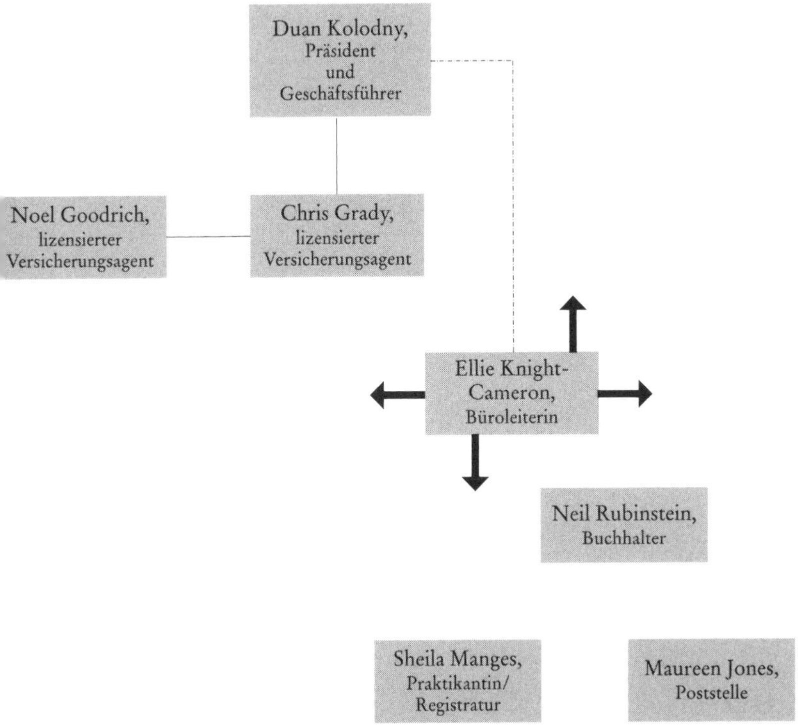

Diagramm 2, Kolodny & Kolodny Inc., Stand 28. 08. 2005

mentiert, verkörperten den bedenklichen Stil der zügellosen Siebziger. Serifenlose Schriften waren etwas für Unternehmen mit ethisch bedenklichen Geschäftspraktiken. Wer serifenlose Schriften verwendete, fraß auch kleine Kinder. Solche Leute unterzogen auch Schimpansen grauenhaften medizinischen Versuchen und sahen sich Fernsehinterviews mit Larry King an.

Sie konnte zwar noch nicht beweisen, dass die in Century Gothic ausgedruckten Botschaften von einem Computer des Büros stammten, aber sie hatte das Gefühl, Fortschritte zu machen. Während die Uhr weitertickte, bis

20:45 und dann bis 21:30, durchsuchte sie die Schubladen der Kollegen und sah sich deren Stifte an. Überall fand sie Spuren von Schlamperei, Hinweise darauf, dass die geordneten Verhältnisse bei K&K nur Fassade waren, ein schöner Schein. Vielleicht weinte sie ja doch um Dolly, oder vielleicht weinte sie, weil sie nicht zurück nach Arizona wollte, oder weil sie so spät noch im Büro saß, nachdem sie unter anderem Details über die privaten finanziellen Verhältnisse ihrer Kollegen und Freunde erfahren hatte.

»Hallo, Eric? Ich bin's, Ellie.«

»Ellie?«

»Ellie Knight-Cameron.«

»Oh, wow. Mann. Das ist ja eine Überraschung.«

»Ich wollte bloß … Wie geht's dir? Ich sitze noch im Büro, mach Überstunden. Und da dachte ich, ich ruf mal an und höre, wie es dir geht.«

»Ich … Mir geht's gut.«

»Eigentlich wollte ich bloß Hallo sagen. »Außerdem feiern wir ja bald Jahrestag, und ich –«

»Ehrlich? Was für einen denn? Unser –«

»Eric, ich habe mich gefragt, ob du in Bezug auf diese Zeit deines Lebens irgendwelche besonderen Empfindungen hast, wo unser Examen jetzt beinahe zwölf Jahre zurückliegt. Ich meine … Also, ich vermute, es kommt ein bisschen unverhofft, dass ich dich nach so langer Zeit anrufe.«

»Ein bisschen, ja.«

»Ich habe über damals nachgedacht, wie unschuldig ich war, und ich wollte wissen, was du über diese Zeit so im Kopf hast. Vielleicht hast du irgendwelche Erinnerungen an mich, über die du sprechen möchtest.«

»Ellie.«

»Eric, am besten ist es eigentlich immer, wenn man auch ein Leben außerhalb des Büros hat, oder? Findest du nicht auch? Weißt du, es gibt so einiges, was ich am Wochenende gerne mache, aber in letzter Zeit komme ich nicht mehr dazu. Es ist, als ob ich die ganze Zeit Büroprobleme mit mir herumschleppe. Irgendwie schrecklich … Aber weißt du was? Ich will ja gar nicht über mich reden. Ich würde gern hören, was du so treibst. Spielst du noch Bratsche?«

»Äh, also, ehrlich gesagt liegt die Bratsche unterm Bett.«

»Ach, das ist aber schade.«

»Na ja …«

»Aber du versuchst noch zu komponieren?«

»Eigentlich nicht. Ich muss sagen –«

»Was machst du denn dann?«

»Ich bin Pharmavertreter.«

Es war ihr bisher nicht in den Sinn gekommen, dass der Mann am Ende der Leitung womöglich nur vorgab, Eric zu sein. Seine Stimme klang ähnlich, vielleicht ein bisschen rauchiger und flacher. Die Stimme Erics, falls er vierzig Pfund zugenommen hatte. Der Gedanke verunsicherte sie.

»Hast du geraucht, Eric?«

»Nicht dass ich wüsste, Ellie.«

»Was soll das heißen?«

»Das soll heißen, dass ich nicht geraucht habe. Aber wieso fragst du?«

»Deine Stimme klingt anders.«

»Wenn man mit einem Menschen elf oder zwölf Jahre nicht mehr gesprochen hat, hört er sich vielleicht –«

»Ich werde dir ein paar Fragen stellen, die nur Eric beantworten könnte, einverstanden?«

»Ellie, bist du –«

»Welche Farbe hatte der Pullover, den ich dir gekauft habe?«

»Ich kann mich nicht erinnern, dass du mir einen Pullover gekauft hast.«

»Das ist richtig. Und was waren meine Lieblingszigaretten?«

»Ellie, wir sollten das jetzt bleiben lassen.«

»Eric, wenn wir das bleiben lassen, muss ich mir Sorgen machen.«

»In meinen Ohren klingst du ein bisschen verstört, Ellie.«

»Die Zigaretten, Eric. Sonst muss ich –«

Wollte sie das Gespräch in bester Erinnerung behalten, so musste es mit einem wirkungsvollen weiblichen Ultimatum enden. Doch in Wirklichkeit endete es nicht wie im Lehrbuch. Als Nächstes unterbrach sie ihr Freund aus Studientagen, der nichts mehr von dem romantischen Bratschisten hatte, und hielt ihr einen Vortrag – »Ellie, deine Ausdrucksweise beunruhigt mich ein wenig« –, einen langen, etwas zusammenhanglosen Vortrag über den Pharmavertrieb, dass es, kurz vor »einem Abschluss« mit der »Zielperson« darauf ankomme, sie »genau richtig zu lesen«. Man müsse ihr tief in die Augen sehen, sagte Eric, um die Schichten der Verletzlichkeit in ihr zu erkennen. Dieser feuchte, verletzliche Blick zeige, so Eric, wo sie noch »unvollendet« sei, wo sie noch etwas brauche, wo noch ein wenig Begehren in ihr schlummere, das nicht verlöscht sei. Und an dieser Stelle komme der Verkauf von Pharmazeutika ins Spiel, sagte Eric. »Ellie, ich weiß, dass ich nicht da gelandet bin, wo ich damals hin wollte, und dass ich nichts Bemerkenswertes leiste, aber eins habe ich gelernt: die Kunden zu lesen. Ich erkenne aus zwanzig Metern Entfernung die Wahrheit über einen Menschen. Ich sehe die kleinen Geheimnisse.« Für ihn gab es bloß diese Welt der Billigläden mit ihren Mittelchen auf Mineralölbasis, auf die Sintflut wartend, und in dieser Welt gab es nur Eric und seine Zielpersonen, den Arzt oder die Apothekerin, die auf Anhieb erkennen, wenn sie unbedingt ein Potenzmittel oder eine Medizin gegen männlichen Haarausfall verschreiben oder bestellen müssten, und zwar *umgehend*.

Ellie Knight-Cameron war jetzt schon viele Stunden aktiv. So fühlte sich Leben an. Sie wollte noch Nachforschungen über eine letzte Person anstellen, nämlich über Maureen Jones, die bei K&K die Poststelle besetzte. Dem unbeteiligten Beobachter mochte es vorkommen, als spielte die Poststelle im täglichen Ablauf bei K&K eine untergeordnete Rolle. Dem war jedoch nicht so. In der Poststelle, die allerdings eher eine Postnische war, wurden die Verträge verschickt und empfangen, die später von den Betreffenden unterzeichnet und notariell beglaubigt werden sollten. Von dort wurden außerdem Glückwunschkarten und Geschenke versandt.

Ellie fasste sämtliche Fakten zusammen, die ihr über Maureen vorlagen.

Maureen war die einzige afroamerikanische Angestellte von Kolodny & Kolodny.

Natürlich hatte Ellie Maureen daher sehr ungern als Täterin in Betracht gezogen. Sie hatte es vermieden, den Verdacht in ihre Richtung zu lenken. Ellie hatte immer geglaubt, ein gutes Gefühl für die Wünsche und Bedürfnisse der Menschen zu haben, ungeachtet ihrer Hautfarbe, Religion oder ihrer sexuellen Orientierung. Schon in der Grundschule war das so. Einige ihrer Mitschüler waren amerikanische Ureinwohner. Sie hatte eine indianische Freundin, Deanna. Deren Familie war arm, sogar nach den Maßstäben eines Hippiemädchens, dessen Eltern selten arbeiteten. Ellie mochte Deanna sehr. Sie war so sanft. Deanna trug Zöpfe und ein großes, hässliches Brillengestell. Das Ungewöhnliche an ihr war, dass sie nie redete. Ihre Eltern auch kaum. Dennoch hielt die Freundschaft eine Weile. Dann kam die Pubertät, und man weiß ja, was das bedeutet. Eine große Welle schwappt über den sonnengesprenkelten Strand, an dem alle Kinder stehen, und die Kinder werden ins Meer hinausgezogen, in die trübe Rückströmung geschleudert, auf den Kopf gestellt, gegen die Felsen geworfen, gestoßen, geschunden und geschlagen. Manche tauchen nie wieder auf. Manche werden so schlimm durchgeschüttelt, dass sie sich nie wieder in Wassernähe trauen. Manche tragen es mit Stolz, manche mit Demut, manche vergessen alles, was ihnen zugestoßen ist. Viele der Kinder, die wir kennen oder lieben, verändern sich derart, dass wir glauben, absolut nichts von ihnen zu wissen. Denn jetzt, da die Flut der Hormone sie überwältigt, *ist alles anders*. Diese Flutwelle spült auf einmal ganz andere Kinder in unser Leben, mit völlig anderen Sorgen und Erwartungen, und mit diesen müssen wir dann fertig werden, jedenfalls bis zum Studium.

Anders gesagt: Deanna, das Indianermädchen, entwickelte andere Interessen. Zu diesen gehörten weder Ellie Knight-Cameron noch deren Papierpuppensammlung noch ihre vielen Vinyl-Singles verschiedener Softrock-Hits. Das wurde ihr alles eines Abends in einem Gemischtwarenladen klar. Vor diesem tatsächlich sehr gemischten Laden standen ältere Jungen und Cabrios, drinnen wurden gezielt Softdrinks und Pornografie gestohlen, und das Wort *Muschi* fiel des Öfteren.

Das Problem Maureen Jones musste also mit Bedacht angegangen werden. Maureen hockte mit lauter älteren, zickigen weißen Frauen in einem Büro. Sie musste quer durch die ganze Stadt zur Arbeit fahren, aus einer Gegend kommend, die inzwischen ganz und gar von Unternehmenszentralen in hässlichen Glaskästen umstellt war, von Firmen, die den Standort New York gegen Connecticuts günstigere Steuergesetze eingetauscht hatten. Maureen fuhr also durch die Rassenschranke in die Vororte von Stamford, wo die Weißen wohnten. Diese Fahrt musste Ellie nun in umgekehrter Richtung antreten. Und so stand sie schließlich mit ihrem Auto vor einem bescheidenen Häuschen neben einer Sozialsiedlung. Einen Steinwurf vom hässlichen Bahnhof, fünf Minuten von den Fluten des Long Island Sound entfernt.

Nachdem sie also den weiten Weg hierher geschafft und direkt gegenüber der fraglichen Adresse geparkt hatte, spürte Ellie, dass es ihr unmöglich war, an die Tür zu klopfen. Sie hatte Angst; sie war sogar zu ängstlich, aus dem Auto zu steigen. Sie hatte alle Türen verriegelt. Es war inzwischen nach Mitternacht, morgen war ein ganz normaler Arbeitstag. Es wäre *bestimmt* nicht richtig, Maureen Jones jetzt zu wecken und mit der Polizei zu drohen. Oder vielleicht wäre es *gerade* richtig. Vielleicht war es aber das Beste, zuerst die Polizei zu rufen, sich Zutritt zum Haus zu verschaffen und dann rasch ins nächste Flugzeug nach Arizona zu steigen, wo ihre Mutter in ein Reha-Zentrum eingewiesen werden sollte.

Ellie observierte das Haus nun schon ein paar Stunden und versuchte dabei, in ihrem Schalensitz mit schlechter Stützfunktion im Lendenwirbelbereich zu verschwinden, als ein finster wirkender Mann, der wahrscheinlich kein bisschen finster war, die Straße entlang auf Maureen Jones' Haus zukam. Er trug erstaunlich weite, ausgebeulte Kleidung, die wie dafür gemacht schien, Diebesgut zu verbergen. Oder auch nicht. Ellie Knight-Cameron sah, wie der Mann nach links und rechts schaute, bevor er die Straße überquerte. Er schritt zur Tür des Jonesschen Hauses, klopfte an, wurde eingelassen und verschwand im Inneren.

Ellie sah ein, dass *ein Mann allein* – selbst um diese Uhrzeit – noch keine Verschwörung darstellte. Doch dem einen Mann folgte ein weiterer – ein jüngerer, kleinerer Mann, dessen Schädel sich im Lichtfall der Straßenlampe von zahlreichen Zöpfchen geschmückt zeigte. Dieser zweite Mann war in den Trainingsanzug eines Sportlers gehüllt, und auch er wurde in Maureen Jones' Haus eingelassen. Keine Viertelstunde später tauchte ein dritter Mann auf, ein älterer, schon ergrauter Kerl mit beeindruckend langen Rastalocken. Das musste einer der *elder statesmen* der Bewegung sein. Ellie Knight-Cameron besaß zwar kein Nachtsichtglas oder andere raffinierte Überwachungsgeräte, hatte aber den Eindruck, dass dieser dritte Mann sich mit einer eigenartigen Handbewegung Eintritt verschaffte.

Schließlich wurde auch eine Frau in Jones' Haus gelassen. Der Vorgang spielte sich genauso ab wie zuvor, nur dass es diesmal eben eine Frau war. Kein einziges Mal konnte Ellie ausmachen, wer die Tür öffnete und die Fremden hereinbat. Sie sah nur, dass alle Maureen Jones' Haus betraten. Sie huschten zur Eingangstür, klopften einmal, gaben das Handsignal, dann öffnete die Tür sich nach innen, und der oder die Fremde schlüpfte hinein.

Was waren wohl die Glaubenssätze, die Maureen Jones' Organisation verfocht? Ellie rekapitulierte. Sie blätterte die Anregungen der Reihe nach durch. Sie hatte natürlich alle aufgehoben, und hier lagen die Zettel nun auf ihrem Schoß wie alte Urkunden:

> *(A) Wenn man schon auf dem Parkway Fahrbahnen sperrt, dann sollte man die Straße verflucht noch mal auch reparieren. (B) Diese verfickte Kaffeemaschine*

sollte man aus dem Fenster schmeißen und mit dem Auto plattmachen. (C) Weltweite Revolution jetzt. Werft eure Ketten ab! (D) Man sollte euch alle an die Wand stellen und erschießen.

So betrachtet war bei den Anregungen im Büro Kolodny & Kolodny eine bedrohliche Eskalation zu erkennen. Der erste Vorschlag stellte die Regierung infrage, nämlich deren Fähigkeit, Entscheidungen fürs Gemeinwohl zu treffen. Der zweite zielte aufs Büro selbst, auf die täglichen Abläufe dort: Kaffeepausen, Mittagessen und so weiter. In der dritten Anregung, meinte Ellie, riefen Verschwörer die unzufriedene Bevölkerung auf, die bestehende Ordnung zu stürzen. Und die vierte schließlich war ein Aufruf zum bewaffneten Kampf.

Im letzten Augenblick, bevor die Notwendigkeit sie zum Handeln trieb, kam Ellie ein verstörender Gedanke. War es nicht auch möglich, dass eine oder mehrere Personen aus dem Büro mit Maureen Jones gemeinsame Sache machten? Warum hatte sie daran noch nicht gedacht? In dieses Verschwörungsmodell passten alle möglichen Allianzen aus gegenwärtigen und ehemaligen Beschäftigten: Maureen und Angie, Maureen und Dolly, Maureen und Bonnie, Maureen und Astrid, Maureen und Neil Rubinstein oder sogar Maureen und Duane selbst. Klang nicht Duanes Nachname schon beinahe wie *Komplott*? Und wenn zwei Mitglieder der K&K-Familie unter einer Decke stecken konnten, warum nicht auch drei? Zum Beispiel Maureen, Angie und Dolly? Hatten die drei nicht gelegentlich verschwörerisch geflüstert? Und warum nur drei, warum nicht auch vier? Zu viert hätten sie nämlich die gesamte Bürogemeinschaft unter Kontrolle.

In der Stille der Straße fühlte Ellie sich erhitzt, verwirrt, beschämt, vom gesunden Menschenverstand im Stich gelassen. Die verlässlichen Gegenstände ihrer selbstgewählten Umgebung, die materiellen Dinge vor ihren Augen – die kümmerlichen Gingkobäume an der Straße, streunende Katzen, ein rumpelnder Müllwagen – waren nicht, was sie zu sein schienen. Ganz und gar harmlose Objekte und Situationen wirkten bedrohlich. Wie jeder brave Mitarbeiter von K&K wusste sie um die Wahrscheinlichkeit eines Unglücks: das Strafgericht der großen Fluten, der Tornados und Explosionen, der höheren Gewalt. Durch die Wüstenlandschaft des Knight-Cameronschen Fiebers schwankten durstige Männer und Frauen, ihren Liebsten entfremdet. So allein wie jetzt, so verdammt allein war sie noch nie gewesen. Vielleicht hatte Eric recht, vielleicht hatte sie nie gelernt, *die Kunden zu lesen*, die Menschen, die eben *nicht* versuchten, ihr das Wenige zu nehmen, was sie hatte, das bescheidene Glück, das sie sich Tausende von Kilometern fern ihrer Heimat aufgebaut hatte. Vielleicht versuchte gar nicht jeder, ihre wenigen Habseligkeiten zu rauben und sie auf die Straße zu setzen; vielleicht versuchte gar nicht jeder Mann, den sie kennenlernte, sie persönlich zu beleidigen; vielleicht waren die meisten Menschen, denen sie in diesen dunklen Jahren des Kriegs gegen den Terror begegnet war, unschuldig und versuchten bloß, ein anständiges Leben zu führen und ein bisschen Geld auf die Seite zu legen für den Fall, dass ihnen etwas Schlimmes zustieß. Sie gab nun Duane und Chris Grady die Schuld, denn irgendjemand musste ja schuld sein. Weil das Unrecht nicht nachließ, die Rächer des Unrechts jedoch längst kraftlos geworden waren – durch Erschöpfung, Skandale, Medikamentenmissbrauch und Auftritte in den üblichen Talkshows.

Letztendlich war es dieser Gedanke an Ungerechtigkeit, der sie in die Lage versetzte, aus ihrem Dodge Omni zu steigen. Ungerechtigkeit, Ungeduld und der selbstzerstörerische Trieb, eine Sache zu Ende zu bringen, obwohl es keine gute Idee war. Sie taumelte auf die Straßen von Stamford, mit hochroten Wangen und weichen Knien, um Menschen bösartiger Verbrechen anzuklagen, die ihren Bürofrieden bedrohten. Menschen, welche die Arbeiter an der Neuen Weltordnung unterdrücken wollten. Ins Lampenlicht schwankte Ellie Knight-Cameron, Freundin der unteren Baseballligen und des Tangos, die wahnhafte Gedankengebäude errichtete, Zeichen und Symbole entschlossen missdeutete und nun auf das Geheimnis aller Geheimnisse zusteuerte, nämlich auf das völlige Fehlen von Geheimnissen in der freien Marktwirtschaft.

Trotz ihrer Bedenken führten ihre Schritte sie schließlich zum Eingang von Maureen Jones' Heim. Sie nahm allen Mut zusammen und war bereit zu klopfen. Es war eine billige Sorte Tür, nicht massiv, sondern hohl, wie man sie als Sonderangebot in einer Baumarktkette oder als Theaterkulisse finden konnte. Ellie Knight-Cameron klopfte mit der Entschlossenheit einer Patriotin an.

Drinnen fanden Feierlichkeiten statt. Sie hörte, wie man sich amüsierte. War es möglich, dass Menschen Vergnügen daran fanden, anderen Schmerz und Unbill zuzufügen? Denn Ellie *hatte* Schmerz und Unbill erlitten, und nun wollte sie Genugtuung. Es schien ihr, als würde man über sie lachen. Ellie klopfte noch einmal, und sie hörte, wie das fröhliche Treiben drinnen einen Augenblick leiser wurde.

Ob sie in der Lage wäre, die Sache durchzuziehen? Würde sie der gefährlichen Offenbarung mit Gleichmut gegenübertreten können? Würden Schusswaffen ins Spiel kommen? Sollte sie nicht lieber gleich die Ordnungshüter zu Hilfe rufen? Noch bevor sie es sich anders überlegen konnte, was sie zu gern getan hätte, schwang die Tür auf, und ein Schrei ertönte, ein Lärmen, ein gewaltiger Ruf, laut genug, die Vorhänge der Nachbarschaft in Bewegung zu bringen. Und gerufen wurde das Wort *ÜBERRASCHUNG!* »Überraschung!«, riefen sie. »Überraschung! *Überraschung!*«

Das Innere des Jonesschen Heims war ebenso bescheiden wie das Äußere, bemerkte sie, aber ordentlich eingerichtet, und von den Lampenschirmen zu den Gardinenstangen hingen Girlanden, ebenso von einem Stuhl bis zur Fensterbank, ein kleiner Hund war ebenfalls da, ein Kläffer, sogar der hatte eine Schleife um den Hals, dann waren da noch ein paar Kinder im Krabbelalter, die kegelförmige Papierhüte trugen, eine große Zahl schwarzer Gesichter, afroamerikanischer Gesichter, die sich offensichtlich alle amüsiert hatten, jedenfalls bis sie Ellie Knight-Cameron erblickten. Dann änderten sich beinahe unmerklich ihre Mienen. Denn Ellie Knight-Cameron war nicht diejenige, die sie vor der Tür vermutet hatten, als sie *Überraschung* riefen.

»Können wir Ihnen helfen?«, fragte die Frau mit der Türklinke in der Hand.

»Ich suche Maureen Jones«, antwortete Ellie.

»Sie ist nicht da.«

»Ich wette, sie *ist* da.« Langsam nur dämmerte Ellie Knight-Cameron die furchtbare Wahrheit. Sie kroch ihre Speiseröhre hinauf. Die Offenbarung.

»Wer sind Sie?«, fragte die Frau.

»Eine Kollegin von Maureen.«

»Na, wenn Sie eine Kollegin sind, dann wissen Sie ja, dass Maureen noch bei der Arbeit ist.«

»Das weiß ich ganz und gar nicht, weil sie heute Nachmittag früh nach Hause gegangen ist, wie alle anderen auch.«

»Sie ist ganz sicher noch bei der Arbeit.«

»Das nehme ich Ihnen ganz sicher nicht ab!«

Dieses Streitgespräch hätte eskalieren können, wäre nicht Maureen selbst am Schauplatz erschienen. Ja, tatsächlich, Maureen Jones stand plötzlich vor ihnen. Als der eben geschilderte Dialog geführt wurde, war sie gerade dabei, ihre Handtasche vom Beifahrersitz zu zerren, die Autotür abzuschließen und sich alle Zeit der Welt zu lassen. Maureen kam die Straße entlang. Und zwar in der Uniform ihres Zweitjobs, ihrer Nachtschicht, die sie an zwei Tagen die Woche an der Kasse einer gewissen Schnellrestaurantkette ableistete. Die Uniform war dunkelgrün und diente dazu, Maureen Jones unpersönlich, ununterscheidbar zu machen, zu verdinglichen. Noch bevor die Meinungsverschiedenheit zwischen Ellie und der Frau an der Tür geklärt werden konnte, hatte Maureen selbst Gelegenheit zu schlichten, während gleichzeitig der Ruf *Überraschung* abgewandelt und ersetzt wurde durch: *Happy birthday! Happy birthday, Maureen!*

Maureen fing so entspannt und sorglos an zu lachen, dass man es nicht anders als schön finden konnte, sogar bewegend, denn Maureen lächelte zwar nicht oft, hatte aber ein bezauberndes Lächeln, jedenfalls bis sie erkannte, dass Ellie Knight-Cameron von Kolodny & Kolodny, ihrem unerfreulichen ersten Arbeitsplatz, zu unchristlicher Morgenstunde auf ihrer Schwelle stand. Ellie Knight-Cameron hingegen versuchte die Fakten zu erfassen, dass nämlich Maureen Jones, zweifache Mutter, auch zwei Jobs hatte, und Maureen war sichtlich wenig erfreut, dass diese Information nun Allgemeingut geworden war. Doch ehe Ellie noch etwas sagen konnte, bevor sie ihr Auftauchen vor Maureen Jones' Haustür rechtfertigen konnte, bevor Ellie irgendetwas erklären konnte, bat Maureen sie schon herein. Und so wurde die Auflösung verschoben.

Welche Auflösung? Dass Ellie selbst die einzig mögliche Verfasserin der Anregungen war. Und wenn sie der einzige Mensch war, für den das nicht auf der Hand lag, wenn selbst dem flüchtigsten Beobachter klar war, dass sie in dieser Sache Protagonistin und Antagonistin zugleich war, was sagte uns das über das Leben, das wir in jenen Tagen führten?

III Die Albertine-Notizen

Auf meinem ersten Trip war ich nur darauf bedacht, richtige Aufzeichnungen hinzubekommen. Ich meine, ich wollte eben, dass die Frau von der Zeitschrift mir wieder mal Arbeit anbot, und das würde sie nur tun, wenn die Story funkelte. Wegen der Explosion gab es damals nicht viele Aufträge. Die Frau von der Zeitschrift sagte: »Hör mal, du musst den Auftrag nicht *mögen*, du musst ihn nur *erledigen*. Und wenn du ihn nicht willst, hinter dir stehen die Leute schon Schlange.« Und das war kein Witz. Die Leute standen wirklich Schlange. Draußen am Empfang. Künstliche Intelligenz saß am Empfang, in der provisorischen Lobby eines Gebäudes auf Staten Island, dem am wenigsten in Mitleidenschaft gezogenen Bezirk der schwer getroffenen Stadt New York. Autoren drängten ins Foyer und brüllten den Roboter am Empfang an, weil sie alle unbedingt ihre Clips vorzeigen wollten.

Die Redakteurin hieß Tara. Ihr Haar war türkis. Sie sah aus wie ein Mädchen, das ich von früher her kannte. Wo war dieses Mädchen jetzt? Damals, in der Boomzeit, konnte man dem Fernseher einfach einen Namen zurufen, und dann suchte er alle Personen dieses Namens. Gegen Bezahlung. Kartenzahlungen, Einkaufsdaten, Kreditauskünfte: *Man konnte die Suchkriterien selbst einstellen.* Bei meinem Internetfernseher ging in der Ecke immer ein kleines Pop-up-Fenster auf, in dem stand: *Wollen Sie wissen, was Ihre Frau gerade tut?* War ich etwa ein naheliegender Kunde für solche Schnüffeleien? Jedenfalls gehörten Freizeitdetektive und Leumundbeschmutzer zu der Zeit *vor* Albertine.

Der gebräuchliche Name für *den* Trip des Lebens. Launische Göttin der überwältigenden Vergangenheit. Albertine. Stromschnellen im Fluss der Zeit. Nur ein wenig davon im Blut, und jede Erinnerung, die du je gespeichert hast, steht dir wieder zur Verfügung. Und zwar nicht wie bisher, nicht bloß ein leiser Schauder in irgendeiner Déjà-vu-Schublade deines unaufgeräumten Bewusstseins: *Ach ja, ich weiß noch, wie ich mit Serena im Boston Common Sandwiches mit Erdnussbutter und Traubengelee gegessen und Rum aus Pappbechern getrunken habe.* Nein, das wahre Ereignis, vollständig runderneuert, spielt sich exakt so vor dir ab, als würdest du es in dem Moment erleben. Da ist Serena in der Jeans mit Flicken auf den Knien, im T-Shirt des Dartmouth College, so grün wie ihre Augen, sie trinkt den Rum ein bisschen zu schnell und spuckt etwas davon wieder aus, sie pult mit tiefroten Fingernägeln an ihren Zähnen, der Farbton heißt *Lycanthrop*, und da ist auch der Geschmack der Erdnussbutter, extra körnig, und von nicht mehr knackigen Salzstangen. Und da seid ihr beiden, wie ihr durch das Stück Park mit den vielen Weiden lauft. Ihre Hand gleitet aus deiner, weil eure Handflächen feucht sind: der Geruch eines Stadtparks in dem Augenblick, in dem ein Septemberschauer die Bürgersteige benetzt, Autoabgase, leichter Dunst in der Abenddämmerung, der Lärm der Kinder, die sich um Softballregeln streiten, ein Obdachloser, der einen Schluck Rum schnorren will.

Klar, worum es geht?

Es versteht sich fast von selbst, dass Albertine *kurz*

nach dem Knall in einer bestimmten sozioökonomischen Schicht auftauchte. Ist man an ein bequemes Mittelklasseleben gewöhnt – den Gang zum Biomarkt am Wochenende, das gelegentliche Abendessen im neuen indischen Restaurant –, so wird einem *sehr unbehaglich zumute*, wenn fünfzig Häuserblocks der Stadt, in der man lebt, plötzlich wie ein NASA-Foto der Marsoberfläche aussehen. Wenn man plötzlich Dosenmilch über Cornflakes aus Care-Paketen schütten muss, dann sucht man wohl irgendwo Trost. Unter solchen Umständen lernt man seine Erinnerungen schätzen, nicht wahr? Also spritzt man sich ein bisschen Albertine unter die Haut, oder man nimmt die Pipette, zieht das Lid herunter und begibt sich auf die Suche nach sorglosen Zeiten. Nachmittage im Stadion, das Flutlicht auf dem Rasen, der erste Aufschrei der Menge. Wie wär's mit deinem ersten Konzert? Oder deinem ersten Kuss?

Kostet dich bloß fünfundzwanzig Mäuse.

Ich heiße Kevin Lee. Chinesisch-amerikanisch in der dritten Generation, und das heißt, mein Dad hat nicht in einem Imbiss gearbeitet, damit ich am Massachusetts Institute of Technology studieren kann. Sondern er hat Risikokapital in die IT-Branche investiert, und meine Mutter war Mikrobiologin. Ich bin in Newton, Massachusetts, aufgewachsen, habe aber auch eine Zeit lang im nördlichen Kalifornien gelebt. Ich bin nach New York gezogen, um an der Fordham University zu studieren, habe das Studium abgebrochen und angefangen, für ein alternatives Wochenmagazin über Naturwissenschaften zu schreiben. War immerhin ein Anfang. Aber die Redaktion der Zeitschrift wurde – mit allen Inhabern, einem großen Teil ihrer Anteilseigner und neunzig Prozent ihrer fest angestellten Journalisten – eingeäschert. Aber davon brauche ich wohl nicht noch einmal anzufangen. Nehmt einfach mal an, dass von nun an jedes Schweigen von Trauer durchzogen ist.

Albertine brachte ein Problem mit sich: Die durchforsteten Erinnerungen waren naturgemäß nicht alle schön. Albertine übernahm keine Garantie für gute Erinnerungen. Im Gegenteil, Albertine garantierte zumindest einige ziemlich schreckliche Erinnerungen. Einer von den Typen, die ich interviewt habe, als ich noch ganz am Beginn meiner Jagd nach der Story war, erzählte mir, dass seine Erinnerungen ausschließlich um Eifersucht kreisten. Er hatte eine schlechte Erinnerungs-Qualität bekommen, wahrscheinlich zu viele Additive dabei, und vor seinem geistigen Auge erschienen nur Momente heftigster Eifersucht. Er weinte sogar noch, als wir darüber sprachen. Beim Runterkommen. Ich hatte ihn in ein Restaurant geschleppt, das die ganze Nacht geöffnet hatte. Wo sich Atlantic Avenue und Conduit Avenue treffen. Kennt ihr den Teil der Stadt? Schöne Gegend, aber vernachlässigt. Muss wohl ein bisschen kalt gewesen sein, die frühherbstliche Nacht. In jenen Tagen landeten Militärjets auf dem JFK Airport um die Ecke. Der Typ, nennen wir ihn Bob, erzählte mir von dem Morgen, an dem er eine alte Freundin namens Nina anrief, um sich mit ihr zu einem Arbeitsfrühstück zu verabreden. Mitten im Gespräch erzählte ihm Nina, sie sei die Geliebte seiner Frau Maura. Er erinnerte sich an jede Einzelheit des Telefonats, sogar an den Wortlaut der Enthüllung. *Bob, Maura fühlt sich schon seit eurer Hochzeit zu mir hingezogen.* Er erinnerte sich an die quälenden Pausen. Er hörte das Rascheln von Bettdecken. Und all das konnte er sich wieder vorstellen, als würde es in dem Moment passieren, sogar die Einzelheiten, die er sich während des Telefongesprächs vorgestellt hatte, obwohl es doch siebzehn Jahre zurücklag. Was Nina und Maura im Bett angestellt, welchen Dildo sie benutzt hatten. Jetzt war es siebzehn Jahre später, an der Atlantic Ecke Conduit, und Maura war atomisiert worden, hatte Bob jedenfalls gesagt: »Herrgott, Maura ist tot, und ich habe ihr nie gesagt, was an unseren gemeinsamen Jahren so toll war, und jetzt werde ich nie mehr die Gelegenheit dazu haben.« Er war untröstlich, aber ich fragte immer weiter. Schließlich bin ich Journalist. Ich reimte mir zusammen, dass er fünfzig Dollar in zwei Rationen Albertine investiert hatte. Sechs Monate nach der üblichen Schilddrüsenoperation war er also so weit. Bob hatte bloß auf eine zuckersüße Erinnerung gehofft – ans Schwimmen im Teich von Danbury, dem kleinen Badeteich mit dem Schaukelseil. Weißt du noch? Aber er erinnerte sich nur, dass seine Frau mit seiner Studienfreundin geschlafen hatte und dass sein Bruder ihm seine Traumfrau von der Highschool weggeschnappt hatte. Als wäre Eifersucht der einzige Farbton seines Lebens. Als bestünde die Atmosphäre aus drei Teilen Eifersucht und einem Teil Sauerstoff.

Das flüsterte Albertine ihm ins Ohr.

Drogengeschäfte im großen Maßstab sind so ähnlich wie Beta-Tests. Da gibt es jede Menge skrupellose Leute. Kein Mensch weiß, wie eine chemische Substanz sich verhalten wird, ehe nicht die Versuchskaninchen Schlange stehen. Die Gesundheitsbehörde glaubt es zu wissen, wenn sie irgendein Mittel freigibt, das die Haare, die einem bei der Chemo ausgefallen sind, nachwachsen lassen soll. Aber sie wissen gar nichts. Versucht doch einfach mal, diese Droge an hundertfünfzigtausend aus dem gesellschaftlichen Rahmen der Mittelschicht in die neue Armut gefallene Leute in einer vor Kurzem verwüsteten amerikanischen Großstadt zu verteilen. Und zwar jeden Tag, fast ein Jahr lang. Und erlaubt ihnen, wahllos ihre bevorzugten Placebos beizumischen.

Es gab jede Menge Geschichten. Jede Menge unterschiedliche Erfahrungen. Jede Menge Lügen, Übertreibungen, Andeutungen, Gerüchte. Beispiel: Albertine erzeugte nicht nur ebenso oft schlechte Erinnerungen wie gute – so hieß es allgemein –, sie erlaubte einem auch, sich *an die Zukunft zu erinnern*. Das erzählte Tara mir, als sie mich mit dem 2500-Worte-Artikel beauftragte. »Finde raus, ob das stimmt. Ob wir damit die Zukunft zu sehen kriegen.«

»Und was würdest *du* damit anfangen?«

»Geht dich nichts an«, sagte sie und fügte hinzu, als wollte sie ablenken: »Rauskriegen, ob ich jemals befördert werde.«

Und hier noch ein Beispiel. Die Geschichte von Deanna, deren Namen ich zu ihrer Sicherheit geändert habe: »Weißt du, nach dem Knall ging ich in die Kirche, weil ich irgendwie das Gefühl hatte, Gott müsse irgendwas tun gegen so viel Leid. Ich meine, das klingt jetzt vielleicht ein bisschen simpel oder so. Ist mir egal. Ich war also in der Kirche, und die war richtig schön; jede Kirche, die noch stand, war schön, als einem dauernd diese schrecklichen Wolken überm Kopf hingen und alle krank wurden. Tatsache ist, als ich in dieser Kirche war, wo ich eigentlich ganz still werden wollte, da habe ich, anstatt über die Frohe Botschaft des Evangeliums nachzudenken, eine *Vision* gehabt. Ich weiß nicht, wie ich das sonst nennen soll. Es war wie im Film, wenn so eine Art Rückblende kommt, bloß dass ich mich selbst von der Kirche nach Hause fahren sah, und dann ist vor mir ein Auto auf die Straße zum Wasserreservoir eingebogen, und ich hatte irgendwie das Gefühl, dieses Auto, so ein zwanzig Jahre altes Minivan-Modell, sei irgendwie ein schlechtes Omen, verstehst du? Ich gehe also zu meinem Priester und erzähle ihm, dass dieses Auto in meiner Vorstellung böse Absichten hatte. Ich habe gesehen, was Jesus mir zeigte: Pass auf, was am Trinkwasserreservoir passiert. Irgendeine Flüssigkeit wird ins Trinkwasser geschüttet. Ich konnte es sehen, *ich habe es gesehen*. Die Typen schütteten ganze Krüge davon rein, und sie trugen ganz sicher Schnurrbärte. Kamen wahrscheinlich aus irgendeiner Wüstengegend. Der Priester brachte mich zum Bischof, und vor dem wiederholte ich alles, was ich wusste, über den Herrn und das, was er mir gezeigt hatte, also bekam ich eine Audienz beim Erzbischof. Der Erzbischof sagte: ›Du musst mir sagen, ob Jesus dir das wirklich gesagt hat. Hat Jesus es dir *persönlich* gesagt? War es eine echte Botschaft vom *Heiland*?‹ Und das in so einem Büro mit jeder Menge staubiger Bücher in staubigen Regalen. Man merkte gleich, dass sie alle scharf darauf waren, mit dem Wort des *Heilands* im selben Raum zu sein, und wer wäre darauf nicht scharf? Wir sind doch alle verzweifelt, oder? Aber dann sagte einer: ›Krempeln Sie bitte mal Ihre Ärmel hoch.‹«

Deanna wurde hinausgeleitet. Wegen der Einstichspuren. Jetzt schafft sie unten am Gowanus Expressway an.

Der Erzbischof ging allerdings auf Nummer sicher und meldete der Polizei, was er gehört hatte, und die hielt tatsächlich einen Ford Explorer auf dem Weg zum Trinkwasserreservoir in Katonah an. Deannas Geschichte war bloß eine von dieser Sorte. Viele Albertine-User erzählten von »Erinnerungen« an Dinge, die erst noch passieren sollten. Wahlergebnisse, Kursstürze mehrerer internationaler Aktien, die Intensität der bevorstehenden Hurrikansaison. Ob die Dealer nun daran glaubten oder skeptisch waren, sie sahen jedenfalls die enormen Profite, die solche Mythenbildung versprach. Wirre Junkies und irre Spieler wohnen schließlich meistens Tür an Tür, versteht ihr? Eine Sucht ist wie die andere. Schon bald kamen diese abgerissenen Typen, die man früher an der Rennbahn sah. Die versuchten, überall in Red Hook oder im Osten von New York von Dealern Albertine zu kriegen, und dann saßen sie wie die Autisten in einem Zimmer, in dem die Tapeten von den Wänden gerissen waren, wo es weder Strom noch fließendes Wasser gab, pissten sich ein, verweigerten die Nahrung und suchten nach dem Namen des Windhundes, der das nächste Rennen gewinnen würde. Vielleicht konnten sie auf die Dreierwette setzen? Diesen Zockern fielen Haare und Zähne aus, weil sie glaubten, wenn sie nur lange genug dranblieben, würden sie ihre Vision haben.

Das nenne ich Marketing.

Rein logisch gab es einiges, was gegen ein solches Glaubensgebäude sprach. Natürlich waren auf Albertine die Bilder der Vergangenheit mit Bildern der angeblichen Zukunft vermischt. Und manche Visionen waren albtraumhaft. Man musste schon wissen, worauf man seinen inneren Blick richtete. Man konnte die Rezeptoren nicht zielgerichtet aktivieren. Die Droge war nicht besonders entwickelt. Als wollte man mit dem Rasenmäher Wildblumen pflücken. Unten in der Heißen Zone, in Bedford-Stuyvesant, rüttelte ich ein Mädchen namens Cassandra wach. Ich wusste, dass Cassandra nicht ihr Name war – was man Journalisten eben so sagt. Es war eine ruhige Nacht, ging schon auf Dezember zu und war bitterkalt, weil die Staubwolke von der Detonation das Klima total durcheinandergebracht hatte. Ich lief so durch die Gegend und sprach in meinen Digitalrekorder, klar? Die Straßen waren unbelebt. Ich meine, wenn man die Einwohnerzahl einer Stadt auf einen Schlag von acht Millionen auf viereinhalb Millionen reduziert, kommt einem plötzlich alles irgendwie leer vor. Und New York ist sowieso eine Fußgängerstadt. Heute mehr als je zuvor. Ich war auf dem

Weg zu einem Epidemiologen, der behauptete, er habe sich auf Albertine daran erinnert, wie man die Droge wieder vernichten könne. Er wollte mir aber nur davon erzählen, wenn ich ihm Stoff mitbrachte. Vielleicht würde Tara mir die Spesen erstatten, ich hatte nämlich inzwischen die paar Hundert Dollar fast aufgebraucht, die ich bei mir hatte, als meine Bank ausradiert wurde. Ich hatte schon mein Blut verkauft und mich gegen Bezahlung in einem Schlaflabor testen lassen.

Aber auf dem Weg zu diesem Seuchenforscher sah ich ein Mädchen, das auf einer Schaukel eingenickt war, auf so einer alten Holzschaukel, die in den Arbeitersiedlungen immer geklaut werden. Neben einer Schule in der Heißen Zone. Ich fasste sie am Arm; sie schien es gar nicht zu bemerken. Ich drehte ihren Arm um. Als ob ich es nicht schon an den Augenringen gesehen hätte, an den schwarzen Schatten, die mir sagten: *Die hat sich zu viel erinnert.* Trotzdem untersuchte ich ihre Arme: voller Einstiche.

Ich sagte: »Hey, ich schreibe eine Story für so ein Titten-und-Texte-Magazin. Über Albertine. Kann ich dir ein paar Fragen stellen?«

Zuerst klang ihre Stimme zart, fast wie die erste Stimme, die sich je erhob: »Frag mich alles. Ich bin das Orakel von Delphi, mein Freund.«

Ein irgendwie dunkelhaariges Mädchen, die mich an Serena erinnerte. Hatte so ein rotes Tuch um den Kopf geschlungen. Ihre Stimme löste etwas aus, als hätte ich sie schon mal gehört, als stünde ich vielleicht kurz vor einer Entdeckung aus der Vergangenheit. Ich dachte mir, ich versuche es mit Cassandra, mal sehen, wie viele Informationen ich aus dieser Quelle schöpfen kann, und wohin das führt. Immer noch besser, als in Crown Heights die Kämpfe der Chassidim mit den Jungs aus der Karibik zu beobachten. Mann, ich hatte echt die Nase voll von den

Chassidim und den Baptisten und ihren Tiraden über das *Ende der Zeiten*. Das Problem war doch, dass Albertine, die launische Göttin, uns ständig andere Berichte über unser zu erwartendes Ende zukommen ließ.

»Wie heiße ich?«, fragte ich.

»Du heißt Kevin Lee. Du kommst aus Massachusetts.«

»Okay, äh, und worüber schreibe ich?«

»Über Albertine, und du steckst schon ganz tief drin. Und die Batterien deines Aufnahmegeräts sind bald leer.«

»Danke für den Tipp. Werden wir uns küssen?«

Ein Realitätstest, was?

Vollkommen monoton antwortete Cassandra: »Klar. Werden wir. Aber nicht jetzt. Später.«

»Was weißt du über die Entstehung von Albertine?«

»Was willst du wissen?«

»Bist du im Moment high?«

Genauso gut hätte ich sie fragen können, ob sie schon mal Regen gesehen hätte.

»Bist du so high, dass du die Ursprünge von da oben aus sehen kannst?«

»Um eine Erinnerung daran zu haben, müsste ich da gewesen sein.«

»Was hast du denn gehört?«

»Gehört haben alle irgendwas.«

»Ich nicht.«

»Dann hörst du nicht richtig zu. Jeder weiß es.«

»Dann sag es mir.«

»Du musst drin sein. Nimm die Droge, dann bist du drin.«

Ein blau-weißer Streifenwagen an der Straßenecke – NYPD –, in dieser Gegend so selten wie ein weißer Tiger. Die Polizei war die Vorhut für die Drogenkartelle. Sie hatte jetzt, in Friedenszeiten, nichts weiter zu tun, als dafür zu sorgen, dass der Drogenhandel ungestört ablief. Dafür bekamen New Yorks Ordnungshüter einen Teil von der Ware, den sie dann an die Stadtbewohner weiterverkauften. Das Kartell subventionierte also meiner Ansicht nach die Stadt New York. Finanzierte den Wiederaufbau, finanzierte die Regierung, damit die Regierung ganze Gebäude, unterirdische Bunker, Behandlungszentren für Leute auf Albertine einrichten, für sie sorgen, sie schützen würde.

Fox – Kleindealer, Freund von Bob, eine meiner Quellen – war der Erste von meinen Kontaktpersonen, der solche Verschwörungstheorien vom Stapel ließ. Kurz vor seinem Verschwinden. Er war nicht der Einzige unter meinen neuen Bekanntschaften, der verschwand. Auch Bob rief irgendwann nicht mehr zurück. Das musste allerdings nicht viel heißen, so ein Verschwinden ab und zu. Unsere Stadt war aus der Geschichte gefallen, war unbewacht. Leute verschwanden eben.

»Ich, äh, ich halte nichts von diesen Verschwörungsnummern«, sagte ich Cassandra. »Alles schon mal gehört.«

Ihre Lider flatterten, als würde sie von einer Schmetterlingsarmee angegriffen.

»Also ehrlich …«, sagte sie.

»Die Regierung ist zu inkompetent für Verschwörungen. Die Regierung, das sind ein paar Typen, die in einem tiefen Keller irgendwo in Englewood hocken und drauf warten, dass irgendein Krieg endet. Und hoffen, dass sie nie sehen müssen, was hier auf der Straße jeder sieht.«

Ich half ihr von der Schaukel. Cassandra war dünn wie ein Windhund, und auch so nervös. Die Schaukelketten rasselten, als sie abstieg.

Wisst ihr, es war gar nicht so schwer, zum Mittelpunkt der Geschichte zu gelangen, weil es keinen Mittelpunkt gab. Überall nahmen oder verkauften Dealer die Droge, und wenn sie Albertine nahmen, standen sie unter ihrem Bann, dem Bann der Erinnerung. Überall sah man die Leute herumliegen. An allen öffentlichen Orten. Albertine dehnte sich aus. Wenn man dachte, sie käme nur in Red Hook vor, dann sah es auch eine Weile so aus, als gäbe es sie nur dort. Aber wenn man dann nach Astoria guckte, war sie auch da. Als würde sie durchs Hinsehen erst auftauchen. Die Bürger einer ganzen Stadt wirkten draußen auf der Straße abwesend und leer. Und drinnen wie gelähmt. Ich kann euch nicht sagen, wie oft ich in meiner ersten Recherchewoche durch Parterrefenster Menschen gesehen habe, die ausgeschaltete Fernseher anstarrten.

Ich ging also weiter die Theorien durch: »Die Leute meinen, die Regierung sei in der Lage, Verschwörungen anzuzetteln. Aber wenn sie so was hinbekäme, dann hätte sie doch wohl auch einen Typ aufspüren können, der einen Zünder im Koffer über die kanadische Grenze bringt und sich das Uran per Kurier anliefern lässt. Von einem Fahrradkurier! Dann hätten sie doch wohl verhindern können, dass ein Drittel von Manhattan in die Luft gejagt wird! Oder sie wären fähig, die Syndikate zu unterwandern. Oder die total zerstörte öffentliche Infrastruktur zu reparieren. Und, küssen wir uns jetzt?«

»Später«, sagte sie.

Ich dachte schon, das Gespräch sei zu Ende und habe gar keinen bedeutsamen Subtext, Cassandra sei auch bloß so ein verbrutzeltes Gehirn, gefangen in der Vergangenheit, und ich hätte vielleicht einfach weitergehen sollen zu meinem Epidemiologen, der einen neuen Ansatzpunkt verkaufen wollte. Aber dann schob sie mir doch ein Stückchen Insiderinformation zu: »Brookhaven.«

Was sollte das heißen? Das Labor?

Natürlich – die Brookhaven-Theorie. Genauso gut wie die MIT-Theorie, die Palo-Alto-Forschungszentrum-

Theorie oder die Düsenforschungslabor-Theorie. Diese Gerüchte über Albertine waren nicht wirklich zwingend, weil jeder sie schon gehört hatte, aber aus irgendeinem Grund beschlich mich beim Namen der Regierungseinrichtung auf Long Island ein unheimliches Gefühl des Wiedererkennens. Dann meinte sie, wir sollten zusammen zum *Mann mit dem Stoff* gehen.

»Ich weiß auch nichts Genaues über die Anfänge, den Ursprung«, sagte Cassandra, »aber ich war mit jemandem zusammen, der es weiß. Er wird da sein. Wo wir hingehen.«

»Was siehst du jetzt gerade?«

»Herbst«, flüsterte sie.

Das war oft so beim Runterkommen. Dann bewegten sich Albertines Bilder in Richtung Vergänglichkeit und Vergehen – verfaulende Blätter, Kürbiskerne, der erste Frost. Gab es einen Neurotransmitter, der als Sitz der Erinnerung vorgesehen und auf Herbst gepolt war? Ein Chromosom, das die Botschaft »Herbstempfindlichkeit« trug? Als ich klein war, waren wir ein paar Tage im nördlichen Kalifornien, ihr wisst ja, das war zur Zeit des Technikbooms ein magischer Staat. Klingt irgendwie putzig, das Wort. So wie *eine Hure mit goldenem Herzen*. Ich konnte Nordkalifornien nie vergessen, nicht die Mammutbäume, nicht die Seehunde, nicht den strengen Pazifik, und als ich das Wort *Technikboom* hörte, wusste ich genau, welche Erinnerung mich überkommen würde, wenn ich die Droge nähme, die Erinnerung nämlich an meinen ersten Herbst, in einer Region, in der die Jahreszeiten keine Veränderung brachten. In Nordkalifornien, wo ich den Nebel in die Bucht kriechen sah, der die Golden Gate einhüllte, die Stadt verschwinden ließ. In Nordkalifornien wartete ich bis zum Abend und ging dann in die Buchantiquariate in der Innenstadt, weil man dort immer Leute traf, die auch von der Ostküste kamen. Das also wäre meine Erinnerung, die Erinnerung ans Lesen, daran, der Zeit selbst die Zeit zu stehlen, an die Jahre, die beim Lesen vergingen, während ich in einem geflickten Sessel in einem Antiquariat im nördlichen Kalifornien und später wieder in Massachusetts herumhing. Vielleicht erinnerte ich mich tatsächlich daran, vielleicht konstruierte ich diese Erinnerung aber auch.

Wir gingen über die Kosciusko Bridge, die zu der Zeit nur für Fußgänger zugelassen war. Die Metropolitan Avenue runter von Queens nach Brooklyn, wo mal die Tanks standen. Nicht weit vom Friedhof. Ihr wisst ja, was man da früher gesehen hätte? Die Skyline; man hat sie jeden Tag gesehen, wenn man im Stau stand und Nachrichten hörte. Vielleicht langweilten einen die Wolkenkratzer, vielleicht kamen sie einem vor wie eine Filmkulisse – da war sie schon wieder, die Skyline. Man hatte sie so oft gesehen, dass sie nichts mehr bedeutete; die Hochhäuser waren die Zähne im faden Grinsen des Großkapitals, Friedhof und Skyline, schöne Kombination. Die großartigste Stadt der Welt? Das war einmal, denn in der Nacht, als ich mit Cassandra über die Brücke ging, gab es diese Aussicht nicht mehr. Überhaupt keine Aussicht, klar? Überall hingen noch die Staubwolken, und auf alle Viertel fiel ätzender Regen, von dem jeder krank wurde, von dem man würgen und spucken musste. Die Leute auf der Kosciusko trugen Gasmasken. Das war *der* billige Modetrend. Südlich des Citicorp Center, dessen Spitze – hatte immer wie die Einführhülse eines Tampons ausgesehen – glatt abrasiert worden war, stand nichts mehr. *Nichts*, klar? Tagsüber konnte man bis nach Jersey gucken. Wenn der Wind richtig stand. Bis nach Edgewater. Man sah die verstreuten Lichter von Edgewater, New Jersey. Es war kein Manhattan mehr da, und wo noch Gebäude standen, gab es keinen Strom. Das Kraftwerk downtown war weggeblasen. Notlichter, das war alles.

Die Leute wandten sich einfach von Manhattan ab. Sie vergaßen die Insel, da sie für nichts mehr Mittelpunkt war, abgesehen vielleicht für verstrahlte Society-Ladies, die sich in den Trümmern der Krankenhäuser drängten. Manhattan war bloß noch eine Müllhalde. Eine Müllhalde birgt keine Überraschungen. Außer für Möwen.

Das Leben spielte jetzt in den Außenbezirken. Zum Beispiel da, wo wir gerade hingingen. Das war mal ein Hüttenwerk gewesen, und drum herum standen Streifenwagen: das ganze Gelände von Polizisten umgeben, der blaue Rand der Phantasie. Eine Geisterfabrik – ich sprach diese Eindrücke in meinen Digitalrekorder, die Batterien funktionierten noch. Als ich mir die Aufzeichnung anhörte, bestand sie fast nur aus Wörtern, die mit Herbst zu tun hatten: *Fensterputzen, die World Series, Schulbedarf, Wespen, Präsidentschaftswahlen, Hurrikansaison.* Wen wollte ich eigentlich verarschen? Angeblich schrieb ich eine Story über Albertine. In Wirklichkeit schrieb ich gar nichts.

Cassandra murmelte: »Sie waren bei der Feinabstimmung irgendwelcher Vernehmungsdrogen, oder sie hatten bei der Weiterentwicklung irgendwelcher Antidepressiva oder der Elektroschocktherapie chemische Fehler gemacht, oder sie haben es im Kino gesehen und die Wirkung einfach nachgestellt. Sie haben rausgefunden, wie man es mit Elektroden hinkriegt oder wie man bestimmte Erinnerungen anregt, und dann dachten sie, man könnte damit auch gewisse Aussagen erpressen. Man könnte gewisse Ausländer foltern und Geständnisse erpressen, die dann freiwillig unterzeichnet würden, denn Erinnerungen waren ja schließlich *wahr*. Wer streitet schon seine Erinnerungen ab?«

»Woher weißt du das alles?«

Wir standen vor einem Lastenaufzug, um uns herum waren die Cops erstarrt, die Hände an den Waffen – Polizisten an vorderster Front, nervös am Lastenaufzug wartend, überall –, die Schatten im Aufzugschacht tanzten, denn der Fahrstuhl kam herunter, *um uns zu holen*. Das einzige Licht kam vom Aufzug.

»Ich kann sehen«, sagte Cassandra.

»Meinst du hellsehen?«

Es war das einzige Mal in der kurzen Zeit, die ich mit ihr verbrachte und ihr nahe genug war, ihre Verletzungen zu sehen, dass sie lächelte. Die Leute schossen sich so viel Chemie in den Körper, versuchten so sehr, in die Vergangenheit einzutauchen, dass ihre Krebszellen wuchsen und gediehen. Oder sie machten sich einfach keine Gedanken mehr darüber, ob die Spritzen sauber waren oder nicht. Und gingen nicht mehr in Krankenhäuser oder Erste-Hilfe-Stationen. Sie kamen der Welt abhanden, als wären sie so irgendeinem Ursprung näher: deine Mutter an deinem vierten Geburtstag, die lächelnd die Arme ausbreitet – *Schätzchen, du hast Geburtstag!*

Cassandra sagte: »Denk mal an Biochemie«, und hatte schon wieder die Pipette in der Hand. »Denk an Quantenmechanik. Was würde passieren, wenn du ein paar der elektrischen Ströme in deinem Hirn lenken könntest, indem du sie mit bestimmten freien Partikeln beschießt?«

Ihre Augen waren jämmerlich blutunterlaufen. Schwerer Fall von Bindehautentzündung. Und vergrößerte Pupillen.

»Und weil es um elektrische Ladungen geht, geht es auch um Energie, klar? Und um die Macht, diese Energie zu nutzen.«

Ich hielt ihre Hand, keine Ahnung, wieso. Versuchte sie vielleicht davon abzuhalten, noch mehr Scheiße in ihre

Augen zu tröpfeln. Ich gab mich keinerlei Illusionen hin: Ich war einsam. Warum war ich nicht nach Massachusetts zurückgekehrt? Warum hatte ich meine Verwandten am anderen Ende der Stadt nicht angerufen, um zu hören, wie es ihnen ging? Ich strampelte mich ab. Ich hatte einige Informationen, wusste aber nicht, wann ich mit den Nachforschungen aufhören und mit dem Schreiben anfangen sollte. Es gab immer noch Falltüren in Albertines Geschichte, noch eine Theorie, der man nachjagen konnte, noch einen Epidemiologen mit einer neuen Erklärung. Irgendeinen Straßenjunkie, der einem gegen Bezahlung was erzählte.

Ich wusste zum Beispiel, dass ein gewisser Eduardo Cortez sich als Hauptfigur des Albertine-Handels etabliert hatte, jedenfalls in Manhattan und Brooklyn, und dass er mit seinen Kompagnons gelegentlich im Militärkonvoi herumkutschierte. Jeder behauptete, den Konvoi schon gesehen zu haben. Gewisse andere Dealerbanden in den betroffenen Stadtgebieten, zum Beispiel Mnemonic X in Fort Greene oder die 911 Gang in Long Island City, waren *neutralisiert* worden, wie es so schön hieß. Das alles wusste ich und marschierte trotzdem in die Geisterfabrik in Greenpoint, als *wäre* ich jemand, nicht bloß ein kleiner Chinese von einem Softpornomagazin, im Fahrstuhl ein Mädchen neben sich, dessen Haut wie eine Reliefkarte aussah, eine Prostituierte in einer Gegend, wo es fast nur Prostituierte gab. Was hatte Fox, Bobs Dealer, mir vor seinem Verschwinden anvertraut? *Du würdest staunen, was eine Frau alles für ihren Dealer tut.*

»Seit Cortez an der Nadel hängt, hat sich alles geändert«, sagte Cassandra. Es war so ein Fahrstuhl, der ewig unterwegs war. Sie hatte meine Gedanken gelesen, bevor ich sie aussprechen konnte. Ihre Lippen waren rissig, ihre Zähne schlecht. Früher war sie mal toll gewesen, das spürte ich, oder vielleicht wollte ich es auch bloß glauben. Vielleicht war sie toll gewesen; vielleicht hatte sie studiert. Aber heute benutzten wir andere Ausdrücke der Bewunderung: *clever, hart*. Und die höchste Respektsbekundung überhaupt: *am Leben*. Cortez war Dominikaner, *am Leben*, und daher Teil der typischen verqueren Sozialstruktur, die Albertine mit sich gebracht hatte. Er kam aus dem Nichts, war in einer krisengeschüttelten Wirtschaftsphase aufgewachsen. Er war zunächst Fahrradkurier und dann Lieferfahrer gewesen, und einige seiner Partner behaupteten, sein Geschäft sei immer noch das Überbringen von Botschaften. *Wir versuchen hier nur, Geschäfte zu machen.*

Ich hatte den Schauplatz von Cortez' bescheidener Kindheit und seinen letzten Wohnsitz erst vor Kurzem besichtigt; hatte fast zehn Stunden gebraucht, um hinzukommen, was aber nichts heißen will. Es ist ein Grundfehler, räumliche Ausdehnung in Zeiteinheiten zu messen. Denn die Zeiten ändern sich. Mit der U-Bahn brauchte man zu Cortez länger als irgendwohin sonst. Wenn er seine Sub-Dealer in Brooklyn kontrollieren wollte, musste er aus dem nördlichsten Manhattan anreisen, und die meisten Linien zwischen diesen Stadtteilen waren nicht mehr in Betrieb. Deshalb war ein Militärkonvoi einfach eine kluge Investition.

Upper Manhattan. Ganz weit oben. Kinder spielten auf der Straße Stickball, mit ausgedienten Mikrofongalgen als Schläger. Die ganze Straße entlang saßen Gangster mit Handys am Ohr auf den Haustreppen. Was hatten diese Leute für Erinnerungen? Nahmen sie das Zeug überhaupt? *Tropften* sie, wie die Abhängigen es nannten? Und wie sahen Cortez' Erinnerungen aus? Mittelgewichtskämpfe im Boxstudio an der Straßenecke? Vielleicht. Ein bisschen Saufen mit den Jungs. Ein bisschen Rumhuren auf dem Straßenstrich am Upper Broadway. Verabredungen mit katholischen Mädchen aus der Nachbarschaft? Alle sagten, Cortez habe einen schweren Sprachfehler. Könnte Albertine ihm die Erinnerung an die herrlichen Tage zurückbringen, als die Kinder der Straße sich noch nicht über seine Art zu reden lustig machten? Könnte er sein früheres Ich lehren, das S besser auszusprechen? Mit Selbstbewusstsein zu reden? Einer der Informanten, die mir die Redaktion genannt hatte, erging sich in finsteren Andeutungen zum Erscheinen des Mannes, der sich den Namen Cortez zugelegt hatte. Dieser Informant flüsterte die Theorie ins Telefon – es gab nur noch wenige Festnetzverbindungen –, wonach sich die gesamte Albertine-Kultur geändert habe, als Cortez auftauchte, so wie sich die Kultur des gesamten Kontinents verändert habe, als Hernando Cortés, der ursprüngliche Cortez, der große Entdecker und Überbringer einer Schiffsladung Pockenviren, hier angekommen war. Das war natürlich eine Variation der sogenannten *Theorie diachroner Suchtmuster*, die jüngst in medizinischen Journalen aufgetaucht war.

Nach Ansicht der Mediziner gab es vor dem Erscheinen von Albertine traditionelle Formen der Erinnerung, nämlich *Identitätsstifter*. Ein Vertreter dieser Theorie war der Typ vom Brooklyn College, der für Albertine zuständige Regierungsanthropologe Dr. Ernst Wentworth. Seiner Meinung nach tragen selbst unterdrückte Erinnerungen zur *Identitätsstiftung* bei, weil man auch beim Unterdrücken von Erinnerungen lernt, sich selbst zu *ermächtigen*, indem man die missbrauchende Person identifiziert und die Auswirkungen ihrer Übergriffe versteht. Selbstermächtigung ist ein typisches Beispiel für Wentworth' Terminologie. Wiederholte unangenehme Erinnerungen an problematische Situationen sind seiner Ansicht nach der Versuch einer Identitätsfindung. Selbst die Erinnerung an einen Unglücksfall wie den Einsturz einer Brücke kann für eine Person, die in einen eisigen Fluss gefallen ist, *identitätsstiftend* sein, weil sie das erinnernde Subjekt bestärkt. Das Hier und Jetzt macht ihn wieder zu einem *Lebenden*. Die Wentworthsche Theorie der Identitätsstiftung stand im Zentrum der Erinnerungsforschung – bis Albertine kam.

Da Albertine erst nach dem großen Knall auftauchte, mussten die Theoretiker bei allen frühen Phänomenen im Zusammenhang mit der Droge auch die Explosion mit in Betracht ziehen. Macht Sinn, oder? Eines Nachts hatte ich das lebhafte Gefühl, diese Theorien plötzlich zu verstehen, und zwar nicht im Kopf, sondern im Herzen, oder was davon übrig war. Da war ich in der Sporthalle in der Armory, wo ich buchstäblich im Schrank schlief – früher mal eine Vorratskammer, und ein paar Putzsachen waren auch noch drin, Teppichreiniger, Fleckenentferner, Papierhandtücher. Man wusste nie, wann man so was mal brauchen konnte. Die Flure vor dem Vorratsschrank jedenfalls hallten wider; man hörte jedes Flüstern in den Gängen der Armory, die mal ein Munitionslager gewesen war. Man hörte Leute kommen und gehen. Keine tolle Bleibe, bedenkt man, dass ich mal in einem Atelier im East Village gelebt habe. Aber verglichen mit der großen Sporthalle, wo die Leute sich kleine Zellen aus Pappe oder Leinwand oder Gipskarton zu errichten versuchen, war der Vorratsschrank nicht übel. Die Vergabe der Wandschränke oblag einem Albertine-Junkie namens Bertrand, und nachdem ich ihm Fox und ein paar andere Dealer vermittelt hatte, wurde ich prompt mit dem Schrank belohnt. Sollten sich Motten über meine Hemden und Pullover hermachen, hatte ich jede Menge Insektengift zur Hand.

Ich versuche zu beschreiben, wie mir ein Durchbruch dialektischen Denkens gelang: Ich hörte den *Knall*. Ihr kennt ja die Geschichten von Kriegsveteranen, bei denen jedes laute Geräusch die Erinnerung ans Rattern der Maschinengewehre weckt und so? Ich überlegte mir genau das Gegenteil. Dass nämlich bestimmte Arten von Stille den großen Knall wachriefen, denn mit der Kernspaltung ist das so eine Sache, die ist irgendwie geräuschlos, nicht wahr, man denkt an Lautlosigkeit, Gewalt, die in ihrem Gegenteil enthalten ist, riesige Wirkung durch unfassbar winzige Veränderungen. Wenn ihr also zu den vier Millionen Überlebenden gehört, dann wart ihr so weit weg, dass *Detonation*, *Hitzewelle* und *Strahlung* ihr Zerstörungswerk schon vollbracht hatten, ehe die Schallwellen euch wo auch immer erreichten. Folglich kann der Klang der Explosion am besten durch *gar kein Geräusch* wieder aufgerufen werden. Die Pausen zwischen den Schritten vor meiner Schranktür, das war die strukturierte Abwesenheit dessen, was alle unsere Gedächtnisse zu unterdrücken oder zu verdrängen suchten: die Wahrheit des Knalls.

Ich bin kein Philosoph. Aber ich dachte mir, dass die Leute irgendwann anfangen würden, sich an den Knall zu erinnern. Konnte ja gar nicht anders sein, oder? Ich will nicht behaupten, dass ich der Erste war, der auf diese Idee kam; vielleicht war es auch der Regierungsspitzel. Ernst Wentworth. Ich will wohl nur sagen, dass alle Erinnerungen *beinahe* schon Erinnerungen an den Knall waren, wie die Schritte im Flur vor meiner Schranktür. Erinnerungen prasselten nieder wie schwarzer Regen. Alle Geräusche waren Beispiele für das mögliche Geräusch der Detonation, und das war die Grenze aller möglichen Geräusche und damit auch die Grenze aller möglichen Erinnerungen. Für viele Leute war der Knall eine so traumatische Erfahrung, dass sie sich nicht mal erinnern konnten, wo sie zum fraglichen Zeitpunkt waren – ich gehöre auch zu denen, falls ihr euch das schon gefragt habt. Ich weiß noch, dass ich auf dem Weg zu einer Software-Messe in New Jersey war, in der Gegend von New Brunswick. Glaube ich jedenfalls. Ich weiß aber nicht mehr, wie ich zurückgekommen bin. Als ich wieder zu mir kam, war Manhattan weg.

Dann ging es los, dass Leute auf Droge sich an den großen Knall erinnerten. Und dass Leute auf Droge an bestimmten Erinnerungen *starben*. Klingt total logisch. Gehört auch zu dieser *Theorie diachroner Suchtmuster*, von der ich vorhin erzählt habe. Als Erster wurde Conrad Dixon, früher Wissenschaftler, tot in seiner Wohnung in Flatbush, Brooklyn, gefunden, ohne erkennbare Todesursache, klar war nur, dass er kurz vorher in Crown Heights ein paar Dealer gelinkt hatte. War er an Zusätzen des Drogencocktails gestorben? Wäre keine schlechte Erklärung, wenn er als Einziger so zu Tode gekommen wäre, aber auf einmal starben jede Menge Leute auf diese Weise, und ich jedenfalls war der Überzeugung, dass sie sich *an den Knall erinnerten*. In jedem üblichen Erinnerungsrausch auf Albertine gab es schlechte Momente, aber das hier war der schlimmste von allen, ein Gefühl für die Zahl der ausgelöschten Menschenleben, für die Motive der Männer oder Frauen, die es geschafft hatten, eine verdammte Bombe in die Stadt zu schmuggeln und sich dann per Fahrradkurier und so weiter und so fort. Als Conrad Dixon und andere wie er es zum ersten Mal taten, war alles noch ganz unschuldig. In den ersten Spitzenzeiten der Drogenepidemie nahmen alle Albertine allein, weil man Erinnerungen am besten allein durchlebt. Und die Berichte darüber waren, nun ja, ziemlich öde: *Das muss ich dir erzählen, wie ich in Los Angeles dieses Starlet Soundso am Nebentisch gesehen habe oder wie ich mir beim Wildwasserrudern den Arm gebrochen habe.* Oder was es sonst für jämmerliche

Erinnerungen gibt. Alles das Gleiche, die tränenfeuchten Augen deiner Tochter, als sie laufen lernte und hinfiel und sich den Kopf stieß, ist mir scheißegal, ich weiß nämlich, was mit Conrad Dixon passiert ist, er hat sich eine Nadel in den Arm gestochen, und dann war er wieder in Midtown und schaute auf den südlichen Teil der Insel, wo er seine Jugend verbracht hatte. Sicher, es war schon ein Glück, dass er an diesem Tag die Programmierer-Prüfung oben in der Columbia ablegen musste, weil er dadurch, anstatt ein schwacher Schatten auf einer Häuserwand am Union Square zu werden, die ganze Gegend, in der er gelebt und gearbeitet hatte, in *vollkommenem Licht* aufgehen sah, weil er die Übelkeit in sich aufsteigen spürte, weil er die ausgestreckten Arme der Wolke sah und alles Wissen in ihm beiseitegewischt wurde, weil er ein Faktenvakuum, ein Erinnerungsvakuum wurde, immer wieder sah er das Licht, spürte die Verbrennung und lernte etwas über Strahlung, über die Oberfläche der Sterne, was er bis dahin nicht gewusst hatte. Er war krank, er wusste, dass er die ersten paar Tage immer wieder würde durchleben müssen, als alle Menschen entsetzlich litten und ihr Innenleben sich verflüssigte. Ich muss euch das alles nicht noch mal zumuten – das Entscheidende ist, dass Albertine ihm den Knall *zurückbrachte*, während Conrad Dixon gehofft hatte, ihn nie wieder erleiden zu müssen. Er war in dieser Erinnerungsschleife derart gefangen, dass er nur sterben konnte, denn so endete der Knall – ob im realen Raum oder auf der Ebene der Erinnerung, ob in Vergangenheit, Gegenwart oder Zukunft, ob in der Phantasie oder in Wirklichkeit – der große Knall brachte den Tod.

Was hat das alles mit Eduardo Cortez zu tun? Nun, Cortez griff genau in dem Augenblick nach der Macht des Albertine-Kartells, als die Zahl der Todesfälle wegen einer Überdosis oder einer Wechselwirkung mit anderen Drogen ihren höchsten Stand erreichte. Ich verweise wieder auf die *Theorie diachroner Suchtmuster*. Versteht ihr? Die große Frage ist nur, wie konnte Cortez durch sein bloßes Erscheinen die Verwendung der Droge verändern? Die chemische Zusammensetzung – wenn man Albertine überhaupt als Chemikalie beschreiben konnte – hatte sich jedenfalls in den ganzen zwölf Monaten kaum verändert, in denen sich der Stoff epidemisch auf den Straßen ausbreitete. Lassen sich die unterschiedlichen Suchtmuster anderen Faktoren zuschreiben? Warum trug anscheinend Cortez die Schuld daran, dass der Knall in jedermanns Erinnerungen drang?

Meine Aufzeichnungen für die Zeitschrift sind alle von Unglauben, von Ungewissheit geprägt. Aber ich hielt Cassandra an der Hand, die Hure in Lumpen, das weibliche Skelett, während sie die Pipette ansetzte, und das sah nach einer hoffnungsvollen Geste aus. Als könnte alles noch gut enden. Ich hörte sie seufzen. Der Fahrstuhlkäfig kroch auf dem Weg nach oben an einem roten Notlicht vorbei. Nutten sind immer wegen ganz unerotischer Dinge erotisch. Zeit zum Beispiel. Das Anderswo der Zeit malte sich überall auf ihrem Leib, als ob sie auf Erinnerungen aus der Zeit vor der Prostitution stieße, und das wirkte irgendwie sehr anziehend. Ich hielt ihre Hand. Ich war desorientiert. Ich schaute auf die Uhr. Also, ich sah nach, welchen Tag wir hatten. Nach Aussage meiner unechten Rolex – die den elektromagnetischen Impuls auf wundersame Weise überlebt hatte – war ich vor zwei Wochen auf die Albertine-Story angesetzt worden, aber ich hätte schwören können, dass ich erst vor zwei Tagen im Büro dieses Softpornomagazins herumgehangen hatte, mit den schusssicheren Scheiben und dem Roboter an der Rezeption. Und wann war ich zuletzt zum Schlafen in meiner Vorratskammer gewesen? Wann hatte ich zuletzt gegessen? War das nicht erst vergangene Nacht gewesen, als ich die Schritte im Korridor hörte und mir die Offenbarung über die Stille des Knalls dämmerte? Ich hielt Cassandras Hand, weil sie eine lose Verbindung zu Fakten über Albertine bedeutete und mir als letzte Chance erschien, die Story doch noch zu *meistern*, anstatt von ihr verschlungen zu werden.

Hier also kommt mein Knaller: Ich sah tatsächlich das, was sie sah.

Cassandra sagte: »Sieh dir das an.«

Jetzt passt gut auf. Ich sah eine Nahaufnahme, und zwar *in meinem Kopf*, wie aus einem Internetvideo – der Arm eines Typs, eines Mannes, voller Narben, so haarig, dass es fast wie ein Pelz aussah, dann eine Hand, die einen Gürtel um den Bizeps festzog, die Nadel hineinstach, auf die Spritze drückte, ich hörte das Grunzen des ersten unangenehmen Moments. Dann die Stimme des Typs – schwerer Akzent, vielleicht dominikanisch –, die eine Drohung ausstieß: »Ich geh runter in die Lower East Side, und dann knall ich den Wichser ab, ihr werdet schon sehn.« Ganz deutlicher Sprachfehler. Problem mit den Zischlauten, klar? Dann sah dieser Typ rüber zu Cassandra – sie war auch im Bild, nicht im Fahrstuhl, in dem wir theoretisch standen, sondern bei Eduardo Cortez. Sie war seine Gespielin. Er nahm ihre Hand, unsere Hände vereinten sich im Kreis, dann waren Cassandra und ich auf der Straße, und ich sah Cortez im Tompkins Square Park, den es natürlich nicht mehr gibt, er suchte ganz offensichtlich nach einem bestimmten Weißen, und da kam er auch schon durch die Menge, sah einigermaßen gebildet aus, ihr wisst, was ich meine, so ein Kunst-Boheme-Typ aus dem East Village. Diesen Mann, der ein bisschen nach Grunge aussah, schwarze Jeans und T-Shirt, hatte Cortez gesucht, und jetzt hatte er ihn gefunden.

Mit Cassandras Erinnerungsbann kamen Lichter, geisterhaftes Leuchten, Aureolen. Vergleichbar einem Migräneanfall: Die Dinge waren von Lichtkränzen umgeben, aus den Straßenlampen schossen Protuberanzen. Wir drängten uns durch die Armee der Obdachlosen auf dem Tompkins Square, ich hörte meinen panischen Atem. Ich war in einem Park, der nicht mehr existierte, und sah Cortez, und diesen Typ, diesen Weißen – er sah asymmetrisch aus, die Gesichtshälften waren verschoben, die rechte wirkte friedlich und schwermütig, die linke zeigte den Anflug eines Grinsens. Vielleicht hatte er auch Narben, eine gezackte Schnittwunde vom Mundwinkel zum Ohr, und ich glaube, Cassandra sagte: »Wollen wir das nicht lassen, Eduardo? Bitte! Eduardo? Das Problem können wir doch auch anders lösen.« Aber im gleichen Augenblick sagte sie zu mir, irgendwie außerhalb dieser Erinnerung: »Du begreifst, was du hier siehst, oder?«

Ich sagte: »Er wird den –«

»– Typ umlegen.«

»Und der Typ ist?«

»Junkie Nummer Eins.«

»Wer?«

»Der Erste, der die Droge genommen hat«, sagte sie. »Der Allererste.«

»Und warum ist er so wichtig?«

Cassandra antwortete: »Der Kontrolle wegen. Du verstehst es nicht, oder?«

»Erklär es mir«, sagte ich.

»Junkie Nummer Eins wird *in einer Erinnerung* umgebracht.«

Eine Springflut überschwemmte mich. Vielleicht eine echte Wahrnehmung, vielleicht bloß der unspezifische Sinneseindruck des Mitkonsumenten. Ich wollte mir die Ungeheuerlichkeit dessen klarmachen, was Cassandra mir erzählte, doch ich verstand die Implikationen nicht, wusste nicht, warum sie mir das erzählte, denn reden hieß sterben, so weit ich das überblicken konnte, schließlich war Fox tot, Bob auch, die Jungs von Mnemonic X waren komplett ausgelöscht, wahrscheinlich an die fünfzig Mann, alle verschwunden, alle am selben Tag zur selben Zeit, ein paar Reporter meiner alten Zeitung waren auch tot. Der Geschichte von Albertine nachzujagen hieß, die Zeit selbst zu jagen, und die wusste ihre Geheimnisse zu wahren.

»Wie soll das gehen? Das ist unmöglich! Wie kann man jemanden in einer Erinnerung umbringen? Das ergibt doch keinen Sinn.«

»Stimmt. Aber passiert ist es trotzdem. Und es kann wieder passieren.«

»Aber eine Erinnerung ist doch kein *Ort*. Das ist doch kein Film, der irgendwo läuft, wo man auf die Leinwand springen und die Handlung verändern kann.«

»Woher willst du das wissen? Schau einfach zu, dann wirst du ja sehen.«

Ich musste dabei an die *diachrone Theorie* denken. Das Sucht- und Verbreitungsmuster von Albertine war genau in dem Augenblick am bedrohlichsten, vermutete ich, als Junkie Nummer Eins ermordet wurde, und dass es Mord war, würde ich wohl gleich zu sehen kriegen – der erste und hoffentlich einzige Mord, dessen ich je Zeuge werden sollte, denn auch wenn Junkie Nummer Eins komisch grinste, auch wenn er unbeliebt oder Zielscheibe des Spotts, auch wenn er bloß ein Drogenabhängiger war, so war sein Erinnerungsvermögen doch *gewaltig*. Als erster richtiger Albertine-Abhängiger, so erfuhr ich später, hatte er Unmengen von Erinnerungen abgespeichert, zum Beispiel *das Licht im West Village, das im Juli bei Sonnenuntergang in den Straßen mit ungeraden Nummern zwi-*

schen 11th *und 29*th *zur vollkommensten Wirkung kommt.* Das stimmte. Junkie Nummer Eins hatte es herausgefunden. Wenn man im Sommer in der Dämmerung an bestimmten Straßenecken stand und nach Westen schaute, sah man, dass manche New Yorker Sonnenuntergänge die großen Landschaftsmaler hätten inspirieren können. Und was war mit dem perfekten Bagel? Junkie Nummer Eins hatte die meisten frischen Bagel in New York probiert und Aufzeichnungen darüber geführt, wo man die besten Bagels bekam, nämlich in einem Laden an der Ecke University und 13th Street. Sie waren groß, weich und warm. Junkie Nummer Eins schrieb seitenweise über die Geschmackseindrücke dieses Bagels.

So traurig es ist, ich kann hier weiter nichts über das Leben von Junkie Nummer Eins berichten, sondern muss beschreiben, nach welchem Muster sein Gehirn sich verteilte. Es war genau das Muster, nach dem sich auch das radioaktive Material in downtown Manhattan verbreitet hatte. Cortez hielt dem ersten Albertine-Junkie den Revolver an die Stirn, und dessen völlig verständnisloser und ungläubiger Gesichtsausdruck zerriss einem das Herz, denn er hatte keinen Schimmer, was seine Ermordung bedeuten sollte. Dann drückte Cortez den Abzug, und Junkie Nummer Eins fiel um, als hätte er nie Leben in sich gehabt. *Verficktes Junkieschwein*, sagte Cortez. Steckten die barocken Erinnerungsmengen des Toten im Gewebe, das auf den Hundepfad spritzte? War das eine Erinnerung, die da auf dem Retriever landete und ihm das Fell verklebte, ein elektrischer Impuls, ein wenig Energie, die in einem Stadtpark in einer Blutlache erstarb? Ich sah es, weil Cortez es sah, weil der die Erinnerung an Cassandra weitergab und die wieder an mich: *Corpus callosum* und Basalganglien auf Hunden, Rasen, schreienden Frauen, die Obdachlosenarmee rückte näher, starrte stumm, wie Junkie Nummer Eins – nur in der Erinnerung eines Drogenhändlers erschossen – sich mit offenem Mund krümmte. Seine Erinnerungen mit ihm getötet.

Es war so. Auch wenn eine Erinnerung bloß eine Erinnerung ist, war ihre Wirkung doch real. Als würde das alles gerade geschehen. Ich weiß, das klingt so banal wie »Neun Zehntel des Universums sind unsichtbar«. Aber habt noch etwas Geduld. Nach Cassandras Schilderung bestand Cortez' Leistung darin, durch Informanten herausgefunden zu haben, dass Junkie Nummer Eins mal ein *wirklicher Mensch* gewesen war, mit *wirklicher Vergangenheit* (hatte an der New York University studiert, hieß Paley, wollte Filme machen), worauf er sich ein Foto von ihm besorgte, aus einem Nachruf, der nach seinem Tod erschienen war.

Es muss sehr verlockend gewesen sein, eine Erinnerung an Junkie Nummer Eins zu fälschen. *Ach ja, klar, den habe ich mal am Christopher Street Pier gesehen.* Oder: *Ich habe ihn auf dem Weg nach Hunts Point gesehen, als ich meine Großmutter besuchen wollte.* Vielleicht hat Cortez das auch versucht, als er sich in einem leeren Zimmer in East Harlem Albertine spritzte und vergeblich versuchte, einer *eingebildeten Erinnerung* an Junkie Nummer Eins eine Kugel durch den Kopf zu jagen. Aber so ging es nicht: Cortez musste jedes Gesicht in jeder Menschenmenge durchgehen, alle Menschenmengen, an die er sich erinnern konnte, jedes Gesicht, an dem er je auf dem Broadway vorbeigelaufen war, jeden leblos ausgestreckten Körper in der Bowery, jede Gestalt auf den Rängen des Yankee-Stadions. Er spritzte immer mehr, gab fast sein ganzes Geld, das er als Fahrradkurier verdiente, für diese Jagd aus, und eines Tages war er so weit.

Er tötete gerade Kakerlaken in seiner Wohnung, als er Bescheid wusste. Er bog eine Bodendiele hoch, um nach

Schaben zu suchen, und auf einmal wusste er es. So sicher, wie er die Straßen seiner Stadt kannte. Eines Tages war er an Junkie Nummer Eins vorbeigelaufen, mit sechzehn, am Tompkins Square. Weit weg von seinem Viertel. Auf dem Weg zu einem Handballspiel. Er war an *ihm* vorbeigelaufen, das wusste er. An niemand anderem als ihm, Junkie Nummer Eins. *Der Typ sah aus wie ne Schwuchtel*, so erzählte Cortez es später Cassandra. Für ihn sahen alle Weißen wie Schwuchteln aus, und er hätte den *verfickten Wichser* genauso umgebracht, bloß weil er wie eine Schwuchtel aussah, obwohl es jede Menge anderer Gründe gab. Der wichtigste war dieser: Wenn er einen Weg fände, Junkie Nummer Eins *in seiner Erinnerung* umzubringen, dann würde sich eine ganze Reihe von Dingen *nicht ereignen*, zum Beispiel dass Junkie Nummer Eins sich mit gewissen Schwarzen in seinem Viertel zusammentat, die bis dahin Heroin vertickt hatten, und ihnen die korrekte chemische Formel für Albertine verriet, die Zusammensetzung der benötigten Rohstoffe, die Apparaturen zur Herstellung. Wenn Cortez ihn umlegte, würde diese Zukunft nicht die *wahre* Zukunft werden. Wenn Cortez ihn umlegte, würde er das Kartell kontrollieren.

Es würde noch mehr Zeit und Geld kosten, noch mehr Stoff, ganze sechs Monate lang, diese Phase seines Lebens durchzugehen, erzählte er Cassandra, zum Beispiel diesen Scheiß mit seinem Nachbarn. Immer wieder musste Eduardo sich mit diesem *versoffenen Scheißnachbarn* abgeben; er wolle nicht mal seinen Namen in den Mund nehmen, sagte er Cassandra, und wehrte sich gegen die Erinnerung daran, wie dieser Kerl, angeblich Eduardos Onkel, sich in einem verfallenen Haus vor dem kleinen Eduardo entblößt hatte, sein schlaffer unbeschnittener Penis, der Wichser kriegte nicht mal mehr einen hoch, *sah aus wie ein Hühnerhals*, und der Onkel verkündete trunken, er sei *der einsamste Mann aller Zeiten*, gehöre nicht hierher, in dieses Land, könne aber auch nicht zurück auf seine Heimatinsel, es gebe doch keinen Grund für einen Mann, so einsam zu sein, keinen Grund für diesen Überfluss an Einsamkeit, jeden Tag und überall, und könnte Eduardo ihm nicht wenigstens für diesen einen Tag ein wenig *Wohlgefühl* schenken, ihn einmal wie einen Liebenden behandeln, weil er doch so einsam war, weil nichts den Schmerz in seinem Herzen stillen konnte, er würde auch nie wieder darum bitten, das schwor er, und dann nahm er Eduardo, der nur ein kleiner *compadre* war, ein Winzling, der nicht mal einen Baseballschläger aus Aluminium und erst recht keine Hand gegen den angeblichen Onkel heben konnte, machte ihn zu seiner Göttin – *du bist meine Priesterin, meine Göttin* –, und nun schwor sich Eduardo, dass er nie wieder vor einem Mann so leiden werde, wie er bei dem Onkel leiden musste.

Die Spritze, die Pipette, die konzentrischen Kreise der Vergangenheit. Wieder und wieder versuchte der Onkel, ihn zu verführen. Er war bereit, das durchzustehen, tausend Mal, wenn es sein musste, bis er die Waffe am Körper hatte, im Hüftbund seines Trainingsanzugs, und fertig war. Er war sechzehn, hatte frische Tätowierungen, war am Morgen zur Messe gegangen, er hatte einen Revolver und ging Handball spielen, und dann sah er diese weiße Schwuchtel auf dem Hundepfad und *ging einfach auf ihn zu, als ob wir uns gar nicht kennen.* Doch in Wahrheit kannte Eduardo Cortez ihn in- und auswendig, Eduardo wollte etwas aus sich und seinem Leben machen, das bis dahin so daneben gewesen war, in dem er es bloß bis zum Fahrradkurier gebracht hatte, und die Kleingangster des Viertels würden alle für ihn arbeiten, und bei der kleinsten falschen Bewegung würde er sie von der nächsten Scheißbrücke werfen, *irgend ne Brücke, die noch steht*, und wenn sie die kleinen Mädchen des Viertels antatschten, war das ein ganz besonderes Vergehen, für das er sie einen hohen Preis zahlen lassen würde, einen tödlichen Preis, aber höchste Priorität hatte der langfristige Geschäftsplan, nämlich dass Eduardo Cortez Profit aus Erinnerungen schlagen würde, obwohl er selbst nur schlechte hatte. So würde es laufen, und das alles sah ich mit Cassandra, dass Cortez es nämlich mit nackter, brutaler Gewalt geschafft hatte, eine Erinnerung zu ermorden, zu zerfetzen, als sei sie ein Nichts.

Im einen Augenblick lief Junkie Nummer Eins noch durchs East Village, Jahre vor seiner Abhängigkeit, Jahre bevor es Albertine überhaupt gab, und überlegte, woher wohl die Finanzierung für sein digitales Videoprojekt kommen könnte, und im nächsten Moment *verschwand er*, direkt vor den Nasen mehrerer Hundebesitzer. So hat es sich in den Augen derer zugetragen, die nichts von Erinnerungsübertragung wissen. Ein erstklassiges Beispiel für Täuschung der Öffentlichkeit, was man – wie ich es getan habe – in den Online-Polizeiberichten nachlesen kann.

Die Zeugen behaupten, das Opfer, zunächst als durchschnittlicher männlicher Weißer beschrieben, später als Irving Paley identifiziert, wohnhaft 433 East 9th Street, sei zusammen mit einem jugendlichen Latino am Tatort und dann ganz plötzlich nicht mehr da gewesen. »Als ob er einfach verschwunden wäre«, erklärte ein Zeuge. Die anderen bestätigten das. Es wurde keine Leiche gefunden. Auch die Wohnung war vollkommen ausgeräumt, womöglich vom Täter.

Gut, dass die Polizeiberichte auf einem Server in Queens gespeichert sind, da die Zentrale, Police Plaza Nummer Eins, bloß noch Staub ist.

Die Typen im Hüttenwerk trugen alle Uniform. Und zwar die Uniform von Fahrradkurieren, als ob die der Dreh- und Angelpunkt der Geschichte wären. Der Fahrradkurier als Bedeutungsträger. Dies waren die Höflinge im Reich des Eduardo Cortez, und den niedrigsten Rang bekleideten die Streifenpolizisten, die das Gebäude in geschlossener Formation umstellten und der Kommandozentrale jeden meldeten, der sich näherte. Darüber standen die Heerführer des Reiches, die Jungs in den Fahrradkurier-Outfits und mit Fahrradhelmen. Alle komplett in elastisches Lycra gekleidet wie in ein Supermankostüm. Als die Fahrstuhltür aufging, war klar, dass wir durch pures Denken ins Allerheiligste des Cortezschen Reiches vorgedrungen waren. Und dieses Allerheiligste war unerklärlich, komisch und tödlich. Es war natürlich möglich, dass ich nun schon seit zwei Wochen recherchierte und dafür weder Nahrung noch Schlaf benötigte. Vielleicht hatte ich einfach tolle Arbeit geleistet, und weil ich ein anständiger Kerl war, der cool und kein bisschen bedrohlich wirkte, ließ man mich an Orte vordringen, die der typische Albertine-Abhängige normalerweise nicht zu sehen kriegt. Aber das war nicht sehr wahrscheinlich. Offenbar war hier eine der legendären *Fünf Residenzen*, zwischen denen Cortez hin und her pendelte wie ein Koka-Boss aus Kolumbien.

»Eddie«, rief Cassandra ins schwache Licht der Fabrikhalle hinein, »ich habe ihn hergebracht, wie du verlangt hast.«

Eddie? Der Raum war mit riesigen Maschinen ausgestattet, mit Hängevorrichtungen, Rammen, stampfenden Zylindern, surrenden Rädern, wie eine fabulöse, von Rube Goldberg gezeichnete Zukunft, und es gab kein Zentrum, keinen Thron, kein schwarzes Sofa, über das eine Decke mit Leopardenmuster gebreitet war, und keiner der Fahrradkuriere sah aus wie der Eduardo Cortez aus meiner Erinnerung, der Cortez vom Tompkins Square Park auf dem Weg zum Handball. Vielleicht hatte er sein Gesicht von einem hoch verschuldeten Schönheitschirurgen mit Drogenproblem verändern lassen. Und tatsächlich, als ich den Blick über die Gesichter der vielen Kuriere schweifen ließ, schienen sie mir alle ähnlich, alle europäischer Herkunft, alle etwas verlebt, braunes Haar kurz vorm Ergrauen, alle mit blauen Augen und leichtem Bauchansatz. Waren das Roboter? Oder Straßenschläger aus den üblen Vierteln? Wie sich herausstellte, war dies Eddie Cortez' chirurgisch veränderte Armee von Fußsoldaten, die es ihm ermöglichte, an so vielen Orten, in allen fünf Residenzen gleichzeitig zu sein. Eddie war jetzt nicht mehr bloß eine Person, sondern ein Wirtschaftsfaktor.

Auf Cassandras Worte hin kamen einige Fahrradkuriere in der Mitte des Raumes zusammen. Vielleicht waren das alles modifizierte Serviceroboter, die Eddie tagsüber beruflich einsetzen und nachts ficken konnte. Einer von ihnen fragte schließlich mit ausdrucksloser Miene: »Gute Schreibe?«

Cassandra wandte sich an mich. »Sie wollen wissen, ob du schreiben kannst.«

»Äh, klar«, sagte ich in den Raum hinein. »Klar. Denke schon. Ähm, soll ich was für euch schreiben? Woran hättet ihr denn gedacht?«

Weitere Gestalten kamen in die Mitte. Es war egal, wie lange unsere Besprechung dauerte, wahrscheinlich weil Zeit in Cortez' Reich keine Rolle mehr spielte. Alle Gegenwart wurde in die Flutwelle der Vergangenheit gerissen. Da außerdem auch er jederzeit wie Junkie Nummer Eins verschwinden konnte, wenn ein anderer seine Technik der Vergangenheitsmanipulation meisterte, hatte Eddie mit Bedacht dafür gesorgt, dass es nur noch eine langweilige Gegenwart gab, in der alle gleich aussahen und nichts Besonderes passierte. In seinen Residenzen herrschte ein schläfriges, unveränderliches *Jetzt*. Er nahm sich Zeit. Er änderte immer wieder sein Äußeres und das seiner Gefolgschaft. So konnte er Erinnerungen kontrollieren. Er verbrachte seine Tage offenbar mit dem Tönen seiner Haare, dem Ankleben falscher Bärte, dem Einsetzen farbiger Kontaktlinsen, mit dem Besorgen von Hilfsmitteln zur Verkleidung, Täuschung, Entstellung.

Einer der Kuriere sprach mich direkt aufs Schreiben über Albertine an.

»Ist ja komisch, dass ihr, äh, danach fragt«, sagte ich. »Weil ich ja den Auftrag habe, die Geschichte der Droge zu schreiben, und so bin ich überhaupt mit Cassandra in Kontakt gekommen …«

Alle sahen sie an. Leichte Anzeichen von Verwirrung.

Habe ich sie gut genug beschrieben? Im Dämmerlicht war sie eine *Göttin*, auch wenn ich vermute, dass Süchtige bei schwacher Beleuchtung immer göttlich aussehen. Im Notlicht von Eddies Zentrale war Cassandra die schicksalhafte Seherin, wie ihr Name versprach. Sie flüsterte Silben in kompliziertem Versmaß. Sie war der Inbegriff aller Möglichkeiten. Ich wusste, mein *Begehren* hatte sehr lange geschlummert. Im Grunde begehrte ich nur das Begehren, aber auch das war jetzt hinderlich. Zukunftsvorstellungen mit Cassandra regten sich in mir, ich wollte sie nicht mehr aus den Augen lassen. Auf meiner Suche nach Albertine hatte ich den Fehler begangen, Frauen als Ideen zu betrachten. Erst in diesem Augenblick machte ich mir Gedanken darüber, dass auch sie asiatischer Herkunft war. Aus China; oder vielleicht stammten ihre Eltern oder Großeltern aus Hongkong oder Taiwan. Denn jetzt strich sie ihr schwarzbraunes Haar zurück, und ich sah ihr Gesicht. Ihre Miene war irgendwie traurig.

Alle lachten. Die Fahrradkuriere. Ich war das Objekt ihres Vergnügens.

»Cassandra«, sagten sie. »Der ist gut. Was ist das denn, so ein chinesischer Name?«

»Gut gemacht, Mädchen. Bist eine erstklassige Nutte, Albertine, und du hast dir eine Belohnung verdient.«

Eine Fernsehstimme. Als hätte Eddie einen Nachrichtensprecher angeheuert, der für ihn die Ansagen machte.

»Moment«, sagte ich. »Sie heißt doch …«

Und dann begriff ich. Sie hatten sie nach ihr benannt.

»Ihr habt die Droge nach ihr benannt?«

»Nicht unbedingt«, sagte die Sprecherstimme. »Vielleicht haben wir *sie* auch nach der Droge benannt. Wir kennen die Abfolge nicht mehr genau. Die Sache ist die: Es gibt beide Erinnerungen.«

»Für mich sieht sie gar nicht nach Albertine aus.«

»Du hast doch keinen Schimmer, Schmierfink«, sagte der Sprecher, und plötzlich hörte ich Eddies Diktion in seiner Stimme. Schmierfink. Schimpfwort für Journalisten.

Cassandra wurde von Kurieren umstellt und auf eine Plattform inmitten der bizarren Maschinen gehoben. Die Lumpen wurden ihr von Roboterarmen ausgezogen, und sie wurde wie ein Menschenopfer drapiert, was sie auch war, vermutete ich, ein Knie wurde angewinkelt wie bei einer klassischen Skulptur, ein Arm über den Kopf gestreckt. Am heftigsten erschüttert einen die Frau, die geopfert werden soll; aber das klingt jetzt eher nach Eddie als nach einem Liebenden.

»Wen hättest du gern?«, rief einer der Kuriere.

»Den Sklavenhalter, bitte«, antwortete Cassandra.

»Gute Wahl. Vier Pferdestärken, fünfzehn Volt, dreihundertfünfzig Umdrehungen pro Minute.«

Ich hielt mir die Ohren zu, und außer einem Stahlrohr, das ihr die Sprunggelenke über den Kopf heben sollte, sah ich nichts mehr – aus dem einfachen Grund, dass ich nichts davon in Erinnerung behalten wollte.

Für mich hatten die Fahrradkuriere des Cortez-Kartells etwas anderes vorgesehen. Ich wurde durch einen Gang zur Drückerhöhle geführt. Jetzt sollte ich endlich den Stoff kosten.

Der Typ, der mir die Arme festhielt, sagte: »Es hilft nichts, alle hier Beschäftigten müssen ihren Erinnerungshintergrund überprüfen lassen …«

Ungefähr eine Woche zuvor hatte ich die Abhandlung eines Spezialisten über medizinische Anwendungsmöglichkeiten von Albertine gelesen. Solche Typen gibt es immer, stimmt's? Solche Schönredner und Apologeten. Er lebte auf der Upper West Side und schlug vor, man solle vor Einnahme der Droge sorgfältig seine Umgebung erkunden und negative Energien eliminieren. *Umgebung* und *Einstellung* waren bei Albertine ebenso wichtig wie bei halluzinogenen Drogen:

Wenn die Theorien C. G. Jungs und seiner Anhänger irgendeinen wissenschaftlichen Wert haben, dann muss der Konsum der »Albertine« genannten Droge Anlass zu großer Sorge geben. Grund dafür ist schlicht Jungs Konzept des kollektiven Unbewussten.

Warum bemühen wir diese Theorie? Wir glauben, dass die Gedächtnistätigkeit, welche zurecht als exklusives Wirkungsfeld des Albertine-Effektes angesehen wird, unter bestimmten außergewöhnlichen Umständen gelegentlich mit den Funktionen anderer Gehirnregionen kollidiert. Wie Jung annahm, speichern wir eine Reihe von Simulakren, die zur menschlichen Grunderfahrung gehören. Dieser Bilderspeicher, so heißt es, enthält archetypische Symbole, die über kulturelle und nationale Grenzen hinweg gelten. Was sind das für Bil-

der? Einige von ihnen sind gut und nützlich, wie zum Beispiel alle Darstellungen des Göttlichen: Christus als Lamm Gottes, Buddha unterm Bodhibaum, Shiva der Vielarmige. Jedes dieser Bilder bietet Gelegenheit zu fruchtbarer Meditation. Doch auch die Bilder des Dämonischen sind kollektiver Natur, wie zum Beispiel die Darstellungen von Hexen. Die Schrecken der Hölle haben eine lange kollektive Bildgeschichte. Und heute hat es den Anschein, als wären gewisse moderne Phantasmen – der CIA-Agent, der grenzüberschreitende Terrorist – sowohl »real« als auch im kollektiven Bewusstsein vorhanden.

Daher schlagen wir vor, dass Gelegenheitskonsumenten der Droge Albertine bei ihren Ausflügen ins Reich der Erinnerung bestimmte Regeln beachten. Es ist wichtig, über die Personen und ihre Lebensumstände, mit denen man zum Zeitpunkt der Einnahme zusammen ist, Bescheid zu wissen. Mit anderen Worten: Vertrauenswürdige Begleiter sind Voraussetzung längerer Albertine-Erfahrungen.

Ich möchte hier fünf einfache Schritte vorstellen, die eine lohnende Erfahrung mit den eigenen Erinnerungen gewährleisten: 1. Suchen Sie sich einen bequemen Ort. 2. Bringen Sie einen Freund/eine Freundin oder Partner mit. 3. Nehmen Sie die Droge nach gutem Essen oder erfreulichen sexuellen Erlebnissen, sodass Sie ihre Zeit nicht damit verschwenden, solche Erlebnisse wiedererstehen zu lassen. 4. Halten Sie ein Fotoalbum bereit, falls Sie ihr Gedächtnis auf harmlosere Bahnen zurückführen wollen. 5. Vermeiden sie Horrorfilme, Heavy Metal oder andere Darbietungen mit okkulter Bildsprache.

Die Ratschläge des freundlichen Doktors klangen mir in den Ohren. Was meiner Stadt auch zustoßen mochte, wie viele Aufstiege und Abstürze sie auch durchlaufen musste – die Boomzeit, dann die Gesellschaft zur Stützung der städtischen Finanzen und so weiter –, Drückerhöhlen gab es überall, in der Heißen Zone und anderswo. Die freiliegenden Träger, der bröckelnde Putz, das Fehlen von Strom und Heizung, zerborstene Fenster, Körper auf Matratzen. Wenn es so wichtig war, die Leute zu kennen, in deren Gesellschaft ich die Droge nahm, ihnen zu vertrauen, dann steckte ich tief in der Scheiße. Wer würde an einem solchen Ort voller ungewaschener Gestalten, menschlicher Ausscheidungen und lebloser Körper keinen Schiss kriegen?

Im Schatten saß ein Mann auf einem Hocker an einem Klapptisch aus Metall. Man winkte mich heran, als der Süchtige vor mir, ein alter Hippie, zusammensackte. Erinnerte sich wahrscheinlich an den tiefsten Schlaf, den er je genossen hatte.

Hinter mir sorgten die Bediensteten des Cortez-Syndikats dafür, dass ich forsch an den Tisch trat.

»Gib mir deine Hand«, murmelte der Albertine-Lieferant schicksalsschwer.

Ich sah mir meine Hand an. Wie sie auf diesem billigen Tisch lag, der zweifellos schon Hunderte knallharte Pokerpartien erlebt hatte.

»Nichts dagegen, wenn wir in der Nähe bleiben?«, sagte einer der Schläger. Er hielt mich im Würgegriff. Ein anderer hielt meine Hand. Milde ausgedrückt. Sie hätten sich keine Sorgen machen müssen, dass ich abhaue, ich bin schließlich Journalist. Aber das war auch gar nicht ihr Beweggrund, dämmerte mir. Sie hofften, mit auf die Reise gehen zu können, wollten alles Nötige über ihren neuen Mitstreiter herausfinden, wenn ich denn einer werden sollte. Der Historiograf ihres Reiches.

»Ihr glaubt doch nicht ernsthaft, dass ihr sehen könnt,

was ich sehe?«, fragte ich. »Das kann nach allen Gesetzen der Physik nicht funktionieren.«

Die Nadel drang zwischen die Sehnen auf meinem rechten Handrücken. Blut strömte in die Spritze. Ein Tropfen perlte über mein Handgelenk.

»Erstes Mal, Alter?«, fragte jemand.

»Klar«, sagte ich.

»Läuft besser, wenn du an das denkst, was du wissen willst. Und Läuten. Du musst an Glocken denken, Kirchenglocken, wenn die zu klingen anfangen, schwingen sich auch die Bilder ein. Wenn du nämlich an Sachen denkst, die du nicht wissen willst, dann macht es *Peng* –«

Wie gesagt, als ich endlich meine Albertine-Dosis bekam, wollte ich als Erstes wissen, wie es mit meinem Auftrag laufen würde. Ich meine, wenn man schon in die Zukunft sehen konnte – was sich nach Schwachsinn anhörte, aber wenn es wirklich ging –, dann wollte ich wissen, was aus meiner Story würde. Ich schätze, da sieht man, dass ich ein echter Schreiber bin, denn der kümmert sich nicht um sein eigenes Wohl, sondern nur darum, dass die Story fertig werden muss. Und ich wollte sie fertig kriegen; ich wollte sie in der Zeitschrift unterbringen. Ich wollte mehr sein als bloß einer von denen, die den großen Knall überlebt haben. Das also war die »Erinnerung«, die ich auf Albertine durchleben wollte. Aber der Trip begann völlig anders. Eben hörte ich den Typ neben mir noch übers *Glockenläuten* reden, im nächsten Moment gab es schon eine Welt neben der, in der ich lebte, eine Welt dahinter, vielleicht sogar eine ganze Reihe von Welten, hintereinander aufgereiht, wo entscheidende Erzählstränge sich entfalteten. Der Splitter am Kantholz neben dem Tisch schien eine weltberühmte Vergangenheit zu besitzen, in der riesige Libellen zwischen den Ästen eines uralten Mammutbaumes schwirrten. Vielleicht war es das, was Albertine zuallererst versprach: dass alle Dinge Bedeutung bekamen. Plötzlich wurden Ereignisse unterscheidbar und erkennbar, nicht mehr diese zusammenhanglose Scheiße, dass Millionen von Leuten ohne jeden Grund eingeäschert werden und so. Stattdessen: Erkennbarkeit, Bedeutung, Wert. Wieder dieser Lichtkranzeffekt, ich hörte noch die Stimmen der Leute im Raum, aber wie gelähmt, ich nahm Sprache als Material wahr, als zähe Masse, wie Melasse. Sprache war Melasse. Das Leben war schlecht abgemischt, jede Menge Höhenverzerrung, und dann so ein Flieseneffekt, das grinsende, zahnlose Gesicht des Typs, der mir die Spritze gesetzt hatte, teilte sich in Zonen auf, wie ein kubistisches Gemälde, die Flächen setzten sich neu zusammen, es wurde buchstäblich ein Querkopf aus ihm, dann hörte ich Musik, so als ob sämtliche Klänge meiner Lebensgeschichte einen Tunnel unter die Gegenwart gegraben hätten, ich hörte Stimmen, ich hörte Lieder. Ich konnte mir einfach ein Stück aus der Luft greifen, zum Beispiel Jazz aus den Fünfzigern – ein Pianist greift in die Tasten, spielt aufgelöste Akkorde –, und als ich es aus dem Erinnerungstunnel zog, hörte ich noch andere Dinge daneben, ein Konzert, das ich in der Junior-Highschool besucht hatte, in der Schulaula, ein paar Gestalten in Gewändern führten buddhistisches Obertonsingen vor. Sie saßen auf einem Orientteppich – ihr wisst ja, die Geheimnisse der Welt werden immer von Orientteppichen begleitet –, und wir sollten alle ganz mystisch drauf sein und Gewänder tragen und so, und neben mir ertönte die Stimme meines Freundes Dave Wakabayashi, der mir zuflüsterte: »Mann, wir könnten auch die Übertragung vom Spiel hören«, es gab nämlich an dem Tag ein Nachmittagsspiel. Welche Mannschaft? Wer war der Werfer? Und dann der Klang von Mandarin, der mir auch wie ein Lied vorkam, weil Intonation so eine große Rolle spielte, lauter Worte, die gleich klangen, aber unterschiedlich intoniert wurden.

Und nach dieser Ansammlung von Liedern kam eine Flut von Gerüchen aus meinem Leben, ich hatte kaum Zeit, ihre Namen auszusprechen, mein Hocker kippte dabei nach hinten, in dieser Drückerhöhle, mein Hocker kippte nach hinten, mein Hinterkopf prallte auf eine harte Fläche, *Zitronengras, Kardamom*, der Geruch schmelzenden Vinyls, einer Packung Polaroidfilm, fünf Sorten Parfüm, der Geruch meines sterbenden Großvaters, *Hackbraten aus einer Fertigpackung*, frisch gemähter Rasen, der Geruch der Parade am West Indian Day in New York, also Ziegenfleisch mit Curry, Ozongeruch kurz vorm Gewitter, Dieselabgase, der schockierende Geruch des ersten Sex, noch mehr Parfüm, ein Hund, der sich in irgendwas gewälzt hat, die Straßen der Stadt im Juli, *frisches Basilikum*, Kekse mit Schokostücken, Himmelsbäume. Und als mir von all den Gerüchen ganz schwindlig wurde, hörte ich Eddies Jungs in ihrem fließenden Slang sagen: »Scheiße, nehmt ihm endlich sein Geld ab«, und das taten sie dann sicher auch, denn ich spürte, dass meine Arme weit ausgebreitet wurden, die ganze Welt umfassend, gebt mir die Welt, gebt mir die Laserlichtshow und die perfekten Erinnerungen, ganz egal, welche, spült mich durch euer Gedächtnisplanetarium, ich bin so bereit wie noch nie in meinem kurzen Leben. Das war nur die Probe für diesen Moment, als ich Beobachter dessen wurde, was sich zuvor ereignet hat; ich sehne mich nach Wahrnehmung, nach Sinnestaumel, nach Geschmäckern, nach dem bleibenden Gefühl von Haut auf Haut. Ich war wie geschaffen für diesen Trip, es fühlte sich so gut, so unverschämt gut an, nebenbei registrierte ich, dass mein Schwanz hart war; es ist mir jetzt ein bisschen peinlich, aber in dem Augenblick wurde mir bewusst, dass die Beherrschung der Vergangenheit, selbst als Produkt eines Drogenrauschs, ebenso sexy ist wie die Überwindung der Einsamkeit, gegen die im Grunde alle Männer dieser Stadt anficken. Denkt doch mal über die Last der Isolation nach, an der wir Tag und Nacht tragen, und wie sie sich im Karneval des Sex auflöst. Genauso ist es bei *Teen* (das ist neuster Straßenslang für die Droge), beim *Glockenläuten*, und ich hatte schon Angst, mir könnte einer abgehen, wie ich da so in der Drogenhöhle auf dem Rücken lag, ein Typ über mich gebeugt, der mir in die Hüfttasche griff, wo früher mal meine Brieftasche steckte, jetzt aber bloß noch ein paar Zwanziger für den Notfall. Er wollte sie, er nahm sie. Ich wollte schreien: *Nimm deine Scheißfinger weg,* aber ich spürte die Speicheltropfen in den Mundwinkeln und wusste, ich konnte nichts sagen außer Ja, Ja, Ja. Und als ich schon dachte, das sei die Lehre Albertines, der launischen Göttin – als ich dachte, na, das muss es wohl sein, was man für seine fünfundzwanzig Dollar kriegt, die Lightshow der verlorenen Zeit –, *da stand ich auf* und marschierte ins Foyer des Titten-und-Texte-Magazins, das mich beauftragt hatte, oder wohl eigentlich nicht richtig beauftragt hatte, nicht so, wie ich dachte. Die Sache war noch in der Schwebe, und ich stand mit allen möglichen Leuten Schlange, die sich als Autoren ausgaben, die Klemmblöcke voll mit abgeschriebenem Mist, auch wenn ich nicht begreife, wieso jemand so tut, als wäre er Autor. Da ich nun wirklich einer war, hoffte ich auch, aufgerufen zu werden. Und schon kam eine Frau mit blauen Haaren aus der Redaktion, ließ den Empfangsroboter hinter sich und sagte meinen Namen, *Kevin Lee*, der sich bei ihr anhörte wie die Langeweile selbst. Ich stand auf und ging an allen anderen vorbei. Mir wurde klar, dass ich den Auftrag kriegen würde, weil ich wirklich was geschrieben hatte. Ich war Autor, und vielleicht meinte es das Schicksal gut mit mir und holte mich aus der Sporthalle heraus, wo ich mir eine Pappkiste mit einem Computerprogrammierer aus Islamabad teilte, der trotz seiner – angesichts des derzeitigen politischen Klimas unvorteilhaften – Herkunft ein anständiger Kerl war.

Die Frau hatte blaue Haare! Blaue Haare! Und sie sah ein bisschen wie Serena aus, das Mädchen, mit dem ich mal die Schule geschwänzt und im Boston Common Rum getrunken hatte, und schon war ich wieder dort, so wie nie zuvor, mit Serena, und nuschelte ein bisschen, als ich sagte, sie sei der erste Mensch, der sich richtig mit mir unterhalten würde. Das erste weiße Mädchen. Weil in der Schule, so sagte ich zu Serena, alle von einem asiatischen Jungen dachten: *Ach, das ist bestimmt so ein Mathe-Physik-As, der ist bestimmt schlauer als alle anderen*, das habe ich ihr erzählt, was für eine süße Erinnerung. Süß jedenfalls, bis sie mir von ihrem Freund erzählte, irgend so ein Student. Warum hatte sie mir das nicht schon früher erzählt? Verdiente ich nicht, informiert zu werden, hatte ich nicht auch Gefühle? Nein, wahrscheinlich war ich ja so ein undurchschaubarer Junge aus dem Fernen Osten. Stimmt's? Sie hat es mir nicht erzählt, weil ich Chinese bin.

Und jetzt war ich schlecht dran, in der Drückerhöhle eines Drogendealers, und würde wohl Riesenärger kriegen, denn wenn ich nicht tat, was das Kartell wollte, nämlich über die Geschichte von Albertine schreiben, dann war ich wahrscheinlich ein toter Chinese, aber das war mir egal, weil ich glaubte, angetrunken im Boston Common zu sitzen und für ein schönes Mädchen, das später in Werbespots auftreten würde, Gedichte zu rezitieren: *Es ist ein Licht von schrägem Fall / Winternachmittags / Drückt uns nieder wie die Wucht / eines Domchorals*. Ich konnte jedes Gedicht aufsagen, das ich je auswendig gelernt hatte. Höchst erstaunlich. Serenas Gesicht war wie in einem Lachkrampf erstarrt: *Du bist vielleicht ein verrückter Typ, Kevin Lee.* Alles war gut und segensreich, der ganze Trip. Aber dann sagte sie wieder, sie hätte einen Freund, so einen Möchtegern-Filmemacher.

Und ich war wieder bei Tara im Redaktionsbüro, bei der Frau mit den blauen Haaren. »Mein Gott, Lee, was ist Ihnen denn passiert? Sie sehen gar nicht gut aus. Warum haben Sie nicht angerufen? Ich habe Ihnen den Auftrag gegeben, weil ich Sie für einen Profi hielt. Da draußen sitzen nämlich eine Menge Leute, die sich auf so einen Job *stürzen* würden.« Kurzer Blick auf mich selbst im spiegelnden Fenster des Büros. Draußen qualmte die Stadt, die ganze leere Stadt, und mein Bild über allem. Ich sah aus, als hätte ich seit zwei Wochen nichts gegessen. Da, wo mir ein Bart wuchs, wucherten so dünne Fussel. Meine roten Augen lagen tief in den Höhlen. Dunkle Schatten darunter. Der zähe Schleim, der meine trockene Zunge noch belegte, hatte sich in den Mundwinkeln zu einer Kruste verhärtet. Ich hatte nichts zu sagen. Nichts zu tun, als Tara meine Aufzeichnungen zu überreichen. Neunundzwanzigtausend Worte. Tara blätterte den Anfang seufzend durch. »Was sollen wir denn mit dem Scheiß, Kevin? Wir sind ein Pornomagazin! Erinnerst du dich?« Ich fühlte mich wie in einem Traum nicht in der Lage zu handeln. Ich sah nur zu, wie die Ereignisse vorbeizogen. In diesem Treibsand von Zukunft. Ich sah Tara mit ihrem blauen Bleistift, passend zu den Haaren, wie sie langsam ins spiegelnde Fenster entschwand.

Und dann kamen ein Dutzend weiterer Zukunftsaussichten, alle so unangenehm wie die erste. Wie ich in Bertrands Zimmer einbreche – der Mann, der die Sporthalle leitet – und seine volle Flasche Teen aus dem Luxuskühlschrank klaue: Er war der Einzige im gesamten Gebäudekomplex, der einen Kühlschrank besaß. Und wie ich bei diesem Drogendiebstahl von einer Frau ertappt werde, die sich erst kürzlich ganz reizend nach meiner Familie erkundigt und gefragt hat, wieso ich ganz allein hier lebe. Wie ich ihr Gesicht im Licht des Kühlschranks sehe, dem einzigen Licht im Zimmer. Sie trug Kampfkleidung, die Uniform der Zukunft, alle in Armeeklamotten und Alarmbereitschaft. Und dann überfiel ich ein paar reiche Leute oben in Park Slope, einer wohlhabenden Gegend, die die Explosion nicht zerstört hatte; ich trug einen Trainingsanzug und sprang einen Typ mit Einkaufstüten an, und plötzlich war ich wieder wach, das Gesicht in den Händen.

Die Typen am Klapptisch lachten.

Ich wischte mir die triefende Nase mit dem Handrücken ab. Stand mit wackligen Knien auf.

»War's gut?«, fragte der Giftmischer. »Du brauchst jetzt ne Auffrischung; braucht jeder hinterher. Mach dir keine Sorgen. Du brauchst sie. Um glatt rüberzukommen.«

Er reichte mir eine Pille.

Einer der Sicherheitsleute sagte zu einem anderen: »Der übliche Scheiß, Mann. Die Namen von irgendwelchen billigen Tussis, die ihn sitzen lassen haben, als er noch ein kleiner Chinesenjunge war und Mamis *Mu-Gu-Gai*-Pfanne gegessen hat. Immer dieselbe Scheiße.«

Das war alles? Mehr war ich nicht für sie? Eine Handvoll sentimentaler Erinnerungen? Die vorhersehbare Fünfundzwanzig-Dollar-Nostalgie, die sie jeden Tag zu sehen kriegten? Was hatten sie denn erwartet? Später begriff ich. Sie hatten nach Hinweisen gesucht, ob ich Aufzeichnungen an Regierungsbehörden oder rivalisierende Gangs geliefert hatte. Und ob ich Kontakt zu Junkie Nummer Eins gehabt hatte. Sie wollten wissen, was ich mir bisher zusammengereimt hatte, was ich wusste, wohin meine

Recherchen mich geführt hatten, wie viel von Albertines dunkler Geschichte schon in mir lebte und wie viel davon *euch* daher schon zugänglich war.

»Okay, Loser«, sagte ein Fahrradkurier zu mir. »Kannst gehen.«

Die Tür ging auf, und ich lief in Handschellen einen Flur entlang, den Weg zurück, den ich gekommen war, als könnte ich wieder vergessen, was ich erfahren hatte – dass ich Geschmack an der Droge gefunden hatte und dass die Vergangenheit, abgesehen von dem, was ich gesehen hatte, als ich high war, in tragischer Weise verloren war. Ich war vom Drogenboss meiner Stadt angefixt worden, jetzt stand ich wieder in seiner Fertigungshalle, allerdings fehlte Cassandra, oder wie sie auch hieß, und Cortez' Fernsehansager verkündete die folgenden Forderungen in meinem neuen Arbeitsvertrag: »Wir möchten, dass du die Ursprünge von Albertine erkundest, dass du diese Ursprünge und die gesamte übrige Geschichte von Albertine aufschreibst, von den frühesten Tagen bis zur Gegenwart, wir wollen nicht, dass du dich dabei einer geschraubten Sprache bedienst oder unsere Zeit verschwendest, wir wollen einfach, dass du es aufschreibst. Und weil das, was du tun wirst, für uns von Wert ist, wollen wir dir unsere Wertschätzung auch zeigen. Wir werden dir reichliche Mengen unseres Produkts zur Verfügung stellen, dazu einen großzügigen Tagessatz. Du wirst dich kleiden wie ein Mann, du wirst dich als Repräsentanten von Eddie Cortez betrachten, du wirst dich von zweifelhaften Menschen oder Institutionen fernhalten. Du formulierst die Sätze in der Sprache normaler Menschen, und wir kümmern uns um den Rest.«

»Klingt cool«, sagte ich. »Vor allem, weil ich das auch schon für jemand anderen mache.«

»Nein, du machst das für *niemand* anderen, sondern für

uns. Niemand sonst existiert. Das Nacktblättchen existiert nicht, deine Freunde auch nicht. Deine Familie genauso wenig. Nur wir existieren.«

Ich spürte, wie weich meine Beine waren. Wie mir der Schweiß den Rücken hinunterlief und mein T-Shirt durchnässte. Ich biss mich einfach durch. Das hat meine Familie immer gemacht: sich durchgebissen. Mein Großvater hat seine Heimat verlassen. Meinen Vater habe ich niemals schwitzen sehen. Meine Mutter saß mal in einem Flugzeug, das eine Notlandung machen musste; sie hat sich nie wieder Gedanken darüber gemacht. Die Leute vom Cortez-Kartell verfolgten meine Schritte auf einem Monitor oder auf mehreren Palms, und sie gaben ihre Beobachtungen an vertrauenswürdige Mitarbeiter weiter.

Wer weiß, wie viele Menschen in Eddie Cortez' Unternehmen schon so behandelt worden waren wie ich heute? Bringt den Typ her, holt ihn auf unsere Seite, wenn das nicht klappt, *neutralisiert ihn* und werft ihn draußen irgendwo zwischen die Trümmer. Eddies Leute trugen alle Elektroschocker, Betäubungspistolen und Schusswaffen, richtige Schusswaffen mit richtigen Kugeln, die aus einem Typ wie mir ein Werk der abstrakten Kunst machen konnten, und ich versuchte, mich so schnell wie möglich zu verpissen, bevor ich tot war, ich konnte an kaum was anderes denken. Jetzt führten sie mich einen langen Gang entlang, nicht den Flur, den ich schon kannte, das Gebäude bestand aus vielen Schichten, man wusste nie genau, wo man sich in Bezug auf den vorherigen Aufenthaltsort befand, aber vielleicht kam mir das auch nur wegen der nächsten Ansage so vor, die aus dem Lautsprecher drang.

Vergiss nicht, aufs Vergessen zu achten.

Was mich daran erinnert, euch an die *Theorie diachroner Albertine-Suchtmuster* zu erinnern, die bekanntermaßen das Vergessen schon als soziales Phänomen erkennt, welches in wechselseitiger Beziehung steht mit der Verbreitung von Albertine unter bestimmten Bevölkerungsschichten. Dieses Auftauchen des Vergessens ist leicht zu erklären: Es hat mit der Verstärkung der Erinnerungsinfrastruktur an anderer Stelle zu tun. Wie jeder Trinker weiß, leiht man sich beim Trinken Mut – man trinkt sich für die Nacht mutig, doch am nächsten Morgen ist nichts mehr davon da. Sucht ist wie ein Kredit. Der freche Satz, den du letzte Nacht an der Bar gesagt hast, den du eigentlich niemandem ins Gesicht sagen würdest, bleibt ein einmaliges Ereignis, weil du im Morgengrauen des folgenden Tages, wenn dir Brieftasche und Geld abhandengekommen sind und deine Freundin dich hasst, nicht mehr in der Lage sein wirst, diesen frechen Satz zu wiederholen, denn du bist ausgelaugt und liegst auf einer Matratze ohne Laken. Du hast dir den Mut geliehen, jetzt ist er weg.

Mit Albertine war es so, dass man sich nachts unter dem Einfluss der Droge *erinnerte*. Heute Nacht war die Vergangenheit glanzvoll und unauslöschlich – Serena im Park mit dem Rum und der bittersüßen Eröffnung über ihren Freund –, heute Nacht war es schön, irre schön, fast verliebt zu sein, aber am Morgen war dein Gedächtnis löchrig. Kein Filmriss, eher eine unscharfe Linse. Man erinnerte sich, dass man mal Sachen wusste, aber jetzt waren sie undeutlich, und das Verständnis dafür verflüchtigte sich einfach. So ähnlich wie beginnender Jetlag oder die Wirkung von Thorazin. *Warum bin ich in dieses Zimmer gegangen? Ich wollte irgendwas holen.* Plötzlich hattest du keinen Schimmer mehr, starrtest den Haufen Kleider vor der Kommode an, deren Farben dich faszinierten, diese alte Jeans, sehr interessant. *Guck dir die Farbe an. So blau.* Vielleicht musst du irgendwas erledigen, aber du tust nichts, und du merkst, dass in deinem Körper Dinge vorgehen, die dir unerklärlich sind. Du bist echt durstig. Vielleicht solltest du was trinken, aber auf dem Weg zur Flasche auf dem Tisch hast du es schon wieder vergessen.

Die Geschichte Albertines wurde eine Geschichte des Vergessens. Eine geometrisch ansteigende Kurve des Vergessens. Die Drogenhändler, die aus organisatorischen Gründen ebenfalls Albertine nahmen, um ihren Marktanteil zu erhöhen, wurden vergesslich wie die Hardcore-Junkies, die sich nach einiger Zeit nur noch gelegentlich ihrer eigenen Adresse entsinnen konnten und daher Fremde auf der Straße fragten: *Kennen Sie mich? Wissen Sie zufällig, wo ich wohne?* Deshalb war die Geschichte der Droge, die Cortez verlangt hatte, so wichtig. Wie sollte man sonst die Zukunft planen? Solange die Forschungs- und Entwicklungsabteilung in Cortez' Unternehmen nicht das Lesen verlernte, solange sie irgendwo die Geschichte der Droge gespeichert hatten, war alles cool. Ich sollte also die Geschichte schreiben; man würde sie irgendwo einschließen.

Ehe ich noch zustimmen oder ablehnen konnte, fuhr ich schon allein im Lastenaufzug nach unten, und es kam mir vor, als würde ich aus dem Hüttenwerk ausgeschissen. Der Morgen dämmerte, Licht breitete sich unterm Rand der gnadenlosen Wolke aus. Nur im Morgengrauen war noch ein Silberstreif am Horizont zu entdecken, ehe sich die Staubwolken wieder verdichteten. Aber jetzt hört mal zu, ich muss was loswerden. Ich vermisste Cassandra. Das war nun mal mein Gefühl. Sie hatte mich an Eddie Cortez verkauft, mich zu seinem Vasallen gemacht, wie sie selbst einer war. Vertrauen und Treue, diese Begriffe waren nur noch Erinnerung. Wie auch Cassandra. Eine Verlorene. Die mich ein paar Minuten lang aufgerichtet hatte. Die für Drogennachschub und ein paar Minuten in einer industriellen Sexmaschine jeden verkauft hätte. Lag ich richtig, dass zwischen uns *irgendwas* war? Eine Albertine-Sekunde lang – die langsamste Sekunde, die es gibt – schien es mir, als wäre sie das Tor zu einer halb vergessenen Erzählung, einer unvollendeten Vergangenheit, einem unfertigen Zeichen, wie Licht, das durch eine Jalousie fällt. Mann, war ich blöd, wegen der Geliebten eines Drogenbosses sentimental zu werden.

Das Tageslicht kam mir nützlich und ernsthaft vor. Nach meiner Erinnerung war ich zum ersten Mal, seit ich mit diesen Aufzeichnungen begonnen hatte, bei Tageslicht draußen. Auf dem Rückweg zur Sporthalle stellte ich mich in die Schlange vor der einzigen noch funktionierenden Telefonzelle. Meistens standen fünfzig bis sechzig Leute an. Alle kochten vor Wut, weil die Verbindung unsicher war, oft unterbrochen wurde, und weil alle den Gesprächen der anderen zuhörten. Denkt euch den künstlich warmen Klang der Computerstimme im Hörer: *Es tut uns leid, dass der Teilnehmer, den Sie zu erreichen versuchen, Ihren Anruf zur Zeit nicht entgegennehmen kann.* Wem tat was leid? Der Typ am Hörer schrie: »Ich brauche den Namen dieses Medikaments! Es geht mir gar nicht gut!« Dann wurde die Verbindung beendet. Eine Frau flehte ihren Mann an, ihr zu verzeihen. Ende der Verbindung. Ein Kind, das seine Eltern verloren hatte, suchte seine Großeltern. Ende der Verbindung. Die Telefonzelle hatte eine Unmenge trauriger Geschichten zu erzählen.

Bald war ich dran, mein Vater nahm ab, ein Mann, der nicht viele Worte machte.

»Wir haben dir gesagt, du sollst hier nicht mehr anrufen«, sagte er.

»Was?«

»Du hast mich verstanden.«

»Ich habe doch seit ...«

Ich wollte es mir zusammenreimen. Wann hatte ich denn angerufen? Es war irgendwie unmöglich geworden, Zeit zu messen. Ich konnte nur raten.

»... drei Wochen nicht angerufen.«

»Wir können dir nichts mehr geben. Unsere Ersparnisse sind so gut wie aufgebraucht. Du musst mal drüber nachdenken, wie du dich selbst aus diesem Schlamassel rausziehen kannst, und nicht jedes Mal, wenn du pleite bist, uns anrufen. Verstehst du? Überleg dir mal, was du tust!«

Ich sah, wie die Leute hinter mir sich erregt vorbeugten, um ein paar Bröckchen von den schlechten Nachrichten zu erhaschen. Ihre eigenen waren nicht halb so schlimm.

»Was redest du denn da?«

»Ich habe dir schon mal gesagt«, antwortete er, »dass du mich nicht anschreien sollst.«

Seine Stimme klang brüchig, niedergeschlagen.

»Gib mir mal Mom!«

»Auf keinen Fall.«

»Lass mich mit Mom reden!«

Dann kam irgendwelcher Quatsch darüber, dass ich meiner Mutter unendlichen Kummer bereitet hätte, dass sie sich von Natur aus immer nur aufopfere und ich ihre Großzügigkeit schamlos ausgenutzt hätte, mit meiner amerikanischen Gleichgültigkeit darauf herumgetrampelt sei, als hätte meine Familie nicht alles getan, um mir alle Möglichkeiten zu bieten. Die Selbstlosigkeit meiner Vorfahren sah im Licht meiner Verfehlungen wie ein schaler Witz aus. Ich hatte ihn mit meinem schändlichen Treiben entehrt und so weiter und so fort. Es hätte nicht schlimmer sein können, wenn ich *beim großen Knall umgekommen* wäre.

Eine deftige väterliche Standpauke der Art, über die ich mich längst hinausgewachsen wähnte. In den Gesichtern der Leute in der Schlange sah ich meine eigenen Gefühle gespiegelt: Ungläubigkeit. Verwirrung.

»Dad, ich habe keine Ahnung, wovon du redest. Jetzt hör mir mal zu.«

»Du kannst nicht jeden Tag hier anrufen und uns deine unverschämten Lügen auftischen. Deine absurden Verschwörungsgespinste. Wir wollen das nicht mehr. Wir können nicht mehr. Deine Mutter kommt gar nicht mehr aus dem Bett, und ich bin die ganze Nacht wach, weil ich vor Sorge um dich verrückt werde. Wie sollen wir so leben? Lass dir helfen!«

Ich setzte für mein Publikum ein verstörtes Lächeln auf und hängte den Hörer ein. Mitten im Satz. Natürlich hatte ich meine Eltern in letzter Zeit nicht angerufen, nicht gestern, nicht letzte Woche oder die Woche davor. Ich hatte sie überhaupt nicht oft angerufen. Mein Vergehen war eher, dass ich mich aus Scham über meine Lebensumstände bei niemandem mehr meldete.

Ich schaute den Mann an, der als Nächster dran war. Ein melancholischer Afroamerikaner mit einem Kranz grauer Haare und mit Isolierband geklebtem Brillengestell. Es fing natürlich auch noch an zu regnen, und ich sah Tropfen auf seinem Brillenglas zerplatzen.

»Ich nehme an, ich habe die Leute gerade angerufen«, sagte ich. »Ich meine, ich schätze, ich habe vergessen, dass ich sie angerufen hatte.«

Er schob sich an mir vorbei.

Das Vergessen war inzwischen bedrohlich. Niemand wollte etwas mit einem Vergesser zu tun haben. Vergesser hatten Abszesse am Arm, sie hatten ihre letzten Habseligkeiten verkauft und wollten es gerade ein zweites Mal tun, weil sie vergessen hatten, dass ihre Wohnung schon leer geräumt war. Höchste Bewunderung wurde Menschen mit *vollkommenem Gedächtnis* gezollt – auch das gehörte zur *diachronen Theorie*, oder wenn nicht, dann würde es bald Teil dieser Theorie werden. Komische Typen mit perfektem Gedächtnis standen an öffentlichen Orten, um sie herum ein Kreis von Klappstühlen, und riefen das fehlerlose Gewebe der Ereignisse in Erinnerung: *Ach ja, die Kandidaten für die Vizepräsidentschaft bei den letzten acht Wahlen, wollen mal sehen. Und die Namen ihrer Ehefrauen. Und das Wetter am Wahltag.* In einigen Fällen wurden massive Betrugsversuche aufgedeckt, wenn nämlich diese Typen auch Einstichspuren aufwiesen wie wir. *Mein Gott! Sie waren gedopt!* Und dann führte man sie mit Schimpf und Schande hinaus auf die Straße, wo es wieder mal zu regnen begann.

Weshalb ich, als ich in die Sporthalle zurückkehrte und das Päckchen auf meinem Bett fand, von geiler Erregung übermannt wurde. Mit einer Pipette konnte ich so gut umgehen wie jeder andere. Ich würde mich schon noch zur Nadel hocharbeiten. Worauf wartete ich sonst? Auf mich jedenfalls wartete niemand. Vielleicht konnte ich zur vorigen Nacht zurückkehren, zu Cassandra. Ich sprach ein kurzes einleitendes Gebet: *Möge der Zufall mir Erinnerungen an Liebe bringen* oder an Teenagersex oder an den Tag, als ich jede Menge Kohle von meinem Ferienjob hatte und hinter unserem Wohnblock eine Grillparty abhielt, wo alle Bier tranken und Spaß hatten.

Aus mir sollte ein Junkie in einer Vorratskammer werden, ich benutzte eine Gaslampe, die ich nach dem Knall aus einem Campingladen gestohlen hatte. Ich hielt die Pipette über mein Auge, das Tröpfchen Rausch hing daran, und ich war die Auster, die es in sich aufnehmen und zu ihrem Geheimnis umwandeln wollte. Der Tropfen im Röhrchen war wie der schwarze Regen von New York City, und der war wie der Samenschuss im Porno, und der war wie die Tränen einer kitschigen Madonnenstatue vom

Balkan. Die Lampe leuchtete unter meinem Vorratsregal hervor, der schon beschriebene Ansturm der Düfte hüllte mich wieder ein, und das hieß, es fing wieder an. Ich hatte Glück, dass ich so viele Düfte kannte; andere Leute kennen bloß Papierkram, aber ich weiß, wie Menschen rochen, kurz bevor ich nackt mit ihnen zusammen war – welche Ehre. Alle Junkies sind vom Glauben abgefallene Idealisten, sie fallen ab von den Dingen, wie sie wirklich sind. *Ich war zum Zeitmörder geworden.* Ich hatte die Stunden meines Lebens aus dem Hinterausgang der Sporthalle geschleift und in den Häcksler gesteckt, im Sumpf versenkt, im Keller eingemauert. Doch dieser Gedanke wurde vom ganz persönlichen Geruch einer Modedesign-Studentin ausgelöscht, die in meiner Nachbarschaft wohnte, als ich in Kalifornien lebte. Ihr Duft umgab mich wie eine neue Atmosphäre. Zusammen mit den Nebelschleiern, die von der San Francisco Bay her ins Land zogen.

Das alles war ein schöner Film. Jedenfalls bis mir etwas wirklich Schreckliches dämmerte, ein richtiger Drecksgedanke. Wie konnte das sein? Ich dachte nämlich wieder an Serena, mit der ich im Boston Common Rum trank, und erinnerte mich, dass sie ihn in Wirklichkeit mit Cherry Coke gemixt hatte, nicht mit der Limonade, die mal als *The Real Thing* bezeichnet wurde. Ich kommentierte das so: »Mädel, Cherry Coke ist gar keine richtige Coke, denn seit es *New Coke* gibt – die von manchen als Reaktion auf die Zuckerpreise in Lateinamerika betrachtet wird –, kann kein Coca-Cola-Produkt mehr als legitime Coke gelten. Verstanden? Die einzig legitime Coke für die Mischung von Cola-Rum, was wir hier trinken, ist mexikanische Coke, die man noch in Flaschen kaufen kann und die richtigen Rohrzucker enthält.« Eine beeindruckende Rede, ein Flirtversuch, aber während ich mich daran erinnerte –

und wer weiß, wie viele Stunden schon vergangen waren, vielleicht auch Tage –, kam mir der erwähnte Gedanke:

Serenas Freund, dieser Typ, mit dem sie außer mir noch ging, oder eher statt meiner, *war Junkie Nummer Eins.*

Natürlich Jahre früher. Ich meine, bevor er Junkie Nummer Eins wurde. Damals gingen wir noch auf die Highschool, Junkie Nummer Eins war noch nicht ermordet worden oder verschwunden. Nicht in dieser Version der Geschichte. Er war Student, er wollte Filme machen, ging auf die New York University, trug nur Schwarz, genau wie Junkie Nummer Eins. Und er konnte stundenlang über die Platten bestimmter Hardcore-Bands der Achtziger aus Minneapolis labern, hatte dezidierte Ansichten zu Architektur, Politik, Fernsehserien, vielleicht auch zu Bagels, keine Ahnung. Ich spürte, dass es stimmte. Bloß ein Verdacht, aber gut begründet. Da kreuzten sich zwei Stränge in der Geschichte, ein vorher nicht da gewesenes Zusammentreffen, das mit *mir* zusammenhing, mich jedenfalls direkt betraf. Vorher war ich nur Beobachter gewesen, aber jetzt wurde mir klar, dass man Albertine nicht einfach nur beobachten konnte. Weil Albertine auch in einen hineinsah. Dieser Gedanke war so verstörend, dass ich vor Schreck zitterte, aber ich war zu high und konnte nicht aufhören, mich zu erinnern.

Serena sagte: »Nach dem ersten halben Glas merkst du gar nicht mehr, ob das Coke oder Cherry Coke ist. Ich könnte auch Lack reinschütten, du würdest es nicht merken.« Sie lächelte, und ich wurde von all den Einzelheiten ihres Lächelns betrunken. Ein leicht schiefes Lächeln, und sie hatte die geflickte Jeans an, dann zog sie das grüne Sweatshirt vom Dartmouth College aus und entblößte ein T-Shirt mit abgeschnittenen Ärmeln, auf dem ein *weiblicher DJ* beworben wurde, darunter sah ich einen Streifen Bauch. Und die sanften Hügel ihrer Brüste. Ihr Lächeln versprach Dinge, die nie passieren sollten, versteht ihr? Während ich das alles verinnerlichte, die unwiderlegbare Tatsache ihres Lächelns, die Reihe winziger, wunderschöner Fältchen an den Mundwinkeln, wie Klammern, die ihren phantastischen Mund einrahmten, verblasste Serena. »Geh nicht weg«, bat ich. »Wir müssen noch einiges klären.« Aber das war wie Rufen im Traum, man weckt bloß sich selbst. Ich sah sie verschwinden, und an ihrer Stelle tauchte eine Reihe kahler Bäume auf, die ich bei einer Novembertour durch die Einkaufszentren New Jerseys gesehen hatte. *Herbst.*

Ich griff nach der Pipette, deren Spitze jetzt, da sie während meines Erinnerungstrips auf der von Kakerlaken bevölkerten Matratze gelegen hatte, voller schwarzer Flecken war, vielleicht krabbelte auch ein Insekt darauf herum, keine Ahnung. Ich zog das Lid herunter. Meine Augenhöhlen schmerzten.

Der Plan war, sie zurückzuholen, in guter alter Hypnose-Tradition *ihren Namen zu rufen.* Namen haben doch Gewicht. Starke Gefühle auch. Und überhaupt, was für ein schöner Name, oder nicht? Serena, wie ein Meer der Stille, das an die verwüstete Küste schwappt. Ich würde sie fragen. Das heißt, wenn es mir gelang, die seltsamen Wege meines jüngeren Ichs nachzuvollziehen, dieses Jungen asiatischer Herkunft, der sich einem Yankeemädchen mittels abstrakter Lyrik zu erklären versuchte.

Wenn Cassandra mich nämlich wirklich an ihrem Wissen über Eduardo Cortez hatte teilhaben lassen, einfach weil sie es wollte, auch wenn es ihre Stellung als seine Geliebte gefährdete, dann folgte daraus, dass Liebe und andere Leidenschaften im Albertine-Universum leitende Kräfte waren. So wie bei Eddie, der Junkie Nummer Eins durch die düsteren Winkel seines Hirns verfolgt hatte, getrieben von Bosheit und Gier. Vielleicht war der Erinnernde im Rausch des Erinnerns letztlich immer versucht, die Hand nach dem Bild auszustrecken, und vielleicht konnte auch ich das im Erinnern tun, wenn meine Leidenschaft nur stark genug war. Woran sollte ich mich sonst halten? Hunderttausend Albertine-Süchtige konnten nicht irren. Sie alle jagten dem Versprechen eines verlorenen, vollkommenen, glitzernden Augenblicks der Liebe nach. Denn einige von ihnen mussten dieses paradiesische Ziel im Strom von Erinnerung und Vergessen erreicht haben. Ganz sicher hatte ich Serena geliebt, mit ihrem schiefen Lächeln und dem Nagellack namens *Lycanthrop*, denn Liebe ist gut, wenn man sonst nichts hat, und ich hatte nichts außer ein paar Fahrradkurieren, die jede meiner Bewegungen überwachten.

Aber ich erinnerte mich nicht an Serena. Mir fielen nur ein paar wirklich schlimme Songs meiner Kindheit ein. Vor allem »Shake Your Bon-Bon«, ein Lied, das mit der Zeit nicht besser geworden ist. Klingt blechern, als ob es schlecht gesampelt wäre – ihr wisst ja, wie schlecht die Sampledichte bei früher digitaler Musik war, total dünn und blechern. Und dann dieser kleine Synthesizer-Loop, der nach der Sitar-Phase der Beatles klingen soll, und die Background-Sängerinnen, und der Versuch, den glamourösen Sänger so klingen zu lassen, als ob er nicht auf Jungs stünde – schon in Ordnung, aber was soll das Getue eigentlich, lutsch so viele Schwänze, wie du willst, Mann, fick dich glücklich. Mindestens sieben Stunden verbrachte ich mit der minutiösen Analyse von »Shake Your Bon-Bon«. Der total künstliche Computersound des Songs, die Parodie menschlicher Kreativität durch seine limitierte musikalische Bandbreite; und als hätte der Sänger keine Lust gehabt, die Anfangszeile selbst zu singen, mussten sie natürlich mit ProTool ein Loop reinmischen, und dann diese altmodische Orgel, die natürlich auch nur digital imitiert ist, und so weiter, dann die Beziehung zwischen Congas und Gitarren, okay, und hey, das Latin-Mittelstück! Demografisch perfekt! Total zwanzigstes Jahrhundert! An das Posaunensolo am Ende wollte ich gar nicht denken, an seine schwüle Erotik, aber ich dachte natürlich trotzdem daran, und an die karibische Herkunft des Sängers, die aus den Rändern der Komposition quoll, ebenso wie an seine Homosexualität. So ging es eine Zeit lang weiter, inklusive einer vollständigen Erinnerung an einen Remix, den ich, glaube ich, nur ein einziges Mal gehört habe, der aber irgendwie die bessere Version war – wenn schon künstlich, dann richtig; wie sie zum Beispiel den ganzen Rest zwischen den Gesangszeilen rausgeschnitten haben, sodass man den Song *unmöglich noch singen* konnte. Nirgendwo Zeit zum Luftholen. Machte sich irgendjemand auf der Welt in diesen Zeiten nach dem großen Knall noch Gedanken über den fraglichen Sänger? Ich wette, kein Mensch, abgesehen vielleicht von gewissen Promi-Jägern aus Yonkers oder Port Chester. Wo steckte er wohl? Hatte er vor dem Knall Zuflucht in einem Hotel in South Beach gefunden? Und waren seine Erinnerungen an die Erfolgszeiten so toll, dass er wie alle anderen zum neuen Kundenkreis für Albertine außerhalb der Stadt gehörte? Versank auch South Beach im Strudel der Erinnerungen, wie zuvor New York?

Ich fürchtete, nie wieder einen Blick auf Serena werfen zu können und dass es von nun an nur noch Ricky Martin geben würde, da *erschien sie vor mir*, versteht ihr, wie etwas Ätherisches, wie ein Rückstand, wie Lavendelblätter, wie Kaffeesatz. Das Komische war: Ich hatte mich so daran gewöhnt, mich nur an diesen einen Abschnitt unserer gemeinsamen Zeit zu erinnern, dass ich alles, was später kam, vergaß. Dass wir weiterhin miteinander sprachen, obwohl sie diesen Freund hatte, diesen kurzsichtigen Studenten, der Teenagern nachstieg; denn Freundschaften sind in der Jugend das Einzige, was einen aufrecht hält, jedenfalls war das so, bevor der ganze Ärger losging. Ich sah mich im Flur irgendeines öffentlichen Gebäudes, im Korridor der Highschool, und da kam sie, golden im Licht, das durchs schmutzige Sicherheitsglas fiel, als gehörten Frauen und Licht so untrennbar zusammen wie Lungen und Luft. Ich hockte neben einem Spind. Serena kam über den Flur, über die fleckigen Linoleumfliesen, und mir schien, ich hatte den Boden nie richtig angeschaut, sie trug nämlich eine bestimmte Sorte Sneakers, und so sah ich das Linoleum in neuem Licht, durch sie und ihre Turnschuhe verschönert.

»Alles okay?«

Nein. Ich hyperventilierte. Tat ich damals häufig. Eingangstest für die Uni, Verschlechterung meiner Noten, alles ließ mich hektisch nach Luft schnappen. Ich erzählte keinem was davon. Nur meine Mutter wusste Bescheid. Ich war schließlich asiatischer Herkunft und musste unglaublich schlau sein. Ich hätte jede Gleichung mit links lösen, außerdem C++, Visual Basic und Java und jede andere beschissene Programmiersprache beherrschen sollen, und deshalb hyperventilierte ich.

Ich sagte: »Nenn mir den Namen dieses Typs, mit dem du gehst. Ich will bloß seinen Namen wissen. Das ist nur fair.«

»Wollen wir das wirklich noch mal durchkauen?«

»Sag mir nur seinen Namen.«

Ganze Scharen von Jugendlichen zogen vorbei, alle mit Kopfhörern und MP3-Playern, auf denen alle diesen auf ihr Marktsegment zugeschnittenen Neo-Grunge-Müll hörten.

»Paley«, sagte sie. »Vorname Irving, ziemlich komischer Name. Mir kommt er gar nicht wie ein Irving vor. Reicht dir das?«

Als Jugendlicher mit chinesischen Vorfahren ist man wirklich von Gott verflucht, denn wenn einem der schwarze Rabe des Schicksals mitten durchs Herz fliegt, kann man es einfach nicht zeigen. Unsere Herzen sollen verschlossen bleiben, was anderes ist im kollektiven ethnischen Plan nicht vorgesehen, oder vielleicht war das auch bloß meine Wahrnehmung. Mir war das Herz geschwollen wie ein übervoller Wasserballon, und ich hyperventilierte.

»Kevin«, sagte sie, »du musst gegen diese Panikattacken was unternehmen. Es gibt da Medikamente, weißt du?«

Weißt du, wie oft ich an dich denke?, wollte ich sagen. Weißt du, dass du konserviert bist, solange die Geschichte der Menschheit währt? Ich habe dich nämlich aufgeschrieben, die Art, wie du dir die Pulloverärmel über die Hände ziehst, wie dein Eyeliner verschmiert, alles aufgeschrieben. Ich habe für die Nachwelt bewahrt, wie abgelaufen die Sohlen deiner teuren Turnschuhe sind, weil du dir so selten neue kaufst. Ich weiß alles über dich und Nektarinen, die du am allerliebsten magst, und dass du gleich morgens beim Aufwachen schlechte Laune hast, erst nach *sehr viel* Kaffee wird sie besser, und dass du deine Schultern für zu massig hältst, was natürlich lächerlich ist. Ist alles aufgeschrieben. Und wie du mal deine jüngere Schwester im Bus angebrüllt hast, ich habe das ganze Geschrei aufgeschrieben, und ich will nicht mal was dafür haben. Du sollst nicht denken, dass dir daraus Verpflichtungen erwachsen, du sollst nur wissen, dass ich deinetwegen angefangen habe, alles durchs Schreiben zu bewahren, und das ist so toll, weil ich nämlich auch andere Sachen aufgeschrieben habe, zum Beispiel sämtliche Gespräche, die ich vor dem Museum of Fine Arts mitgehört habe, und ich habe den Charles River beschrieben, Ruderboote auf dem Charles, das alles habe ich aufgeschrieben, und nur deinetwegen.

Das reichte! Das war genug, um mich aus meiner traurigen Lage zu erlösen, denn plötzlich verschmolzen alle Augenblicke zu einem, dieser und dieser, alle aufgereiht wie die Enten in einer Schießbude auf Coney Island, alle *läuteten* zusammen, und ich sagte: »Serena, ich habe nicht viel Zeit, also hör zu, ich weiß nicht, wie ich es dir sonst sagen soll, hör also gut zu. Deinem Freund Paley wird etwas Schreckliches zustoßen, deshalb musst du ihm sagen, er soll sich vom Tompkins Square Park fernhalten, egal, was passiert, er soll auf keinen Fall in die Nähe des Tompkins Square Park gehen, vielleicht sollte er lieber in Kalifornien weiterstudieren oder so. Ich sage dir das, weil ich es weiß, also würdest du das bitte für mich tun? Ich weiß, ich weiß, es klingt total verrückt, aber bitte, tu, was ich sage.«

An dieser Stelle wurde ich unsanft wach gerüttelt. *Ach, was soll denn das.* Das war doch eine Zeitreise. Eine Erinnerung in einer Erinnerung, vielleicht war es allerdings auch *wirklich passiert.* Einer der Fahrradkuriere des Cortez-Konsortiums ohrfeigte mich. In meiner Vorratskammer. Ich hätte mich ja gern mit ihm unterhalten, aber ich war einfach zu high, und wie vielen Erfahrungsberichten in der gesammelten Literatur zu Albertine zu entnehmen ist, kann man nicht gut reden, wenn man high ist – das ist, als ob sämtliche Radiosender auf einmal laufen. Ich konnte seine gehässige Stimme gerade mal durch einen erinnerten Vortrag meines Vaters über die besten Gewinnmöglichkeiten beim Black Jack hören. *Lee, Sie kommen Ihren Pflichten nicht nach.* Stimmt nicht, wollte ich sagen, ich bin ein beflissener Mitarbeiter, erst vor einer Stunde wieder reingekommen, treibe jede Menge Recherchen und finde ein paar sehr interessante Sachen heraus, es passiert wirklich einiges, ich erfahre jeden Tag mehr.

»Sie haben noch nicht einen Furz geliefert«, sagte der Kurier. »Wir brauchen Resultate. Ein paar E-Mails mit Anhang, Mr. Lee, noch haben wir keine zu Gesicht gekriegt.«

»Das ist doch überhaupt nicht wahr«, sagte ich.

Und mein Vater sagte: *Lass dich beim Black Jack nie auf den Versicherungseinsatz ein; das ist einfach eine schlechte Wette.*

»Ich habe Notizen gemacht! Liegen hier irgendwo. Jede Menge Aufzeichnungen.«

Da war zum Beispiel der Digitalrekorder, aber dessen Batterien waren leer.

»Diese Unterhaltung nimmt keinen erfreulichen Verlauf«, antwortete der Fahrradkurier. »Uns ist außerdem zu Ohren gekommen, dass Sie unser Produkt, welches wir Ihnen als Teil unserer Abmachung zur Verfügung gestellt haben, weiterverkaufen.«

»Auf gar keinen Fall!«

»Zwingen Sie uns nicht, Sie im Einzelnen an Ihre Pflichten zu erinnern.«

»Jetzt reicht's aber«, sagte ich. »So dämlich bin ich nun wirklich nicht.«

Da stieß der Kurier die Tür auf, die aus meiner Kammer führte. Als hätte ich vergessen, dass es da draußen eine Welt gab. Und draußen im Gang stand Tara vom Titten-und-Texte-Magazin, sah allerdings sehr heruntergekommen aus, und als wollte sie von niemandem da im Gang gesehen werden. Ich sagte: »Tara, was machst du denn hier? Ich dachte, ich hätte noch mindestens zwei Wochen –«

»Hör mal, du hast gesagt, du hast das Zeug; ich weiß nicht, was du da redest. Ich habe dir Geld gegeben, also kann ich jetzt bitte meinen Stoff kriegen? Dann verpiss ich mich auch ganz schnell.«

Ich appellierte verzweifelt an Cortez' Mann, sah, wie er Tara ansah und wie Tara uns stumm betrachtete. Ich wollte auf Zeit spielen und wissen, ob ich irgendwie sichergehen könnte, dass diese beiden, Tara und der Fahrradkurier, nicht vielleicht Bilder von irgendeinem zukünftigen Ereignis waren, an das ich mich gerade »erinnerte«, wie es die Theorien über Albertine schilderten.

»Hast du mich beauftragt, einen Artikel über Albertine zu schreiben, oder nicht?«

»Gib mir einfach meinen Stoff, und lass mich wieder gehen«, sagte Tara.

Und dann mischte sich auch noch Bertrand ein, der Typ, der in der Sporthalle die Schlafplätze verteilte. Er stand in der Tür, total verdreckt, als wäre er gerade von seinem Tankstellenjob gekommen, ich wusste allerdings, dass er bloß Junkie war und sich nicht mehr um persönliche Sauberkeit kümmerte. Er starrte mich mit gespieltem Mitgefühl an.

»Also, Kevin, du hast genug Chancen bekommen. Wir haben beide Augen zugedrückt. Wir haben monatelang Verständnis gezeigt. Uns für dich entschuldigt. Dich aus der Gosse gezogen, wenn du wieder umgekippt warst. Aber die Leute, die hier in der Sporthalle wohnen, haben inzwischen Angst, an deiner Kammer vorbeizulaufen. Sie haben einfach Angst, was ihnen da passieren könnte. Was bleibt uns also übrig?«

Sogar Bob, meine erste Informationsquelle, stand hinter Bertrand, die Hände in die Hüften gestemmt. Versuchte sich durch die Vielzahl meiner Ankläger zu drängen, um an mich ranzukommen.

In einem solchen Moment war Nachdenken wichtiger als Halluzinieren. Doch wegen der extrem gefährlichen

Menge Albertine, die sowohl meine Leber als auch meine Gehirnfunktionen überwältigt hatte, war die Wirklichkeit ein Sender, den ich einfach nicht reinbekam. Damit will ich sagen, ich tauchte wieder ab. Direkt vor all diesen Leuten.

Kurz darauf hing ich auf einer Sonnenterrasse in einer Wohnsiedlung in Massachusetts herum. Wohin ich mich auch wandte, alle Häuser sahen genau gleich aus. Ich hätte schwören können, dass man in allen Zimmern elektrische Kamine hatte. Sah aus, als ob jemand am Computer die ganze Gegend planiert und dann total gleichförmig wieder aufgebaut hätte. Aber ich konnte mich an jedes Anzeichen, dass ein Mensch, eine Familie länger als zehn Minuten in einem Haus gelebt hatte, erinnern. Serenas Familie hatte eine Kürbislaterne auf der Veranda. Und da drüben mähte ein Einarmiger die gemeinschaftlichen Rasenflächen. Dieser betörende Duft frisch gemähten Grases. Das Geräusch der Wespen, die durchs Fliegengitter wollten.

Serena hielt mir vor, ich hätte heute in der Schule etwas *richtig Unheimliches* zu ihr gesagt, und wollte wissen, ob das von meinen Panikattacken käme. Gehörte es zu den Symptomen, dass ich solche verrückten Sachen sagte, und wenn ja, wäre es nicht besser, ich würde irgendwem erzählen, was los sei, anstatt alles mit mir allein abzumachen? Sie wisse einiges über gefährliche Geisteskrankheiten, sagte sie, aber ich bliebe trotzdem ihr Freund, ihr *ganz besonderer Freund*, auch wenn ich so eine Krankheit hätte; ich sollte mir also keine Sorgen machen. Und jetzt sollte ich ihr das Ganze bitteschön erklären.

»Pass auf: Ich weiß, was ich gesagt habe, und es gibt keinen Grund, wieso du mir glauben solltest«, versuchte ich es, »aber es ist so: Ich kann dir nur deshalb was über die Zukunft erzählen, weil *ich in der Zukunft bin.* Und in dieser Zukunft weiß ich, wie viel du mir bedeutest. In dieser

Zukunft kommen diese vier Monate, in denen wir uns so nahegestanden haben, immer und immer wieder hoch, zum Beispiel dieser Tag im Boston Common. Kommt immer wieder. Ich könnte dir alles Mögliche über die Zukunft erzählen, über New York, das in Schutt und Asche gebombt wird, über die Drogenepidemie, die kommen wird, ich könnte dir erzählen, wie fertig ich selbst am Ende sein werde. Aber das ist nicht das Entscheidende. Irgendwie bist *du* das Entscheidende. Serena, du bist das Trompe-l'œil im Triptychon der Zukunft, und das nur, weil du diesen Typ kennst, diesen Paley. Du musst mir also glauben, auch wenn ich mir wahrscheinlich selbst nicht glauben würde, wenn ich du wäre. Trotzdem ist es ganz wichtig, dass du ihm sagst, was ich dir gesagt habe. Vielleicht wird nichts von diesem Irrsinn passieren; ich hoffe es sogar sehr. Vielleicht läuft alles ganz anders, weil ich dir das jetzt erzähle. Aber darauf können wir uns nicht verlassen. Wir müssen uns darauf verlassen, dass du Paley erzählst, dass er in Gefahr schwebt.«

»Ehrlich gesagt, Kevin, müssen wir, glaube ich, vor allem mit deiner Mutter reden.«

Natürlich, die Kürbislampe auf der Veranda. Herbst war immer ein schlechtes Zeichen, denn das bedeutete, dass ich vom Trip runterkam, dass ich meine Stärkung brauchte und dass die ganze Szenerie sich in schwindendem elektromagnetischem Wirbel auflöste. Serena war weg, aber anstatt mich in meiner Kammer in der Sporthalle wiederzufinden, wo ich in einer verlorenen Gegenwart kurz vor dem Rauswurf stand, ging ich plötzlich wieder meinem Beruf nach, dem Beruf des Journalisten. Was für eine Erleichterung. Ich hatte keine Ahnung, welches Datum wir hatten. Ich wusste nicht, ob ich mich an Vergangenheit oder Zukunft erinnerte oder zufällig gerade in der Gegenwart war. Das alles hatte Albertine völlig durcheinandergeschmissen. Ich war verwirrt. Der Mann, den ich interviewte, ebenfalls: Es war zufällig der Epidemiologe mit seiner Theorie über die Albertine-Krise, ich habe schon von ihm berichtet. Allerdings war er gar kein Epidemiologe. Das war bloß seine Tarnung. In Wirklichkeit war er Ernst Wentworth, der Anthropologe, und wir saßen in seinem Büro am Brooklyn College, das jedoch kein richtiges Büro mehr war, weil auf dem Campus inzwischen ungefähr dreißigtausend obdachlos gewordene Menschen hausten. Nachts gab es Übergriffe von Bürgerwehren, bei denen die Araber, die in einem der Seminargebäude lebten, vom Campus auf die Straßen der Heißen Zone gejagt wurden, wo wahllose Schüsse von Eduardo Cortez' Truppen jede Nacht zwei bis drei Opfer forderten. Ein Stellungskrieg. Jedenfalls wurde am Brooklyn College nicht mehr gelehrt, Wentworth musste sich sein Arbeitszimmer mit einem halben Dutzend weiterer Schreibtische teilen, und ebenso viele Aktenschränke waren vor die Fenster geschoben.

Es fiel ihm nicht leicht, dem Interview zu folgen. Mir auch nicht. Ich wusste oft nicht mehr, welche Fragen ich ihm schon gestellt hatte.

Frage: Test. Test. Test. Äh, okay, wissen Sie irgendwas über die Herkunft von Albertine?

Antwort: Über die ursprüngliche Herkunft weiß eigentlich niemand etwas. Die überzeugendste Theorie, die momentan besonders viel Aufmerksamkeit erfährt, besagt, dass Albertine keinen Ursprung hat. Die Physiker hier an der Universität haben auf die Möglichkeit hingewiesen, dass sich die Verbreitung von Albertine auch einem kürzlich erfolgten intensiven Beschuss durch interstellare Dunkle Materie verdanken könnte. Diese Dunkle Materie bewirkt, dass die Zeit total durchlässig wird, ganz und gar dem Zufall unterworfen. Bestimmte subatomare Teilchen kollidieren mit anderen. Das hieße also, dass Albertine nur Nebeneffekt einer Raum-Zeit-Anomalie ist, einer Quantenunschärfe, und nicht etwa selbst die Ursache der Entwicklung. Da sie keine Ursache ist, hat sie also auch keinen Ursprung, keinen spezifischen Anfangspunkt, den wir benennen könnten. Statistisch gesehen neigt sie einfach dazu, auf der Bildfläche zu erscheinen.

F: Wenn das tatsächlich möglich sein sollte, wieso ist Albertines Wirkung dann nur in New York zu beobachten?

A: Die provokativere Fragestellung wäre nach der Theorie der Quantenunschärfe: Existiert New York überhaupt? Jedenfalls, wenn man die Hypothese der theoretischen Physik logisch zu Ende denkt. Das wäre allerdings eine Gehirn-im-Tank-Hypothese. New York City als von einem bösartigen Wissenschaftler erzeugte Illusion. Nur dass der bösartige Wissenschaftler in diesem Fall Albertine selbst ist. Sie lässt uns an ein bestimmtes New York mit postapokalyptischen, posttraumatischen Dimensionen und Obsessionen glauben. Vielleicht jedoch ist diese kollektive Halluzination nur der Versuch, den aktuellen Zustand zu rationalisieren: dass es nämlich so gut wie unmöglich ist, noch in einer linearen Zeit zu existieren.

F: Also hat man vielleicht in Kansas City ganz ähnliche Halluzinationen. Und Kansas City ist ebenfalls das Zentrum einer galoppierenden Drogenepidemie. Und das gilt auch für Tampa, Reno, Harrisburg?

A: Könnte sein. So in der Art. *(Pause.)* Könnte ich ein bisschen von Ihrem –?

F: Ist nicht mehr viel da. Aber sicher, gönnen Sie sich einen Tropfen. *(Wieder ernst.)* Haben Sie versucht, verschiedene Typen von Albertine-Erfahrungen zu katalogisieren?

A: Nun, besonders schlechte Erfahrungen scheinen Soziopathen mit der Droge zu machen. Das wissen wir. Und das ist wirklich erschreckend, da Handel und Verbreitung vor allem von Soziopathen kontrolliert werden. Aber bei den meisten üblichen Dosierungen erleben Soziopathen ohnehin nur einen verkümmerten Albertine-Rausch. Sie erinnern sich stundenlang an ihre Führerscheinprüfung. Mit Soziopathen meine ich in diesem Zusammenhang Menschen mit dissozialer Persönlichkeitsstörung, die bindungsunfähig bzw. ohne soziale Interaktion sind. Denen die Fähigkeit zum Mitfühlen fehlt. Schwer vorstellbar, dass solche Menschen viel Freude an Albertine haben. Auf der anderen Seite stehen, ganz oben auf der Erlebnisskala, die mehrdeutigen Erfahrungen, von denen Sie sicher schon gehört haben. Leute, die behaupten, sich an zukünftige Ereignisse zu »erinnern« oder in die Erinnerung anderer einzudringen oder mit ihren Erinnerungen Kontakt aufzunehmen und zu interagieren. Und so weiter. Zunächst nahmen wir an, dass solche Erfahrungen, die auch viele Wissenschaftler unserer Forschungsgruppe gemacht hatten – ich selbst auch –, dass solche Erfahrungen nur, wenn man so sagen kann, den Erleuchteten zuteilwerden. Wir glaubten also, dass *ahistorisches Erinnern* eine Art Wunscherfüllung für besonders gesunde und engagierte Charaktere ist. Aber dann fanden wir heraus, dass sich solche Episoden ebenso wirkungsvoll durch Bosheit, Hass oder mörderische Wut hervorrufen ließen. Beide Möglichkeiten verdienten unserer Meinung nach größte Aufmerksamkeit. Wenn *ahistorisches Erinnern* tatsächlich stattfand, dann musste man daraus schließen, dass das Koordinatennetz der Zeit größere Löcher aufweist, als wir gedacht hatten. Zunächst versuchten wir zu analysieren, ob diese nach aller Logik unmöglichen Erfahrungen auf faktischer Ebene »wahr«

waren; inzwischen interessieren wir uns mehr dafür, ob sie wiederholbar oder für mehr als eine Person sichtbar sein können und dergleichen.

F: Und hat dieser Erfahrungskatalog irgendwelches Licht ins Dunkel der Ursprungsfrage gebracht?

A: Eine fesselnde Theorie, die gerade unter den Naturwissenschaftlern die Runde macht, besagt, dass Albertine unendlich viele Ursprünge hat. Dass sie in den verschiedensten Umgebungen gleichzeitig und plötzlich aufgetaucht ist, wie von einem philosophischen oder metaphysischen Zufallsgenerator gelenkt. Ihre Wirkung lässt sich nicht zutreffender beschreiben. Nach dieser Theorie erzeugt Albertine so viel und so intensives Chaos, dass ihr Ursprung schon wegen des verschleierten Moments ihrer Entstehung verborgen bleibt. Ein einzelner Ursprung würde ja das Prinzip und die Parameter der Nichtlinearität verletzen. Haben wir über diese Aspekte der Ursprungsfrage nicht schon gesprochen?

F: Scheiße. Ich glaube, Sie haben recht. Moment mal. *(Sammelt sich.)* Glauben Sie, halten Sie es für möglich, die Entstehung von Albertine zu manipulieren, die Droge so zu kontrollieren, dass man eine bestimmte Erzählung verändern kann? Wie zum Beispiel den Aufstieg des Albertine-Syndikats?

A: Sicher, Bekannte von mir haben das schon sehr häufig getan. Jedenfalls im Experiment. Wir hatten gar keine andere Wahl. Aber ich kann da derzeit nicht weiter ins Detail gehen.

F: Noch mal zurück zu der Frage, wie man gegen die Drogenepidemie vorgehen könnte. Empfehlen Sie da eine bestimmte Strategie?

A: Dazu hatte ich mal ein paar gute Ideen. *(Überlegt.)* Warten Sie eine Sekunde. Ich blättere rasch meine Aufzeichnungen zu dem Thema durch. *(Durchsucht die Sta-*

pel auf seinem Schreibtisch.) Ich vergesse inzwischen so vieles. Also, nach meinen Beobachtungen basiert die *Anziehungskraft* Albertines darauf, dass das menschliche Gedächtnis von Natur aus unvollkommen ist. Jeden Tag beklagt jeder von uns, dass wir uns bloß einen winzigen Teil der Vergangenheit vor Augen rufen können, längst nicht so viel, wie wir gern möchten. Diese Unvollkommenheit des Gedächtnisses ist dem menschlichen Tier eigen, und solange sie uns beschäftigt, werden die Albertine-Kartelle sie ausnutzen können. Eindämmungsstrategien müssen also von der anderen Seite her ansetzen. Will sagen, das Einzige, was auf lange Sicht helfen könnte, wäre eine extrem weitreichende Verbreitung der Droge. Wir müssten dafür sorgen, dass jeder Zugang dazu hat.

F: Wieso würde das helfen?

A: Weil Vergesslichkeit eine der Langzeitnebenwirkungen von Albertine ist, könnten wir dann möglicherweise alle Menschen vergessen lassen, *dass Albertine existiert*. Das würde nur mit einer konzertierten Anstrengung gelingen. Lassen Sie mich das mit einer Analogie erklären: Ab einem bestimmten Punkt spürt man bei der Heroinabhängigkeit nicht mehr die Wirkung der Droge, sondern bekämpft nur noch die Entzugserscheinungen. Hier könnte ein ähnlicher Effekt greifen. Ab einem bestimmten Punkt versuchen alle Abhängigen, das Vergessen zu vermeiden, weil sie sonst nicht mehr effektiv funktionieren, nicht mehr arbeiten können, nicht mal mehr wissen, wo sie arbeiten. Aber dieses Vergessen würde sich bald auch schon in die Drogenerfahrung selbst einschleichen, sodass die Erinnerungen blasser, undeutlicher blieben, weil sich in bestimmten Hirnregionen immer schneller Plaque bildet und wegen anderer, anatomischer, Veränderungen. Würde das Vergessen weit genug fortschreiten, würden alle vergessen, dass sie süchtig sind, dass sie zum Erinnern eine Droge benötigen, dass ihr Gedächtnis unvollkommen ist, und damit wären wir gesellschaftspsychologisch bei einer Art kleinstem gemeinsamem Nenner angelangt. Alle beschädigt, aber alle gleich.

F: Und wie würden Sie das realisieren wollen?

(Ernst Wentworth mustert den Fragesteller von oben bis unten, wie er es bisher noch nicht getan hat.)

A: Wir werden die Droge ins Trinkwasser einleiten.

F: Ist das nicht schon versucht worden?

A: Was wollen Sie damit sagen?

F: Ich meine, mir hätte jemand erzählt, dass kürzlich ein Anschlag auf die Trinkwasserversorgung vereitelt worden ist.

A: Meinen Sie das ernst?

F: Na ja, wenn es keine gezielte Fehlinformation war –

Wentworth ruft:

A: Leute, nehmt ihr das auch alles auf?

Natürlich war der Raum verwanzt, und auf sein Rufen hin kam eine Gruppe Akademiker in Wentworth' Büro gestürmt, verband mir die Augen und schleppte mich hinaus. Ich wehrte mich nicht. Als man mich losließ, stand ich im Astronomischen Forschungslabor des Brooklyn College. Ernst Wentworth selbst nahm mir die Augenbinde ab.

»Sie verstehen sicher, dass wir alle denkbaren Sicherheitsvorkehrungen treffen müssen. Erst vor ein paar Tagen musste Claude Jannings von den Linguisten mit ansehen, wie seine Frau vor seinen Augen verschwand. Sie stand in der Küche und redete über den Mangel an politologischen Schriften zum Thema Albertine, und plötzlich war sie weg, einfach komplett weg. Als ob jemand das Gespräch die ganze Zeit belauscht hätte. Offensichtlich reichten schon ihre paar Bemerkungen zu ganz unkonkreten

Plänen für Artikel über Albertine, sie zum Ziel eines Angriffs zu machen.«

Meine Augen gewöhnten sich ans Dämmerlicht des Astronomielabors. Die Inneneinrichtung war gänzlich funktional, nackter Beton, bis auf die Plattform, von der aus man in den Himmel schauen konnte. Im Kreis um mich herum standen Typen in Tweedsakkos und Strickjacken. An ein paar Hälsen entdeckte ich Fliegen. Khakihosen.

»Wow, Kevin Lee persönlich! In unserem Labor!« Gut gelauntes Glucksen.

Hä?

Wentworth versuchte zu erklären: »Wir haben eine Technik entwickelt, bestimmte Ereignisse zu markieren, damit wir sie später nicht wieder vergessen. Wenn einer von uns sich hinauswagt in die Öffentlichkeit, nimmt er ein Poster oder Hinweisschild mit, auf dem Tag und Zeit vermerkt sind. Wenn wir dann also, auf Albertine, auf der Suche nach bestimmten Ereignissen zurück durch die Zeit reisen, müssen wir uns nicht von unwichtigen Tagen ablenken lassen. Außerdem Kleider von bestimmter Farbe, rot bedeutet Alarm, grün keine Gefahr. Sozusagen eine Verschwörung der Ordnung, verstehen Sie? Das ist im Augenblick etwas geradezu Revolutionäres. Beim Katalogisieren der Erinnerungen haben wir außerdem entdeckt – und wir haben hier Mitarbeiter, die rund um die Uhr unter Medikation stehen, um das alles zu durchdringen –, dass bestimmte Personen immer wieder auftauchen. Diese Leute, die an einer Vielzahl entscheidender Knotenpunkte des Albertine-Phänomens präsent sind, nennen wir *Erinnerungskatalysatoren*. Eduardo Cortez ist zum Beispiel ein solcher Katalysator, allerdings auf sehr ungute Weise. Und dann gibt es noch ein paar andere sehr eigenartige Fälle. Zum Beispiel taucht ein Fernsehshowmaster immer wieder auf, der vor zehn oder fünfzehn Jahren populär war, vielleicht nur, weil er so einen *merkwürdigen* Namen trägt: *Regis Philbin*. Sie würden staunen, wie viel Regis Philbin mit den innersten Mechanismen der Albertine-Epidemie zu tun hat. In Philbins Umgebung tragen wir immer rot. Wir wissen noch nicht, was er zu bedeuten hat, arbeiten aber dran. Und dann sind da noch Sie.«

»Ich?«

Ein Doktorand, der lässig am Fuß des Teleskops lehnte, schaltete sich ein. »Wenn es von den wichtigen Figuren des Albertine-Phänomens so was wie Baseballspieler-Karten gäbe, dann wären Sie ein Sammlerstück. Der Shortstop, der auch noch gut schlägt.«

»Wir haben da eine Theorie«, sagte Wentworth, »die besagt, dass Sie so wichtig sind, weil Sie schreiben.«

»Aber ich schreibe doch nicht mal gut. Ich habe kaum was veröffentlicht.«

Wentworth wedelte mit den plumpen Händen. »Macht nichts. Wir versuchen seit geraumer Zeit herauszufinden, wer eigentlich ursprünglich für Ihren Auftrag verantwortlich war. Mit Sicherheit nicht Ihre Redakteurin Tara. Die ist auch bloß ein Junkie. Irgendjemand, der über ihr steht, und wenn wir diese Person ermitteln können, dann sind wir ganz dicht an der Verbindung zwischen der *Frost Communications Holding* und *Cortez Enterprises*. Irgendwo weiter oben in der Befehlskette wurden Sie auf diesen Augenblick hin konditioniert. Es sei denn, Sie sind bloß eine Art Emblem für Albertine. Das ist natürlich auch möglich.«

Wentworth lächelte und zeigte im dämmrigen Licht seine tabakfleckigen Zähne. »Außerdem sind Sie als Held ein saftiges, würziges Produkt des Schmelztiegels New York City. Und das befriedigt uns sehr. Wollen Sie mal sehen? Es ist schon fast peinlich, was wir alles über Sie wissen. Sogar Ihre Lieblingsspeise und ihre bevorzugte Zahnpasta. Keine Sorge, das werden wir nicht öffentlich plakatieren.«

In späterer Zeit wurde natürlich viel über die Zusammensetzung dieser *Brooklyn Resistance* spekuliert. Es waren auch Frauen dabei, deren traurige Mienen darauf schließen ließen, dass sie sich dem Widerstand nur mit schweren Bedenken angesichts der männlich dominierten Machtstrukturen angeschlossen hatten. Frauen in züchtigen Röcken oder eher unvorteilhaften Hosenanzügen, Frauen wie Jesse Simons, die Dekonstruktivistin, die argumentierte, indem man die Droge dem Trinkwasser beimischte, mache man sich *Albertines nomadisches Zeichensystem* zu eigen, das natürlich kein empirisches astrophysikalisches Ereignis repräsentierte, sondern eine symbolische Reaktion auf die Stabilitätskrise war, welche der amerikanische Imperialismus hervorgerufen hatte. Auch ein paar afroamerikanische Kulturwissenschaftler waren dabei, die ihre Cordhosen und Tweedsakkos hier und da durch farbiges Kente-Tuch auflockerten. Sie forderten Eingriffe in die ökonomischen Probleme, welche die innerstädtischen Unterschichten zum Drogenhandel zwangen. Und dann war da der große postkoloniale Autor Jean-Pierre Al-Sadir. Er war der Ansicht, der Weg zum Sieg über das gesellschaftliche Chaos liege in der Infiltration der Albertine-Kartelle. Al-Sadir war wegen seiner algerischen Nationalität auch schon mit der Gruppe der Verschwörer in Verbindung gebracht worden, die New York mit dem großen Knall zerstört hatten. Und doch kämpfte er hier mit den Patrioten, wenn sie denn welche waren. Es zeugte davon, wie verzweifelt die Lage war, dass hier Akademiker Seite an Seite kämpften, die sich normalerweise auf *nichts* hätten einigen können. Versteht ihr, diese Leute hassten einander eigentlich. Noch vor drei Jahren hätte man bei einer Fakultätssitzung in der Columbia hören können, wie Al-Sadir vor dem Universitätspräsidenten Jesse Simons als *arrogante Narzisstin* beschimpft hat. Solche Sachen. Aber diese Grabenkämpfe waren jetzt vergessen, der Widerstand plante seine Strategien. Doch selbst in der Zeit, die ich bei ihnen verbrachte, gab es gelegentlich Streitereien über die Semiotik der roten Kleidung oder ob das System Zeit nicht notwendigerweise phallogozentrisch sein musste, sodass die gegenwärtige, weniger scharf umrissene Form der Zeit als Repräsentation eines labialen oder vaginalen Erzählraumes im Grunde vorzuziehen sei.

»Ihr habt also wahrscheinlich so eine Maschine mit einer Anzeige, wo man ein bestimmtes Jahr, einen Tag, eine Stunde und Sekunde einstellen kann, oder?«

»Na sicher«, sagte Wentworth. »Nein, wir haben hier nebenan ein Zimmer mit vielen Feldbetten –«

»Eine Drückerhöhle?«

»Genau. Da drin liegen jede Menge Lehrbeauftragte aus dem Mittelbau, und wir sorgen dafür, dass es ihnen gut geht und sie lange Zeit unter Drogen stehen, und dann sehen wir, was passiert. Denken Sie, was Sie wollen, aber vor allem haben wir hier viel Zuneigung füreinander, deshalb verbreiten sich viele Geschichten wie Lauffeuer, es gibt jede Menge Mutmaßungen, jede Menge Verzweiflung, jede Menge Hochgefühl, jede Menge Pläne. Verstehen Sie? Wir betrachten uns als Geschichtsjunkies. Und Ihre Geschichte ist ein wesentlicher Bestandteil dieser Geschichte. Wollen wir sie uns mal ansehen?«

Ich würde gern berichten, dass die Drückerhöhle der Brooklyn Resistance bedeutend besser aussah als die von Eddie Cortez, aber der einzige Unterschied war, dass sie hier die Nadeln nach Gebrauch sterilisierten und die Einstiche behandelten. Bei diesen Junkies fand man keine

Abszesse. Einige der wichtigsten Akademiker meiner Zeit lagen auf Feldbetten, sabberten, kämpften sich durch fünfzig Jahre kulturelles Rauschen – Fernsehprogramme, B-Movies, Pornografie, Zeitungsanzeigen –, um zur Entstehung von Albertine, der launischen Göttin, vorzudringen, um das Knäuel zu entwirren, in das sie die Welt gewickelt hatte. Der andere Unterschied war, dass die Jungs hier ihre Droge selbst synthetisch herstellten, anstatt sie auf der Straße zu kaufen, und wenn ein paar Wissenschaftler sich ernsthaft mit Drogenherstellung beschäftigen, dann läutet das Zeug aber, das kann ich euch sagen. Sie erklärten mir sogar die chemische Formel. Die sah ungefähr so aus:

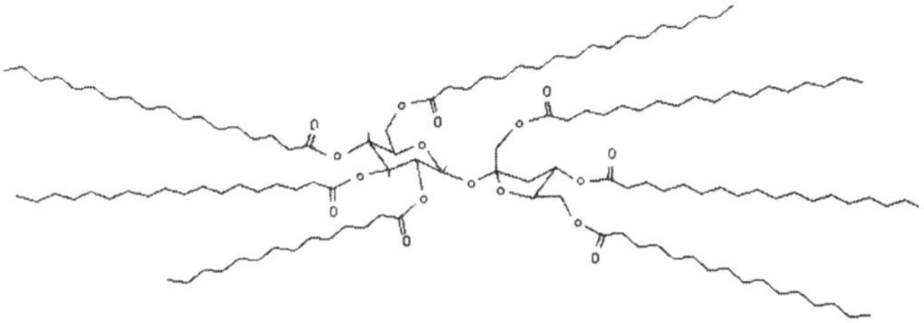

Offenbar hatte die Wirkung mit dem vermehrten Zufluss sauerstoffreichen Blutes zu den Neurotransmittern zu tun, wodurch vermehrt elektrische Impulse ausgesandt wurden. War gar nicht so schwierig. Ein Wunder, dass noch niemand vorher drauf gekommen war. Das einzige physiologische Problem war, dass Albertine Gehirnzellen auslöschte, wie es auch bei der Zellalterung geschieht. Albertine war sozusagen das neurochemische Äquivalent zu anabolen Steroiden.

Ich hatte Glück. Jesse Simons stellte sich freiwillig als Cicerone für meinen Trip zur Verfügung und stand mit

Wentworth etwas unbehaglich mitten im Raum, als ein Magisterkandidat mit Fachgebiet Renaissance mir den Arm mit einer Gummischlaufe abband. Das war das Allerschönste, wieder den Arm abzubinden. Das Schreiben war mir inzwischen völlig egal, mir ging es nur noch darum, mich mit Albertine zu betäuben. Ich träumte davon, mich von ihr überwältigen zu lassen, von ihrer Eingebung, wo Wahrnehmung zu einem Mahlstrom von Vergangenheit, Gegenwart und Zukunft wurde. Die Äonen wurden wie Neon, wie der alte Times Square, von dem es hieß, wenn man ihn zum ersten Mal sah, spürte man den Ansturm der Hunderttausende von Bildern, und ich meine jetzt nicht die spätere Disney-Version, sondern den ursprünglichen Times Square, mit Nutten und Gewalt und wirren Crackrauchern. Albertine war wie eine Suppe aus New Yorker Neonlicht. Ein Katalog dämonischer Wohlklänge. Ich merkte, wie sich die Gummischlinge löste, hörte neben mir einen Seufzer, spürte Jesses Arme, die mich umfingen, und Ernst Wentworth' beruhigend weichen Bauch. Dann purzelten wir durchs Dickicht des Albertine-Dschungels. Ich war wieder in der Sporthalle, eine Truppe Fahrradkuriere führte mich hinaus, ich schrie Tara und Bertrand und Bob zu: *Rettet meine Notizen, rettet meine Notizen*, und die Fahrradkuriere verprügelten mich, ich spürte Panik in der Brust aufsteigen und fragte: *Wo bringt ihr mich hin?* Wir kamen an einer kleinen Gruppe Sporthallenbewohner vorbei, die gerade ihre Hilfsrationen Käsemakkaroni nach Hause schleppten, keiner von ihnen hatte noch ein Haar auf dem Kopf, lauter Krebskranke mit Terminen zur Chemo in ein paar Tagen, und *alle trugen rote Kleidung*. Ich hörte eine Stimme, klang wie der Sprecher einer Fernsehdokumentation: *Es tut uns leid, dass Sie sich das alles ansehen müssen. Es war besser, als Sie es vergessen hatten.* Dann machten die Fahrradkuriere in ihrem Jeep eine kleine Rundfahrt durch Brooklyn mit mir, durch die leeren Straßen meines Bezirks, und die ganze Zeit prügelten sie mich windelweich, bis mir die Lippen blutend aufplatzten und meine Augen zuschwollen. Unten am Wasser, an den Piers, warfen sie mich aus dem fahrenden Jeep, und meine letzte Jeans wurde von Scherben und Trümmern zerfetzt. Ich blutete an Knien und Hüften, aber das Syndikat war noch nicht fertig mit mir; weitere Schläger von Cortez schleppten mich in eine Fabrik, eine unheimliche Einrichtung, *wo die Droge hergestellt wurde.*

Hier war er also: der Albertine-Sweatshop. In diesem Teil von Brooklyn standen nicht mehr viele Gebäude, wie ihr wisst, weil er im Ereignishorizont der schmutzigen Bombe lag; ein Großteil der Hafengegend lag in Trümmern. Aber dieses Bauwerk war aus irgendeinem Grund stehen geblieben, und das hieß, dass Eddie Cortez seine Belegschaft radioaktiver Strahlung aussetzte. Das war natürlich noch das geringere Übel, denn die meisten Mitarbeiter waren wahrscheinlich ständig high. Vielleicht war das auch einer der Pluspunkte des Jobs.

»Was wollen wir hier?«, fragte ich die Schläger, die mich durchs Wachtor in eine Eingangshalle führten, die der meines ursprünglichen Auftraggebers, des Titten-und-Texte-Magazins, erstaunlich ähnlich sah. Es gab sogar einen dieser ferngesteuerten Rezeptionsroboter wie in der Redaktion.

»Deine Fragen werden zu gegebener Zeit beantwortet werden.«

»Ehrlich? Ich habe nämlich noch einen ganzen Katalog offen.«

»Werd nicht frech; wir werden dir wehtun, klar?«

Weitere Flure, Verbindungen zwischen unmöglichen Innenräumen, dann in ein Büro. Wir wurden ohne Zögern durchgewinkt. Männer und Frauen im Schreibbüro, in deren Gesichtern sich blankes Entsetzen spiegelte. In jedem Raum Typen in roten Pullovern, mit roten Krawatten und passenden Socken. Wir marschierten an einer Topffarntroika vorbei, und ich gratulierte Eddie im Stillen, dass er seine illegalen Profite so zur Hebung der Lebensqualität im Büro einsetzte, als ich eine Assistentin des Managements erkannte.

Deanna. Erinnert ihr euch an sie? Wenn nicht, solltet ihr euch des Stoffes enthalten, geneigte Leser, denn sie war die Figur, die mir von dem Plan erzählt hatte, *das Trinkwasser zu vergiften*. Die dann später als Nutte am Gowanus Canal arbeitete. Ich muss sagen, verglichen mit dem Zustand der meisten Leute in New Yorks inneren Bezirken sah sie blendend aus. Sie musste sich einer gründlichen Gebissrekonstruktion unterzogen haben, denn als ich sie interviewte, hatte sie weniger Zähne als Finger. Jetzt trug sie eine aufreizende Seidenbluse und einen Rock, der aus diesem Blickwinkel wie ein Mini aussah. Wir erkannten einander im selben Augenblick mit gewisser Abscheu. Ich sah, wie ihre Augen sich weiteten und sie sich rasch umsah. Um sicherzugehen, dass niemand es bemerkt hatte. Arbeitete sie jetzt für Eddie? War auch sie für seinen Harem rekrutiert worden?

In einem geronnenen Moment, wie er nur in vollkommen subjektiv gewordener Zeit möglich ist, wurde mir klar, dass um mich herum Unruhe und Bewegung entstand, die, wie ich glaubte, mit Jesse Simons und Ernst Wentworth zusammenhing. Beide waren zu Beginn meiner Entführung und Misshandlung so still gewesen, dass ich ihre Anwesenheit völlig vergessen hatte. Sie wussten – das hatte ich begriffen –, was ich wusste; sie sahen, was ich sah. Und ich hörte Jesse zu Ernst sagen: *Nein, ich muss es tun; sie ist eine Frau; ich will nichts davon hören, dass*

Männer Frauen erschießen. Dann schritt Jesse Simons in meiner Erinnerung mit einem traurigen Blick in meine Richtung. Wie sich herausstellte, war sie mit einer riesigen Pistole mit Schalldämpfer bewaffnet, und kaum betrat sie die Szene, sah ich auch Cortez' Leute mit ihren Maschinenpistolen in Position gehen; es gab viel Geschrei, jemand brüllte: *Bringt ihn hier raus, bringt ihn hier raus*, als könnte man so auch Deanna aus dem Bild, aus der Geschichte schaffen. Ich hielt mich an einem Schreibtisch fest. Sie schlugen mit dem Kolben einer Maschinenpistole auf mich ein, und ich hob den Blick gerade noch rechtzeitig, um Deanna, deren Nachnamen ich nie erfuhr, wenn sie denn einen hatte, zum gedämpften Knall und Zischen der Pistole *verschwinden* zu sehen. Wo Deanna eben noch gesessen hatte, war es jetzt leer, und der Klebebandspender, den sie eben noch in der Hand gehalten hatte, hing vorübergehend in der Luft. Dann prallte er leise auf den Teppichboden. Die Männer und Frauen im Schreibbüro schrien auf; zahlreiche Hände zuckten zitternd zum Mund. Und in dem Moment eröffneten Cortez' Leute das Feuer auf den gesamten Raum. Sie wollten so viele Zeugen wie möglich beseitigen; so wie Jesse und Ernst nicht wollten, dass Deanna am Leben blieb und ihren Plan ausplaudern konnte, so wollte Cortez keine Erinnerungssurfer am Leben lassen, die diese Szene im Gedächtnis behielten. Als ließe sich die Unordnung der Zeit dadurch beheben, dass man so viele Zeitwahrnehmende wie möglich eliminierte. Ich möchte den im Schreibbüro von Eddie Cortez Massakrierten angemessenen, würdigen Raum in dieser Geschichte geben; wenn ich also jetzt mit den Fakten fortfahre, dann glaubt nicht, ich hätte vergessen, dass diese Leute alle Familie hatten. Denn ich weiß es.

Jemand packte mich an den Füßen – als ich mich rasch verdrücken wollte –, und alle beschimpften mich, als sie mich über den Flur zu einem leeren, gesichtslosen Büro zerrten, wo auch ich getötet werden sollte. Ernst Wentworth, meinem engelsgleichen Begleiter, oblag es in der Zwischenzeit, mir Erklärungen zu liefern: »Deanna wusste von unserer Fahrt zum Trinkwasserreservoir, mit der wir jetzt beginnen können, weil Sie uns geholfen haben, die undichte Stelle zu schließen. Sie waren der Einzige, der um die Identität dieser Denunziantin wusste. Jesse bleibt die letzten paar Minuten bei Ihnen, Sie müssen nämlich noch eins erfahren, bevor Sie durch sind, aber dann, Kevin, sind Sie ein freier Mann, vor dem eine Menge Vergessen liegt. Ich hoffe, Sie zeichnen Comics oder gründen in Ihrer Garage eine Rockband. Und ich hoffe, das tun Sie weit weg von hier.«

Dann ging die Bürotür nach innen auf.

Ich schätze, ihr habt euch schon gedacht, dass Cassandra dort saß. In teurer Businesskleidung von italienischen Modedesignern, die sich aus dem internationalen Boykott gegen den Exportmarkt Amerika herausgehalten hatten. Cortez Enterprises, so erfuhr ich später, wollte im kleinen Maßstab an die Börse und wickelte das über eine Brokerfirma ab, die selbst zum Unternehmen gehörte. Sie hatten dieses Büro aufgemotzt, um ein paar Analysten zu beeindrucken. Cassandra war auf eine Weise schön, die ich wahrscheinlich nicht beschreiben kann, denn Schönheit liegt letztlich außerhalb der Sprache. Es konnte jedoch auch etwas mit Erinnerung zu tun haben. Sie trug eine rote Schleife.

Einer von Cortez' Schlägern, es könnte allerdings auch Eddie selbst gewesen sein, sagte: »Kevin, ich nehme an, du erinnerst dich nicht an deine eigene Mutter?«

»Meine Mutter? Was redest du da für einen Scheiß?«

Cassandra sah sehr viel besser aus als bei unserer letzten Begegnung. Die vielleicht, wurde mir langsam klar, an die vier Monate zurücklag. Schwer zu sagen. Trotzdem war sie ungefähr in meinem Alter, vielleicht ein paar Jahre jünger, wie konnte sie da meine Mutter sein?

Eins muss ich ihr allerdings lassen, ihre Miene zeigte das Mitgefühl, das man von einer Mutter erwarten kann. »Geht es dir gut?«

Aber die Schläger unterbanden diesen zärtlichen Augenblick. »Okay, setzt ihnen den Schuss.«

»Moment mal«, sagte ich. »Ich bin schon high, ich bin auch schon in jemandes Erinnerung, ich weiß nicht mal mehr, ob das hier meine eigene ist. Ihr wollt mich jetzt also in einer Erinnerung unter Droge setzen; das wäre dann eine Erinnerung in einer Erinnerung, oder? Und wann kommen wir dann wieder in die Gegenwart, wo ich bloß ein Junge bin, der versucht, sich durchzuschlagen?«

»Stopft dem Scheißer das Maul.«

Cassandra hielt ihren Arm hin, ich tat es ihr also nach. Meiner war inzwischen so vernarbt, dass sie keine Vene mehr finden konnten.

»Spritzt ihm in den Hals.«

Das taten sie. Ohne nett zu bitten.

Ich strudelte verzückt in die Tiefe, weit weg von dem ganzen Scheiß, der sich seit Beginn meiner Recherchen zu Albertine angesammelt hatte. Wisst ihr, meine allererste Erinnerung dreht sich um meinen Großvater, den aus China eingewanderten Patriarchen, der gerade am offenen Herzen operiert worden war. Ich war vielleicht dreieinhalb Jahre alt. An solche Erinnerungen habe ich nie geglaubt. Ich konnte nicht glauben, dass man als Kind Erinnerungen aus einer Zeit haben kann, wo man *Zeit* noch gar nicht begreift. Was kommt vorher? Die verzückenden Strudel der Tiefe. Die kommen vor dem Zeitgerüst. Erinnerungen, die an einem leeren Himmel Rad schlagen. Er lag also auf einem Krankenbett in unserm Wohnzimmer, mit Morphium betäubt. Einen guten Monat lang mit Morphium vollgepumpt. Ich erinnere mich an das unerbittliche Lächeln auf seinen Zügen: *Jetzt leide ich, aber ich bin euretwegen hergekommen, damit ihr nicht leiden müsst. Geht also hinaus und tut etwas. Verwandelt mein Opfer in euren Tag am Strand.* Das blieb eine Weile in meinem Bewusstsein hängen. Von dort rissen mich die heulenden Stürme des Gedächtnisses zu meinem abgebrochenen Schwimmunterricht, dann zum Sommer auf Cape Cod, zu Spaziergängen am Strand, hinauf durch die Kindheit, ein assoziativer Sprung nach dem anderen, lauter Erinnerungen mit Stränden, dann welche mit Gesang, lauter Erinnerungen an Pasteten, als würde dies mein allerletzter Trip, als wollten sie aus dem Material, das durch mein Hirn spulte, einen Film über mein kurzes Leben schneiden. Alles war rosig. Ich war der Klügste in meiner Grundschulklasse, und ich war Klassensprecher. Ich spielte Baseball, war Shortstop. Alles war rosig, bis Serena auftauchte. Serena, die genau zum selben Zeitpunkt auftauchte wie die namenlose Furcht, die in meinen Alltag kroch. Ich war das einzige Kind asiatischer Herkunft im Bekanntenkreis meiner Eltern, das Panikattacken bekam; Asiaten gerieten nicht in Panik, und wenn, dann redeten sie nicht drüber, Mann, so wie ich an dem Nachmittag, als ich an irgendeinem von der Regierung vorgeschriebenen Einstufungstest teilnehmen sollte und stattdessen im Badezimmer kotzte und als mein Vater draußen vor der Tür stand und mir in schärfstem Ton vorwarf, dass ich ihnen Schande bereitete. Was wollte ich denn? Etwa aussteigen? In irgendeiner Schnellreinigung malochen? Den Kunden Gedichte vortragen, während ich ihre Kleidung umänderte? Glaubte ich etwa, mein Großvater sei deshalb mit dem Schiff aus Shanghai gekommen und so weiter und so fort, das auch noch beinahe untergegangen sei und so weiter und so fort, damit ich jetzt ... und so weiter und so fort, und dann die Stimme meiner Mutter, die ihm sagte, er solle mich in Frieden lassen, meine Mutter, die Mikrobiologin, oder die Epidemiologin, wieso wusste ich den Beruf meiner Mutter nicht mehr, sie war sowieso nie zu Hause, ständig am Arbeiten. Also wirklich. Ich rief den Cortez-Typen zu: *Hey, Leute, ich brauch noch einen Schuss, hier läutet gar nichts, kann ich euch sagen, nicht eine Glocke mehr im Turm.* Ich drückte mir immer noch einen nassen Lappen auf die Einstichstelle am Hals, als einer der Typen mir auf den Hinterkopf schlug und sagte, ich solle die Fresse halten, und dann saß ich wieder im großen Riesenrad, sah die Collegeschuhe meines Vaters, und in diesem Augenblick sprach Jesse Simons wieder zu mir, plötzlich erkannte ich ihre Stimme.

»Kevin, wo du jetzt hingehst, endet die Geschichte, deine Mutter wird nämlich ihre Hand auf deine legen, hier auf dem Schreibtisch, Kevin, und das ist für mich das Zeichen, dich loszulassen. Ich sage dir, was geschehen wird. Die nächsten zehn Minuten deines Lebens erlauben uns, das Trinkwasserbecken zu präparieren, bevor Eddie Cortez etwas mitbekommt. Wir haben gerade die Person eliminiert, die unseren Plan ausplaudert, also können wir jetzt dank unserer kollektiven Zuneigung zur Stadt New York ungehindert in der Zeit zurückreisen und das Trinkwasser aufpeppen. Und du weißt, was das bedeutet, Kevin: dass Eddie keine Zeit haben wird, die Bombe hochgehen zu lassen. *Die Bombe.* Wir glauben nämlich, dass Eddie Cortez sie hochgehen lässt, um unsern Plan zu durchkreuzen, und zwar im südlichen Manhattan, weil du dort im Herbst 2008 lebst. Wir glauben, dass nicht etwa eine bestens ausgebildete Zelle von ausländischen Schläfern, sondern Eddie Cortez die Bombe hochgehen lässt, um so die Vorherrschaft der Cortez Enterprises zu sichern und gleichzeitig einige Schlüsselfiguren des Widerstands auszulöschen, die zu jenem Zeitpunkt im East Village wohnen. Also, lass es in den nächsten Minuten langsam angehen, weil wir dann das Überraschungsmoment auf unserer Seite haben. Jean-Pierre Al-Sadir fährt mit einem Minivan die Trasse des ehemaligen Interstate Highway entlang. Und ich glaube, er hat eine Duke-Ellington-CD in den Player geschoben, weil er etwas richtig Gutes hören will, bevor sein Gedächtnis leergefegt wird. Du bist der Held dieser Geschichte, Kevin. Es tut uns wirklich leid, dass wir dir das nicht schon früher sagen konnten und dass du es auf diesem Weg erfahren musst. Aber eins sollst du wissen: Uns war klar, dass du alle traumatischen Erfahrungen der letzten Monate aushalten würdest. Wie nur wenige andere. Du bist nämlich der Junge, der diese Geschichte für uns zum guten Ende gebracht hat. Wir sind stolz auf dich. Wir wünschten, du wärst unser Sohn. Und irgendwie bist du das ja. Wenn dir das hilft. Wenn du nach Manhattan kommst, nachdem du mit deiner Mutter geredet hast, und es immer noch *weg* ist, dann ist das dein Zeichen. Manhattan in Trümmern. Dein Fährmann wird etwas Grünes anhaben. Das bedeutet, dass Eddie nicht mehr durch die Zeit zurückreisen muss, um dich zu finden. Dass er aufgegeben hat, durch Kontrolle der Vergangenheit auch die Gegenwart zu kontrollieren. Es sei denn, durch unsere Veränderung des Trinkwassers eliminieren wir jene Zukunft, in der Eddie überhaupt erst die *Idee* vom großen Knall hat; in dem Fall steht Manhattan noch, und diese Gegenwart mit ihrer Drogenepidemie und der Brooklyn Resistance wird sich nie verwirklichen. Es ist auch möglich, dass irgendwo in der Zwischenzeit *das Vergessen* eingesetzt hat, wir wissen nicht genau, wo, und dass dir wichtige Bestandteile der Geschichte entfallen sein werden. Vielleicht hast du schon vergessen, dass Manhattan ein Teil dieser Stadt war, wenn du heute Abend nach Hause kommst. Vielleicht hast du das alles hier vergessen, den ganzen Mist, die Einsamkeit, vielleicht auch den Vortrag, den ich dir gerade halte. Wir haben sogar versucht, dich gezielt vergessen zu lassen, Kevin; wir wollten deine Erinnerungen an den großen Knall auslöschen. Das war nämlich ein ziemlich schlimmer Tag für dich. Du hast ein paar schreckliche Dinge gesehen. Wenn du es also vergessen hast, dann bist du unseres Wissens der erste lokal begrenzte Vergesser. Wenn du dich jedoch in Zukunft, im Laufe dieses Vergessens, an dieses oder andere Ereignisse deines Lebens erinnern möchtest, dann schlagen wir Folgendes vor, Kevin: *Hör dir einfach deine Aufnahmen an.*«

Und an dieser Stelle stahl sich meine Mutter in meine Erinnerungen. Sie war so wunderschön. Jedes Mal, wenn ich sie sah. Sogar, als sie Cassandra war und in Brooklyn auf einer Schaukel saß. So schön, dass ich nicht mal die von der Zeit gegrabenen Falten sehen konnte. Hier in meiner Erinnerung ist sie wieder jung und vollkommen, jung und strahlend, leuchtend in den Farben eines verblassenden Silberbromidabzugs. Meine Mutter sieht für mich immer nach Kodak aus, sie führt mich aus dem Badezimmer, weg von meinem Vater, sie erklärt, Serena habe sie angerufen, und ihre Silben folgen einem genauen Takt, wie ein Metronom. Es ist lange nicht so schlimm, wie es aussieht. Wenn ich die Farben dieser Vergangenheit überarbeiten könnte, würde ich mehr Ultramarin beimischen, denn es ist alles zu gelb, meine Mutter, die mich ins Wohnzimmer führt, wo mein Großvater sich betäubt von seiner Herzoperation erholt. Sie setzt mich aufs Sofa. Und stellt dann ihre Diagnose. Sie sagt: *Ich habe sehr intensiv über dein chemisches Problem geforscht. Und mich mit zahlreichen Kollegen darüber unterhalten. Wenn du Ende der Woche eine Stunde Zeit hast, können wir ins Labor fahren und mit ihnen reden. Aber inzwischen möchte ich, dass du das hier mal ausprobierst.*

Da war es also. In einem verschlossenen Laborglas.

Versuch es einfach mal. Ich glaube, es ist jedenfalls interessanter als das Zeug, das du mit deinen Freunden geraucht hast.

Mom, sagte ich. *Meinst du wirklich, das sollte ich tun?*

Ich bin deine Mutter.

Was ist es denn?

Lithium, ein paar Selektive Serotonin-Wiederaufnahmehemmer, dazu ein Erinnerungsverstärker, den wir gerade testen, das Ganze in einer Aspartam-Lösung. Soll Wahrnehmung und Erkenntnis schärfen. Könnte bei den Tests helfen.

Genau wie in diesen Laborpassagen in uralten Schwarzweißfilmen. Ich trank das Glas leer. Und das Tolle war, dass ich den Test mit fliegenden Fahnen bestand. Das hatte ich vergessen. Dann habe ich Serena von dem Zeug gegeben, und sie wiederum ihrem Freund, diesem Paley. Wir haben das Zeug Albertine genannt, weil es so ähnlich klang wie Aspartam. Jedenfalls erinnerte ich mich so. Ich gab es den anderen, und wir schnitten alle toll in den Tests ab. Drei Jugendliche aus einer Wohnsiedlung reiten die Zukunft des gesamten Menschengeschlechts in die Scheiße, weil sie einen Kick und gute Testergebnisse wollen.

Ich wollte die Augen nicht öffnen. Ich wollte es nicht wissen. Wollte Cassandra auf der anderen Schreibtischseite nicht sehen, die vielleicht meine Mutter war oder auch nicht, oder die Oberchemikerin des Cortez-Kartells, oder auch nicht, oder ein Spitzel für die Widerstandsbewegung, oder eine junge Frau, oder auch nicht, oder daheim in Newton, wo sie sich weigerte, ans Telefon zu kommen, oder eine ältere Frau chinesischer Herkunft mit so traurigen Augen. Ich wollte nicht hören, wie ihre

Stimme alles rational erklärte: »Die Zeit mag zeigen, warum ich es getan habe.« Ich wollte es nicht wissen. Ich wollte auch nicht wissen, was die Angestellten des Unternehmens Cortez mit mir vorhatten, mit dem Junkie Null, und warum ich das alles hier durchmachen musste – damit sie mich aufs Rad der Information flechten und zerbrechen konnten oder weil sie immer noch wollten, dass ich was auch immer für sie aufschrieb. Und schließlich wollte ich auch nicht wissen, welche Erinnerung in welcher Erinnerung steckte und ob es eine Wahrheit oberhalb dieser Wahrheiten gab. In ein paar Minuten würde das Trinkwasser mit dem Zeug versetzt sein – *vor acht Wochen.* Die Polizisten an den Trinkwasserbecken würden mit dem Gesicht in ihrem Blut liegen, aus den Wasserhähnen in Brooklyn, Queens, Staten Island und der Bronx würde das Wasser etwas blauer als üblich fließen, man würde auf den Straßen tanzen, als wäre all das, wovon ich euch erzähle, nie passiert. Mal angenommen, das süße Vergessen ist nicht so schnell gekommen wie die Strahlungswelle nach dem Knall. Mal angenommen, ich habe nicht alles vergessen: wie ich hierhergekommen bin, was ich mal gewusst habe, in welcher Reihenfolge, welche Figuren eine Rolle spielten, meinen eigenen Namen, die Auflösung.

Was ist Erinnerung? Die Erinnerung ist der Groove. Die All-Star-Band bringt den Groove, und du tanzt, verjagst die Verzweiflung des Herzens, jagst etwas so Vergangenes, so Abseitiges, dass du nur noch seine Spuren erkennen kannst, wie ein bestimmtes Gitarrenriff die donnernden Jahrhunderte wachruft, wie der Geschmack frischer Kirschen an die trägen Verführer auf den Veranden der Vorkriegszeit denken lässt, wie all diese Geschichten in dir herumwirbeln. Erinnerung ist der Groove, die Lüge, die Geschichte, die du nie richtig hinkriegst, der bessere Ort. Erinnerung ist launisch, bringt Scham, ist Fluch und Trost. Und hier bricht mein journalistisches Exposé zusammen.

Aber ich kann noch ein paar letzte Krümel anbieten. Wenn du dich fragst, wie die Zukunft aussehen wird, wenn du zu den unwissenden Bürgern der Vergangenheit gehörst, dann lass dir sagen, wie es ist. Als Erstes muss ich dir mitteilen, geneigter Leser, dass die Brooklyn Bridge, wahrscheinlich das schönste Bauwerk, das New Yorker Wahnsinn je errichtet hat, *weg* ist. Die Brooklyn Bridge ist nicht mehr da, jedenfalls die Hälfte auf der New Yorker Seite. Auf der Brooklyner Seite reicht sie noch bis zu den ersten Pfeilern, dahinter ist sie einfach weggebröckelt. Wie die Arme der Venus von Milo. Eine Möglichkeit idealer Verbindung zwischen Stadtteilen – doch nur eine Möglichkeit, keine tatsächliche Beziehung. Deshalb vielleicht gehen heute des Nachts furchtlose Liebende dorthin, Liebende mit Schilddrüsenkrebs, denn endlich ist in der Geschichte New Yorks eine Zeit angebrochen, in der man den Nachthimmel sehen kann. Jedenfalls, wenn der Wind in Richtung New Jersey weht. Die Liebenden steigen also auf die Brücke, klettern über polizeiliche Absperrgitter, laufen die Fahrbahn entlang, so weit sie noch reicht, schauen über den East River und schwören sich Treue: *Ich habe nicht mehr viel Zeit, darum möchte ich dir ein paar Dinge sagen.* Ich gehe sogar noch weiter. Denn für mich ist dieser Augenblick endlos, und darum diktiere ich diese Aufzeichnungen. Ich suche also auf der Brooklyner Seite den Fährmann, weit draußen in Bay Ridge, einen alten Iren, ich reiche dem irischen Fährmann mit dem grünen Pullover meine frisch geprägte Münze und streichle seinen Rottweiler. Ich sage: *Ich hab drüben was zu erledigen*, und er sagt: *Wird nichts, Kumpel*, ich zeige hin und sage: *Geschäfte*, und er sagt: *Da drüben macht niemand Geschäfte.*

Ich schon, sage ich ihm, *ich lasse es mich auch was kosten*, und er sagt: *Aber da ist nichts mehr*, doch schließlich nimmt er mein Angebot an, dann sind wir draußen auf dem Wasser, wo die Strömungen stark und die Wellen tückisch sind, als ob die Natur dieses Stadtexperiment hinaus ins Meer schwemmen, die Wunde reinwaschen, das verbliebene Uran, die Trümmer, die menschlichen Überreste wegspülen wollte. Wir sind auf dem Wasser, genau da stand früher die Statue, dauert nicht mehr lange, dann kriegen wir aus Frankreich eine neue, und da, an der Spitze, war New York Plaza. Ich sage zum Fährmann, er soll mich weiter am Ufer hinauffahren, ich möchte alles sehen, also fahren wir am Fußabdruck des South Street Seaport vorüber, und dies alles, was ich von hier hätte sehen können, haben wir verloren: das Municipal Building mit seinen Türmen, die City Hall, das World Financial Center, die New Yorker Börse – wo sind eigentlich die ganzen Warenterminhändler hin, was machen sie jetzt, sind sie in Montclair oder in Greenwich? –, dann kommt Chinatown, fast bis nach China gebombt, begrenzt von der Canal Street, die jetzt tatsächlich wieder ein Kanal ist, Little Italy ist auch weg, die ganzen Gangstertreffs sind weg, die arbeiten jetzt alle in New Jersey, versuchen den Albertine-Markt dort unter Kontrolle zu bringen, Soho ist auch weg, das ehemalige CBGB, die New York University, die Zeckendorf Towers, der Union Square Park ist weg, das Gebäude, in dem einst Andy Warhol seine Factory hatte, und was mal Max's Kansas City war, das Empire State Building ist weg und hat, als es zur Seite fiel, einen großen Teil der unteren 5th Avenue zermalmt, bis hin zum Flatiron District, den man früher Ladies Mile nannte; der Blumenbezirk ist weg, ebenso das Fashion Institute of Technology; das Einzige, was nach dem Hörensagen noch einigermaßen intakt ist – so wie die Akropolis in Athen –, ist die Public Library, aber die kann ich von hier nicht sehen. Die Brücken sind weggesprengt, die Straßenbahn an der 59th Street ist weg, und als wir an einem Stück vorüberfahren, wo ich das frühere Stuyvesant Village vermute, sage ich: *Fährmann, setz mich hier ab*, leg dein Ruderboot mit seinem Zwei-PS-Rasenmähermotor an, denn *ich geh rein*, ich gehe runter zum Tompkins Square, Mann, ich gehe die Schritte zurück, durchs Viertel der Immigranten. Jetzt also setze ich meinen Fuß auf den östlichsten Teil der Insel, wohin schon die Italiener ihren Fuß gesetzt haben und die Iren und die Puertoricaner, und ich geh rein, denn solange es nur Trümmer sind, ist mir egal, wie heiß sie sind, ich geh rein, es ist wie eine Glaswüste, zu Glas geschmolzener Schutt, und ich höre die Stimmen, auch wenn es schon eine Weile her ist, all die Stimmen, eine Schicht über der anderen, in hundertundfünfzig Sprachen, ich kann nicht genau verstehen, was sie sagen, nur diese Worte: *Hey, es wird Zeit, dass man uns hört.*

Danksagung

Dank an Dave Eggers und Michael Chabon, deren Vorgabe, eine Genre-Erzählung zu schreiben, »Die Albertine-Notizen« entstehen ließ. Ähnlich war es mit »Omega Force«, die ich auf Veranlassung von Brigid Hughes, Elizabeth Gaffney und Fiona Maazel und im Gedenken an George Plimpton schrieb, den wir alle so schmerzlich vermissen. »K&K« ist, wie so vieles, was ich verfasst habe, Amy Hempels Schuld. Dank auch an Michael, Pat, die Heathers und alle anderen vom Verlag Little, Brown; an Melanie und Anne von der Agentur Melanie Jackson; an meine Eltern; an meinen Bruder und den Rest der Familie; vor allem an meine Nichten und Neffen – Ross, Anna, Dylan, Caitlyn und Tyler.

Dank an McSweeney's, wo »The Albertine Notes« erstmals erschienen, und an *Year's Best SF9* (HarperCollins, 2004), wo sie nochmals gedruckt wurden.

Inhalt

PIPER

M. J. Hyland

Die Liste der Lügen

Roman. Aus dem Englischen von Ingo Herzke. 432 Seiten. Gebunden

John Egan wächst in der irischen Provinz auf. Es sind die frühen Siebzigerjahre, und Geldnot treiben ihn und seine Eltern ins Haus seiner Großmutter. Aber John will etwas bewirken in der Welt. Vielleicht gehört das Guinness-Buch der Rekorde auch deshalb zu seiner Lieblingslektüre. John ist erst zwölf, aber er steckt in dem Körper eines Erwachsenen und besitzt die Stimme eines Riesen. Das Bemerkenswerteste an ihm ist jedoch seine Gabe, jede Art von Lügen zu durchschauen. Er ist ein wandelnder Lügendetektor und will um jeden Preis die Wahrheit erfahren – aber die Wahrheit ist nicht immer ein Segen, wenn die Lügen der Eltern ernster werden und die Katastrophe unausweichlich ist.

»Das ist Literatur von allerhöchsten Gnaden.«
J. M. Coetzee

01/1653/01/R

Charles Scott Richardson
Das Ende des Alphabets

Roman. Aus dem kanadischen Englisch von Carina von Enzenberg. 144 Seiten. Gebunden

Wenn das Leben in dreißig Tagen endete, was würde man tun? Ambrose Zephyr, seit seiner Kindheit fasziniert von den Buchstaben des Alphabets, beschließt, sich auf eine letzte große Reise zu machen. Zusammen mit seiner Frau will er die Orte ihrer Liebe besuchen. Doch die Sehnsucht und der Schmerz gehorchen keinem Alphabet. Und schon bei F wie Florenz beginnen die beiden zu ahnen, dass es so nicht würde weitergehen können.

»Eine wundervolle Fabel über das Erzählen und die Sterblichkeit: elegant, weise und zutiefst menschlich. Ganz sicher wird es ein Geschenk unter Liebenden werden.«
Chris Cleave

01/1684/01/R

PIPER

Ann Patchett
Familienangelegenheiten

Roman. Aus dem Amerikanischen von Uli Aumüller.
320 Seiten. Gebunden

Ann Patchett legt ein neues zeitloses Buch vor, das von Elternschaft, Liebe und der eigenen Zugehörigkeit erzählt. »Familienangelegenheiten« spielt im Herzen von Boston und ist die Geschichte der irischstämmigen Doyles: Für Theodore und Tip ist nach dem Tod ihrer Adoptivmutter Bernadette eine Marienstatue, die ihr so sehr ähnelt, der einzige Trost. Doch ihre Trauer lässt sie nie darüber nachdenken, wer ihre leibliche Mutter ist. Erst als die beiden viele Jahre später in einen Unfall verwickelt werden, bei dem sich eine Frau lebensgefährlich verletzt, beginnen sie über Bernadettes Tod nachzudenken und ihre eigene Herkunft.

»Eine wunderbare, wahrhaftige Geschichte, wie sie nur eine klassische amerikanische Erzählerin schreiben kann.«
Andrew O'Hagan, Publishers Weekly

01/1706/01/R